UNOHDUKSEN PUUTARHA

TUOMAS NAKARI

UNOHDUKSEN PUUTARHA

Raamatun lainaukset kirkkoraamatun 1992 mukaan.
"Hymyilevä Apollo". Eino Leino. Kokoelmassa *Sata ja yksi laulua.*
"Tuiki, tuiki, tähtönen". Ranskalainen kansansävelmä. Suomenkielinen sanoitus
Maisa Krokfors.
"Hauva ikkunassa". Sävel ja sanat Bob Merrill. Suomenkielinen sanoitus Kyllikki
Solanterä.

UNOHDUKSEN PUUTARHA
© 2024 Tuomas Nakari
Kustantaja: BoD · Books on Demand, Mannerheimintie 12 B,
00100 Helsinki, bod@bod.fi
Kirjapaino: Libri Plureos GmbH, Friedensallee 273,
22763 Hampuri, Saksa
ISBN: 978-952-80-8356-6

1

Sanotaan, että merellä ei ole muistia.

Kierto loppui ja alkoi uudestaan. Vesi haihtui, tiivistyi pilviksi ja satoi takaisin mereen. Vuoksi ja luode seurasivat toisiaan radoillensa vangittujen kuun ja auringon pakottamina. Rantaan lyövät aallot romahduttivat turistien rakentamat hiekkalinnat ja pyyhkivät rakastavaisten santaan jättämät jalanjäljet. Vetinen hauta kätki syliinsä laivojen lahonneet hylyt ja hukkuneiden merimiesten paljaiksi kalutut luut. Meri ei välittänyt maallisesta mammonasta: kullasta, hopeasta tai norsunluusta. Jos se koki myötätuntoa kohtuunsa palanneiden lastensa puolesta, se ei osoittanut sitä eleelläkään. Mutta saattoiko kukaan tietää, mitä meri ajatteli, miten meri suri, millaista tuskaa meri tunsi syvällä suolaisessa sydämessään?

Oliko kukaan kuullut meren itkevän?

Samuel Thomas istui kahvilan pöydässä tuijottaen horisonttiin katoavaa risteilyalusta. Hetken laiva näkyi värisevänä pisteenä vihertävän sinisen aavan yllä. Sitten se hävisi, kuin olisi ollut vain harhakuva, väsyneen mielen luoma houre, kuumeisen unen repaleinen jäänne. Samuel hymyili. Seuraavan kuukauden aikana ainoastaan huvipurret ja vesitasot kulkisivat suuremmille saarille, joista olisi reittilentoyhteys mantereelle. Eikä hänellä ollut aikomustakaan matkata lähiviikkoina takaisin melun ja saasteen täyttämien kaupunkien laantumattomaan sykkeeseen. Ei. Hän oli siellä, missä hänen pitikin olla. Kaukana ikävystyttäväksi muuttuneen työn harmaasta arjesta, kaukana Lontoon vuokra-asuntojen ahtaudesta, kaukana nuorisojengien, terroristien ja turvakameroiden kyllästämästä todellisuudesta.

Kaukana huumepäissään autoillaan hurjastelevista narkomaaneista.

Samuel tarttui kävelykeppiinsä ja viittasi tarjoilijaa tuomaan laskun. Hän oli ollut onnekas. Reilua ylinopeutta kaahannut Porsche oli murtanut hänen oikean reisiluunsa ja lähettänyt hänet traumakirurgin suorittamaan hätäleikkaukseen. Mutta tilanteessa olisi voinut käydä paljon huonommin. Aivovamma, alaraajahalvaus, amputaatio. Sanoja, joita ei toivonut kuulevansa lääkärin suusta. Samuel oli säästynyt pahimmalta. Silti onnettomuudesta toipuminen oli kestänyt pitkään ja kuntoutus jatkui yhä. Olisi ollut helppo olla katkera miehelle, joka oli ajanut hänen päälleen ja vielä paennut paikalta pyrkimättäkään auttamaan tajutonta uhriaan. Mutta Samuel ei halunnut myrkyttää kaunista lomakohdettaan kaunan ja vihan mädillä hedelmillä. Oli aika parantua ja heittää menneet painajaiset muistojen tunkiolle.

Kutsuttiinhan saarta Unohduksen puutarhaksi.

2

Lilyn vartalo helmeili hiestä hänen vetäessään Amoksen kaulan ympärille kiedottua kiristyspantaa tiukemmalle. Miehen ohimoiden verisuonet pullistuivat. Kasvojen tummuessa hänen ruumiinsa alkoi sätkiä, mutta päällä istuva nainen ja raajoista sängyn päätyihin kiinnitetyt huivit estivät tehokkaasti häntä liikkumasta. Lily nuolaisi huuliaan painautuessaan laiskan majesteettisesti miestä vasten. Amos oli hänen armoillaan, ja he molemmat tiesivät sen. Juuri se teki leikistä kiihottavan. Valta tehdä toiselle mitä tahtoi. Kipu ja nautinto olivat saman perheen sisaruksia. Lilyn kiihdyttäessä tahtia Amos urahti tukahtuneesti. Äänessä kuului pelko ja himo. Mies oli lähellä laukeamista, mutta oli vaarassa menettää tajuntansa ennen sitä. Kyse oli sekunneista. Äkkiä Lily vetäytyi eroon Amoksesta. Hän kumartui eteenpäin ja löysäsi pannan auki. Mies haukkoi kyltymättömästi happea, mutta toinen tarve oli sitäkin voimakkaampi.

"Lily, jumalauta!" Amos rukoili kohottaen lantiotaan ilmaan.

Nainen virnisti kiusoittelevasti ja hipaisi sormillaan miehen vatsaa. Hän nousi seisaalleen sängyn viereen.

"Enpä taida viitsiä. Minun pitäisi palata huoneeseeni. Sain jo mitä halusin."

"Lily!"

Heidän katseensa kohtasivat. Amoksen huulet vapisivat turhautumisesta.

"Kulta…"

"Olkoon. Olen aina ollut liian kiltti", Lily tuhahti laskien kätensä miehen turvonneelle elimelle. Tarvittiin vain muutama ripeä veto, ja helpottuneet voihkaisut täyttivät makuukamarin.

Voipuneen Amoksen rentoutuessa Lily irrotti hänen siteensä. Vaahtomuovipehmusteista huolimatta panta oli jättänyt miehen kaulaan hailakan juovan. Lily sammutti yöpöydän lampun ja painoi päänsä Amoksen rinnalle. Kuun kalpea valo tunkeutui ohuiden koristeverhojen lävitse.

"En minä oikeasti joudu vielä lähtemään."

"Hyvä", Amos vastasi suudellen Lilyn hiuksia. "Sinä olit mahtava."

"Kiitos", Lily sanoi punastuen viehättävästi. Äsken valtiattarena huseerannut nainen vaikutti nyt viattomalta neitsyeltä. Muodonmuutos oli häkellyttävä.

"Evie ei olisi koskaan saattanut edes kuvitella tekevänsä mitään tuollaista."

Lily naurahti.

"Miksi miesten pitää aina puhua vaimoistaan rakastajattarilleen?"

Amos hymähti, mutta vakavoitui heti.

"Hän ei ymmärrä minua. Ei kuten sinä. Kuinka typerä ja avuton hän onkaan! Joskus toivoisin... Minä..."

"Mitä sinä toivoisit?" Lily kuiskasi hellästi, kuin he olisivat keskustelleet aivan arkipäiväisistä asioista.

"Kyllä sinä tiedät. Ilman häntä me olisimme vapaita elämään yhdessä."

"Niin varmasti..."

Lilyn epäilevä sävy ärsytti Amosta.

"Etkö usko minua?"

"Nuku nyt vain." Makea haukotus sai Lilyn suupielet leviämään.

Rakastajattaren välinpitämättömyys oli miehelle liikaa. Hänen leukansa jännittyi hampaiden pureutuessa yhteen.

"Helvetti soikoon, pidätkö minua pelkkänä kerskailijana! Minä olen sentään tämän hotellin johtaja."

"Ja vaimosi omistaa sen."

Pehmeästi lausutut sanat iskivät kirvelevästi Amoksen itsetuntoon. Lily oli hänen alaisensa! Hän ei voinut sietää naisen ylenkatsetta! Inhottavinta oli, että Lily oli oikeassa. Vaikka Evie oli ottanut Amoksen sukunimen, he eivät olleet tasavertaisia kumppaneita. Upporikkaan sukunsa viimeisenä jäsenenä Evie piteli kukkaron nyörejä tiukasti pulleasormisissa hyppysissään. Ei Amos nälkää nähnyt, mutta upea asunto, hieno titteli ja pohjattomalta vaikuttava käyttötili eivät riittäneet hänelle. Hän halusi enemmän. Paljon enemmän. Eikä unelmia kyennyt saavuttamaan ilman uhrauksia.

3

Evie Vivian Mann, omaa sukuaan Appleton, tarkasteli kuvaansa kuparireunaisesta, ovaalin muotoisesta peilistä. Hän ei pitänyt näkemästään. Vaikka hotellin kauneussalongin tytöt olivat tehneet parhaansa, heidänkin taidoillaan oli rajansa. Evie tiesi, ettei ollut ruma, mutta vastaanottotiskin Miriamiin ja Lilyyn verrattuna hän tunsi itsensä auttamattoman tavanomaiseksi. Hänellä oli sievät kasvot ja olkapäille ulottuvat punertavat hiukset. Nenänvarressa ja poskilla koreili pisamia, joita isä oli kutsunut auringon suudelmiksi. Ystävättäriensä kehuista huolimatta hän häpesi pyöreänuhkeaa vartaloaan: leveää takamustaan ja kookasta poveaan. Naistenlehtien eteeriset, langanlaihat mallit ilkkuivat hänelle. Evie huokaisi alistuneesti. Peili ei valehdellut. Sitä ei voinut uhkailla tai lahjoa.

”Mikä hätänä? Etkö sinä ole tyytyväinen?”

Evie kääntyi häntä ehostaneiden Marthan ja Christinan puoleen.

”Ei tämä teistä johdu. Minulla on vain työkiireitä ja nukuin niiden vuoksi huonosti.”

Se oli totta. Kuuluisa näyttelijätär Rowena Blythe seurueineen oli varannut kokonaisen asuinkerroksen, ja filmitähden odotettiin saapuvan iltaan mennessä. Touhua ja tohinaa piisasi. Mutta hieraistessa peukalollaan vasemman käden nimettömässä komeilevaa sormusta Evie ymmärsi, ettei hänen mieleensä hiipinyt melankolia johtunut Rowena Blythesta. Syy oli paljon arempi ja henkilökohtaisempi. Amos oli jälleen kerran viettänyt yönsä muualla ja palannut hotelliin vasta aamuvarhaisella. Pitkäksi venynyt tärkeä liiketapaaminen oli jatkunut saaren lukuisissa ravintoloissa ja yökerhoissa, kunnes japanilaiset sijoittajat olivat viimein väsähtäneet, Amos oli selittänyt rojahtaessaan heidän yhteiseen vuoteeseensa. Evie ei kyseenalaistanut miehensä sanoja. Hän tiesi, että Amos ei rakastanut häntä samalla tavalla kuin hän rakasti Amosta. Rakkauden kielessä miehet olivat lukutaidottomia. Mutta kenties Evie saisi Amoksen muuttumaan. Avioliitto ja perhe pystyivät murtamaan sinnikkäimmänkin miehen vastarinnan. Isyyden myötä Amos kypsyisi ja aikuistuisi. Niin Evie ainakin toivoi. Ajatus jälkikasvusta, tomerasta pikkuprinsessasta tai suloisista kaksospojista, nosti kaipauksen kyyneleet Evien silmäkulmiin. Ennen kaukaisuudessa siintävän haaveen toteutumista hänen oli kuitenkin tyydyttävä lemmikkikoiransa Steffien hellittelyyn.

"Sinun ei pitäisi rasittaa itseäsi liikaa", Martha totesi kokemuksen tuomalla auktoriteetilla. Impulsiivinen Christina oli toista mieltä.

"Eipäs. Sinä et tarvitse lepoa, vaan ystäviä ja hauskanpitoa. Ja siihen vaivaan löytyy helppo ja yksinkertainen lääke."

"Rauhoituhan nyt, Christina", Martha soimasi, vaikka oli salaa huvittunut työtoverinsa innokkuudesta.

Nuoren naisen tokaisu herätti Evien uteliaisuuden.

"Mitä sinä tarkoitat?"

"Tyttöjen iltaa!" Christina hihkaisi. "Aikuisten välistä laatuaikaa. Juoruilua, syömistä, seurapelejä…"

"Tuo ei kuulosta hullummalta", Evie mutisi varovasti.

"…shotteja, tanssia, karaokea, strippareita…"

Evie tyrskähti.

"Tuossa taas on jo hieman liikaa."

"Sen voisi toteuttaa tyylikkäästikin", Martha sanoi. "Ohjelmana laadukas illallinen, pari lasia viiniä ja reilusti sivistynyttä keskustelua."

"Ja strippareita, älä unohda strippareita", Christina hihitti.

Kaksikon katseiden ristituleen joutunut Evie huomasi hämmästyksekseen hymyilevänsä.

"Hyvä on, miksipäs ei. Hoitakaa te järjestelyt, niin minä maksan kulut."

"Mutta…"

"Ei mitään muttia! Te onnistuitte houkuttelemaan minut puolellenne ja saatte kärsiä tekonne seuraukset."

"En minä siitä", Martha hörähti. "Mietin vain, mahtavatko sinun rahasi riittää..."

Keskipäivän koittaessa Grand Appletonin aula oli lähes autio. Ainoastaan muutama hotellivieras lekotteli puujalkaisilla, kankaalla ja nahalla verhoilluilla lepotuoleilla lukemassa kirjoja tai sanomalehtiä. Suihkulähteen solina sekoittui vaimeana soivan klassisen musiikin säveliin. Lempeä tuulenvire hyväili pylväikköjen varjostamia kukkaistutuksia. Saari lepäsi.

Evie ja Miriam työskentelivät vastaanottotiskillä, josta avautui näkymä pääsisäänkäynnin portaikolle saakka. Oviaukon avoimen puolikaaren takana palmujen latvukset piirtyivät sinitaivasta vasten. Pihalta kaikui auton nuhainen tööttäys, sisältä kerrokseen saapuvan hissin merkkiääni. Puhelin soi. Miriamin setviessä asiakkaan tekemää varausta Evie katseli arvioivasti salia. Okranvärisille seinille oli ripustettu geometrisesti kuvioitua polynesialaista kuvataidetta, taidokkaita puukaiverruksia ja Gauguinin monotypioita. Upotuskoristeltu marmorilattia kiilteli moitteettoman puhtaana. Evie nyökkäsi hyväksyvästi. Isä olisi ollut ylpeä hänestä. Grand Appletonin liikevaihto oli jatkanut kohoamistaan jo useiden kvartaalien ajan. Tietysti hotelli oli vain vähäinen osa Evien saamasta perinnöstä, mutta saarella oli hänelle tärkeä symbolinen merkitys. Kuinka monta kertaa hän olikaan kirmaillut sen rannoilla, leikkinyt piilosta sen sokkeloisilla kaduilla, vaellellut sen kätketyillä poluilla, joita turistit eivät tienneet. Tulo saarelle oli kuin paluu lapsuuteen. Isän muisto eli vahvana sen ravinteikkaan maan mullassa.

Hissin ovien avautuessa Evie otti kasvoilleen kohteliaan ammattimaisen ilmeen, joka sointui täydellisesti hänen korkeakorkoisiin kenkiinsä ja mustaan jakkupukuunsa. Kuten isä oli hänelle teroittanut, tärkeintä johtamisessa oli synnyttää vaikutelma alati vallitsevasta kyvykkyydestä ja tyyneydestä. Asiakkaiden ja henkilökunnan edessä oli pysyttävä rauhallisena. Oli luotava läpitunkematon julkisivu, jota ainutkaan ongelma tai vastoinkäyminen ei kyennyt horjuttamaan. Hillittävä emootionsa silloinkin, kun olisi halunnut itkeä ja raivota.

Mutta joskus se oli mahdotonta.

Tahdikas hyvän päivän tervehdys tukahtui Evien kurkkuun hänen nähdessään hissistä aulaan astuneen miehen. Reaktio ei johtunut miehen alastomuudesta, rintakehän viiltohaavoista tai vatsaa peittävästä verestä. Sen syynä ei ollut edes miehen kädessään pitelemä hurmeen tahrima skalpelli. Ei, Evien sai kauhistumaan miehen mielipuolinen virnistys, joka oli kuin suoraan krapulaisesta painajaisunesta. Ohuiksi vetäytyneet huulet paljastivat vaaleanpunaiset ikenet ja luonnottoman valkoiset hampaat. Sylki kimmelsi kastehelminä suupielissä, jotka olivat venyneet irvokkaasti korvia kohti. Palavina hehkuvat silmät tuijottivat uhkaavina synkistä kuopistaan. Mies näytti raivotautiselta eläimeltä.

Järkyttynyt Evie toivoi häirikön kävelevän ulos hotellista. Niin ei tietenkään tapahtunut. Toiveet toteutuivat vain saduissa, elokuvissa ja viihderomaaneissa. Miehen suunnistaessa vastaanottotiskille Evie vilkuili ympärilleen etsien aamuvuorossa olevia vartijoita katseellaan. Ei onnea silläkään rintamalla.

"Paskiaiset", Evie pihahti ja painoi avaimenperässään olevaa paniikkinappulaa. Sen lähettämän signaalin pitäisi hälyttää hotellin turvamiehet juoksujalkaa paikalle. Mutta heidän saapumiseensa asti hän ja Miriam olisivat omillaan.

Mies hoippui jäljellä olevat metrit ja tömähti vastaanottotiskiä päin. Evie perääntyi vaistomaisesti, kunnes hänen selkänsä kolahti kipeästi lomakehyllyköön. Hän kuuli Miriamin hengähtävän kiivaasti ja pudottavan jotakin lattialle. Puhelin, Evie ajatteli. Miriamkin oli viimein huomannut miehen.

Evie miettiä kuumeisesti vaihtoehtojaan. Oikealla puolella tiski loppui seinään. Umpikuja, ei jatkoon. Vasemmalla hänestä taas oli toimistotiloihin johtava ovi. Sen pystyi lukitsemaan sisältä käsin. Mutta mies oli liian lähellä sitä ja hallitsematon pakoyritys saattaisi yllyttää tämän väkivaltaiseen toimintaan. Evie käsitti, mitä hänen oli tehtävä. Hänen oli pelattava aikaa ja koetettava saada mies rauhoittumaan.

13

"Voinko olla teille..." Evie aloitti, kun hänet keskeytettiin tylysti.

"Antakaa ne minulle takaisin!" mies sihisi.

"Anteeksi, en ymmärrä."

"Älä valehtele! Tiedän, keitä te olette!"

Vasta silloin Evie tunnisti miehen. Hänen mahassaan muljahti.

"Herra Raphael... Jason..."

"Ei se ole minun nimeni! Antakaa ne minulle takaisin!"

"Mitä hän höpisee?" Miriam kuiskasi Evielle.

"Ei harmainta aavistusta."

"Minä juttelen hänen kanssaan", Miriam sanoi itsevarmasti astellen Evien ohi.

"Pysähdy!" Evie kirahti. Mutta Miriam oli sitä sukupolvea, joka luuli kykenevänsä kaikkeen. Hän ei tajunnut omaa kuolevaisuuttaan.

Miriam nojautui viehkeästi tiskiä vasten ja hymyili Jasonille alentuvasti. Hän heristi miehelle sormeaan.

"Kuulehan, Jason, eiköhän tämä ilveily ole mennyt riittävän pitkälle. Sinä onnistuit pelästyttämään rouva Mannin, ja..."

Evie kirkaisi Jasonin kurottaessa äkkiarvaamatta eteenpäin, tarttuessa Miriamin ranteeseen ja riuhtaistessaan hölmistyneen naisen vastaanottotiskin ylitse. Koko liikesarja tapahtui nopeudella ja sulavuudella, jota oli vaikea uskoa laihanhontelon keski-ikäisen miehen suorittamaksi.

"Päästä hänet irti!" Evie huusi.

Jason ei totellut, vaan käänsi Miriamin ympäri ja kietoi käsivartensa naisen vyötäisille. Kirurginveitsi viilsi reiän Miriamin puvun kylkeen ja kosketti hänen paljasta ihoaan. Säikähtänyt vaikerrus karkasi Miriamin huulilta.

"Ole hiljaa, tai kaivan suolesi pihalle!" Jason Raphael ärähti.

Miriam vapisi kauttaaltaan, mutta pystyi tahdonvoimansa äärimmilleen ponnistaen hillitsemään itsensä. Katkerat kyyneleet valuivat hänen poskilleen. Missä oli hänen ritarinsa valkoisessa haarniskassaan? Mies, joka pelastaisi hänet ja veisi hänet pois saarelta. Miriam rukoili mielessään lapsuutensa jumalia ja henkiä, ja jokin vastasi hänen rukoukseensa. Se, oliko kyseessä sallimus vai sattuma, ei kiinnostanut häntä vähääkään.

"Minä voin auttaa sinua."

Kesti hetken ennen kuin Miriam käsitti, ettei matala, miellyttävän pehmeä ääni ollut osoittanut sanojaan hänelle. Eikä se taatusti kuulunut yhdellekään hänen tuntemalleen hengelle tai jumalalle. Siitä Miriam oli varma. Jasonin pyörähtäessä puhujaa kohti Miriam näki ritarinsa ja suojelusenkelinsä. Hän oli parkaista pettymyksestä. Vanha, kaljuuntunut ja pienikokoinen mies seisoi Jasonin edessä tarkastellen tätä hyväntahtoisesti. Sivummalla oleva hotelliasiakas oli kohottanut kävelykeppinsä uhkaavasti ilmaan, mutta vanhus viittasi häntä laskemaan improvisoidun kalpansa alas.

"Tuolle ei ole nyt tarvetta, kuomaseni. Me olemme ystävien parissa."

Jason kurtisti kulmiaan.

"Mitä hemmettiä sinä tahdot?"

"Voin auttaa sinua", vanhus toisti leppoisasti. "Minun nimeni on Ethan Solomon, ja luulen tietäväni, miltä sinusta tuntuu."

"Sinä et tiedä vittuakaan!" Jason jyrähti rutistaen Miriamia tiukemmin. "Kukaan ei tiedä!"

"Hmm, ehkäpä niin. Mutta tekisitkö minulle palveluksen ja antaisit minun yrittää?"

Jason Raphael kallisti päätään. Hän tuijotti vanhusta epäilevästi. Kuka mokoma pikkumies oikein oli? Kuvitteliko tämä huijaavansa häntä? Hah, turha toivo! Hän ei ollut eilisen teeren poika. Ja kuitenkin Ethan Solomon kiehtoi häntä. Saattoiko vanhus heiveröisestä ulkomuodostaan huolimatta olla kuten hän: vanki harhojen valtakunnassa, ihminen käärmeiden ja varkaiden pesässä?

"Hyvä on. Mutta jos pelleilet kanssani, minä…"

"Ole huoleti. Haluan sinun parastasi", Ethan Solomon vastasi sallimatta uhkauksen kehittyä ajatuksesta sanoiksi.

Tai varsinkaan teoiksi.

"Tietenkin sinä haluat", Jason tyrskähti ivallisesti, vaikka osa hänestä tahtoi uskoa keskustelukumppanin vilpittömyyteen.

Ethan tutkiskeli vaivihkaa Jasonia. Tummat silmänaluset, laajenneet pupillit ja injektioneulan kyynärtaipeisiin jättämät jäljet kertoivat karua kieltä Jasonin laittomasta ja epäterveellisestä harrastuksesta. Ihoa pingottavat kylkiluut ja toistuvat pakkoliikkeet viittasivat ahkeraan ja pitkäaikaiseen huumausaineiden käyttöön. Silti rinnan haavat kiinnostivat Ethania eniten. Niiden säännöllisyys ei ollut umpimähkäistä. Ne olivat kuin viesti tai koodi. Kunpa hän vain olisi ymmärtänyt niiden sanoman.

"No?" Jason äyskähti ärtyneesti. Ethan käsitti, ettei voinut viivytellä pidempään. Psykoottiset narkomaanit eivät olleet tunnettuja kärsivällisyydestään.

"Sinä olet väsynyt etkä pysty nukkumaan. Ruoka maistuu tuhkalle suussasi. Olet masentunut ja ahdistunut."

"Upeaa!" Jason hihkaisi saaden syleilyssään pitämänsä Miriamin hätkähtämään. "Kuvailit juuri tavallisimmat vieroitusoireet."

"Vastahan minä lämmittelin", Ethan mutisi.

"Toivottavasti, vaari. Muuten sinä olet tyhjää täynnä."

Ethan ei välittänyt Jasonin naljailusta. Hänen mielensä työskenteli viileän analyyttisesti. Viillot muuttuivat merkeiksi ja symboleiksi:

ЗIЯIЯAƷTƧOЯИ

Ethan oli lähellä ratkaisua, mutta Jasonin maltti alkoi loppua. Hänen kätensä puristi skalpellia rystyset valkoisina. Oli aika nostaa kierroksia, poistaa apupyörät, panna pökköä pesään.

Tarttua härkää palleista.

"Miksi sinä vahingoitit itseäsi?"

Jasonin silmät välähtivät.

"En se ollut minä!"

"Kuka sitten?"

"Eikö se ole päivänselvää?"

"Sanoisitko sen silti?" Ethan pyysi.

"Oletko sinä idiootti? Tietysti Jason Raphael, heidän kätyrinsä!"
Jason sihahti kohottaen katseensa hotellin kattoon. "He varastivat minun kalleimmat muistoni, mutta nimeäni he eivät onnistuneet viemään! Saatanan saastaiset turkkilaiset!"

"Emmehän me ole…"

Ethan katkaisi Evien purkauksen. Viimeinkin hän ymmärsi. Peilikuvana yhteen pötköön viilletyt kreikankieliset kirjaimet kääntyivät vihdoinkin oikeinpäin. Ethan arveli, ettei Jasonin nyt vallassa oleva persoonallisuus edes tajunnut kaivertaneensa merkintöjä ihoonsa.

"Minä tiedän sinun nimesi ja voin auttaa sinua saamaan muistosi takaisin."

Kyseessä oli jo kolmas kerta, kun hän oli luvannut auttaa Jasonia. Ja Ethan tarkoitti sitä. Se, että Jason oli psykoosissa, ei tehnyt hänen hädästään yhtään vähemmän todellista.

Lauseella oli sähköistävä vaikutus Jasoniin. Epäluulo ja toiveikkuus kamppailivat hänessä. Mutta vaikka Ethan Solomon tuntui rehelliseltä, Jason ei uskaltanut luottaa ystävälliseen vanhukseen.

"Paskapuhetta!"

"Voin kertoa nimesi sinulle. Ensin sinun on kuitenkin päästettävä hänet vapaaksi", Ethan virkkoi osoittaen Miriamia.

Jason nauroi kitkerästi.

"Näytänkö minä täydelliseltä tomppelilta? Miksi minä luopuisin ainoasta valttikortistani?"

"Minä tulen hänen tilalleen", kävelykeppiinsä tukeutuva mies sanoi.

Aulassa olijat töllistelivät Samuel Thomasta yllättyneinä.

"Kuka helvetti sinä olet?" Jason sähähti.

"Onko sillä väliä?"

Jason mulkoili vierasta miestä yrittäen tulkita tämän ajatuksia ja motiiveja. Tuokio sitten vallinnut kiihko oli hälvennyt. Jasonia palelsi. Aulan ilmastointi oli nostanut hänen ihonsa kananlihalle. Vieroitusoireet työnsivät nauloja hänen ruumiiseensa. Lopulta hän antoi periksi.

"Ei… eipä kai… Mutta heitä keppisi pois."

Samuelin aikoessa totella Ethan laski kätensä hänen olkapäälleen.

"Sinä olet urhea poika. Tämä on silti minun velvollisuuteni."

"Oletko varma?"

Vanhus nyökkäsi. Hän raahusti muutaman metrin ja polvistui vaivalloisesti Jasonin eteen. Viileä marmorilattia hyväili hänen auringon ruskettamia sääriään. Hän tuijotti Jasonin alas luotuihin kasvoihin ja näki hämmennyksen miehen kärsivissä silmissä.

"Miksi sinä teet näin? Miksi vaarannat henkesi pahaisen palvelustytön vuoksi?" Jason ihmetteli.

"Hän on ihminen kuten sinäkin."

"Älä…"

"Minä olen tässä. Anna hänen mennä."

Hetkeksi Jasonin suu vääntyi irvistykseen. Patoutunut viha roihahti vielä kerran. Mutta kohdatessaan vanhuksen lohduttavan katseen hänen ilmeensä lempeni. Hän irrotti otteensa Miriamista ja sysäsi naisen luotaan. Itkevä Miriam ryntäsi kiireesti kauemmas ja rojahti häntä vastaan ontuvan Samuelin syliin.

"Kiitos, Nikos Tsakiris. Kiitos…" Ethan kuiskasi Jasonille niin hiljaa, ettei hänen sanojaan kuullut heidän lisäkseen kukaan muu.

Jasonin huulet aukesivat raolleen. Skalpelli tipahti hänen herpaantuneista sormistaan lattialle. Lapset leikkivät allasalueella autuaan tietämättöminä tapahtuneesta.

"Mitä minä olen tehnyt?" Jason sopersi painaen kädet kasvoilleen.

Kahden ihmisen nyyhkäykset kaikuivat salissa.

Turvamiesten saapuessa näytös oli ohitse. Jason antautui vastustelematta heidän huomaansa. Vartijoiden retuuttaessa Jasonia toimistotiloihin odottamaan virkavaltaa Samuel Thomas karisti kurkkuaan.

"Hänen vammansa tarvitsevat hoitoa. Onko hotellissa lääkäriä?"

Evie kirosi. Miriam tuhahti pisteliäästi.

"Mikä teille tuli?" Samuel kysyi kummastellen naisten omituista käytöstä.

"Hän on hotellin lääkäri", Evie mutisi. "Jason Raphael on tämän samperin hotellin lääkäri."

Samuel onnistui vain vaivoin olemaan purskahtamatta nauruun.

Ironia piileskeli tragedian hameenhelmojen alla.

4

Vastoinkäymiset synnyttivät riitoja, kaatoivat avioliittoja ja rikkoivat perheitä. Kriisit kehittyivät taisteluiksi ja konfliktit sodiksi, joita kukaan ei voinut voittaa. Mutta toisinaan koettelemukset yhdistivät ihmisiä, jotka tuskin olisivat muuten tutustuneet toisiinsa. Yhdessä setvityt pulmat ja ongelmat saattoivat johtaa lämminhenkiseen kumppanuuteen ja odottamattomaan toveruuteen. Niin kävi Ethanille ja Samuelillekin.

Jasonin vangitsemista seuranneena päivänä Ethan pyysi Samuelia mukaansa erääseen saaren laadukkaista terassiravintoloista. Samuel suostui oitis. Hän oli alkanut pitää älykkäästä ja sanavalmiista vanhuksesta. Hämmästyksekseen hän sai kuulla Ethanin työskennelleen pitkään yksityisetsivänä. Sitä oli hankala uskoa todeksi. Miehet viipyivät kaupungilla myöhään nautiskellen polveilevista väittelyistä, piristävistä virvokkeista ja toistensa seurasta. Hotelliin palatessaan he olivat jo ylimpiä ystäviä.

Niin helppoa se joskus oli.

Evie ja Miriam kävivät kiittämässä heitä auttanutta kaksikkoa ja viettivät miellyttävän puolituntisen miesten seurassa. Miriam suuteli Ethania poskelle, mutta tyytyi kättelemään Samuelia. Puna kohosi Miriamin kasvoille hänen muistellessaan, kuinka oli parkunut Samuelin kaulaa vasten. Häntä nolotti. Mitä Samuel mahtoikaan ajatella hänestä, vauhkosta ruskeasta tytöstä, vollottavasta pikku hupakosta... Mies kiinnosti häntä, vaikkei sopinut lainkaan hänen normaaliin makuunsa. Samuel oli totinen, vaitelias ja tavanomaisen näköinen. Hänessä oli jähmeyttä, joka oli tyypillistä hyytävän pohjoisen asukkaille. Samuelin kertoessa syntyneensä Helsingissä ja olevansa puoliksi suomalainen Miriam virnisti omahyväisesti. Skandinaavi, niinpä tietysti. Heimo, jonka sydämet olivat yhtä kylmiä kuin heidän talvensakin.

Ja keväänsä, kesänsä ja syksynsä...

Vaikka Samuel yritti selittää Suomen maantieteellistä asemaa ja eroa naapurimaihinsa, Miriam ei muuttanut mieltään. Hän tiesi paremmin. Skandinaavi mikä skandinaavi. Eikä Samuel loukkaantunut hänelle, vaan pudisteli huvittuneena päätään hänen väärinkäsityksilleen ja harhaluuloilleen.

Tapaamisen päätteeksi Evie kutsui koko seurueen lauantaiksi illalliselle hotellin kabinettiin. Noustessaan seisomaan hän kuuli läheisistä pöydistä innostunutta supinaa. Joku kaivoi älypuhelimensa esille. Evie suoristi pukuaan hymyillen pingottuneesti.

"Meidän viisitoista minuuttiamme julkisuudessa taitavat olla ohi", Ethan totesi katsellen Rowena Blythen alaisineen purjehtivan huoneen poikki. Alaston verinen mies ei pärjännyt kilpailussa maailmanlaajuisesti tunnetulle elokuvatähdelle.

"Pahoin pelkään niin", Evie vastasi hyvästellen Ethanin ja Samuelin. Rowena Blythen vierailu oli loistavaa mainosta Grand Appletonille, mutta työtä se totisesti teetti. VIP-henkilöt olivat vaativia asiakkaita. Evie oli salaa mielissään huomatessaan näyttelijättären suuntaavan hotellin yksityiselle uimarannalle vieviä jyrkkiä portaita kohti.

Rantatuolissa lekotteleva Rowena Blythe selaili tabletillaan tuoreinta Cosmopolitanin verkkojulkaisua. Vaikka lehti oli suunnattu häntä nuoremmalle kohdeyleisölle, Rowena halusi tarkistaa, oliko häntä mainittu sivuston viihdeuutisissa tai juorupalstalla. Tuo tapa oli periytynyt hänen isoäidiltään, joka oli aina ensimmäiseksi vilkaissut sanomalehdestä muistokirjoitukset. Näyttelijöille näkymättömyys merkitsi kuolemaa, kuten Rowena hyvin tiesi. Naisten iän noustessa heidän julkisuuskuvansa osakearvo laski käänteisellä käyrällä. Viisikymmentävuotissyntymäpäivän lähestyessä näyttelijätär sai olla tyytyväinen, jos elokuvatuottajat vastasivat häntä edustavan agentin puheluihin. Vain taitavimmat, ovelimmat ja onnekkaimmat selvisivät. Rowena oli yksi heistä. Mutta menestys ei ollut tullut ilmaiseksi. Se oli vaatinut verta, hikeä ja kyyneliä. Uhrauksia, jotka toisinaan olivat tuntuneet liian kalliilta hinnalta maksaa valkokankaan suomasta kuolemattomuudesta.

Rowena oli yhä kaunis nainen. Roikkuvalierisen hellehatun alta tulvivat pitkät hunajanruskeat hiukset kehystivät kapeaa nenää, aistikkaita huulia ja korkeita poskipäitä. Mustavalkoinen uimapuku peitti keisarileikkauksen jättämän arven, jota edes arpineulaushoito ja pigmentointi eivät olleet pystyneet kokonaan häivyttämään. Syvään uurrettu kaula-aukko ja poven alla oleva koristevyö johdattivat katseen terhakan pyöreisiin rintoihin ja solakkaan uumaan.

Näyttelijättären huomio terästäytyi hänen havaitessaan nimensä ja pienen esikatselukuvan verkkolehden muotiosiossa. Mutta hänen koettaessaan siirtyä artikkeliin tabletti kieltäytyi tottelemasta. "Ei internetyhteyttä" -teksti lävähti ruudulle.

"Taas se katkesi!" hän sadatteli Seanille, joka työskenteli hänen sihteerinään ja henkilökohtaisena avustajanaan.

"Minähän varoitin sinua."

"No niin helvetti teit", Rowena tiuskaisi. "Sinun kännykkäsi taas näyttää toimivan ongelmitta."

"Minä käytänkin satelliittiyhteyttä. Tämän saaren matkapuhelinverkko on…"

"Tiedän, tiedän…" Rowena vastasi. Sean oli ärsyttävän usein oikeassa. Hän oli komea, sivistynyt, tehokas ja tyylitajuinen. Ja umpihomo. Edes hiusten Ivy League -leikkaus ja korvaan kiinnitetty kuulokemikrofoni eivät muuttaneet sitä tosiasiaa. Sateenkaariväki voitti ja heteronaiset hävisivät. Se ei ollut reilua.

"Onko valmistelut suoritettu?" Rowena kysyi sammuttaen taulutietokoneensa.

"Kaikki kunnossa."

"Mainiota." Meri kimmelsi tyynenä ja houkuttelevana. "Kuinkahan lämmintä vesi mahtaa olla?"

"Voin tarkistaa puhelimestani."

"Anna olla", näyttelijätär naurahti. "Taidan käydä kokeilemassa sitä ihan vanhanaikaisella tavalla."

"Siis kastelemalla varpaasi ja kiljumalla kuin syötävä…"

"Haista home, Sean! Niin tapahtui vain kerran, ja silloin oli talvi!"

"Olimme Key Westissä, emme Alaskassa."

"Haista home", Rowena toisti. "Tuo on pelkkää saivartelua."

"Aivan miten haluatte, neiti Blythe", Sean kujersi teennäisellä falsetilla.

"Sinä se neiti olet! Oikea laatunarttu!" Rowena hihitti sihteerinsä kiusoittelulle.

"Kuten sinäkin Rowena, kuten sinäkin…"

Näyttelijätär virnisti. Sean oli röyhkeä ja ilkikurinen, mutta häneen saattoi luottaa. Rowena piti häntä ystävänään. Hollywoodin helppoheikkien ja hännystelijöiden joukossa Sean oli arvokas jalokivi: safiiri, smaragdi, rubiini…

Vaaleanpunainen timantti.

Rowena nousi aurinkotuoliltaan ja jätti hattunsa pyyhkeen päälle. Hienojakoinen hiekka pöllysi näyttelijättären jaloissa hänen kävellessään rantaviivaa kohti. Ilma väreili kuumuudesta. Palmut kököttivät liikkumattomina kuin Buckinghamin palatsin vartiosotilaat. Läheisestä metsiköstä kajahti punakardinaaliuroksen viheltävä laulu.

Kahlattuaan vyötäisiään myöten mereen Rowena sukelsi. Hän ei aikonut tarjota Seanille lisää syytä naljailuun. Äänettömyys ympäröi hänet. Viileys ja painottomuus kietoivat hänet syleilyynsä. Kiireet ja huolet hellittivät. Los Angeles, enkelten ja paholaisten kaupunki, oli kaukana. Kokonaan toisessa maailmassa. Täällä, Vetehisen valtakunnassa, hänen ei tarvinnut teeskennellä. Hänen ei täytynyt miellyttää ohjaajia, kuvaajia ja tuottajia. Joskus Rowenasta tuntui, että hän näytteli roolia, eli jonkun muun elämää. Se oli väsyttävää. Vain harvat tiesivät, millainen hän todellisuudessa oli. Marilyn Monroe oli ymmärtänyt häntä sanoessaan: "Miehet menevät sänkyyn Marilyn Monroen kanssa, mutta heräävät Norma Jeanin vierestä". Naista, jota ihailtiin, himoittiin ja palvottiin, ei ollut olemassakaan.

Hapen loppuessa Rowena kauhoi takaisin pinnalle. Tovin kelluttuaan hän ui rantaan ja painautui mahalleen märkään hiekkaan. Auringonsäteet hellivät hänen kosteaa ihoaan. Hän sulki silmänsä. Oli autuasta olla siinä, maan ja meren rajalla, menneisyyden ja tulevaisuuden ulottumattomissa. Vailla muistia ja muistoja. Unohduksen puutarhassa.

Kaukainen rääkäisy havahdutti Rowenan horroksesta. Hän kohotti päätään. Ei mitään. Linnutkin olivat vaienneet. Hetken Rowena luuli kuvitelleensa kaiken. Sitten hän kuuli sen taas. Hänen niskavillansa nousivat pystyyn. Tietoinen mieli yritti väittää sitä eläimen kutsuhuudoksi, mutta sisimmässään hän tunnisti äänen.

Se oli vauvan parkaisu.

Rowena kömpi seisaalleen. Hiekkatahraisena, hiukset päätä vasten liimaantuneina ja suu keskittyneesti raottuneena hän tuijotti rannan sivustalla sijaitsevan metsikön hämärään. Jälleen uusi parkaisu, aiempaakin korkeampi. Enää sen lähteestä ei ollut epäilystäkään. Vauva huusi hädissään. Kauhistuneesti koko pikkuruisten keuhkojensa voimalla. Rowena ei epäröinyt sekuntiakaan lähtiessään juoksemaan äänen suuntaan. Paljaat jalat talloivat maata kiidättäen hänet puiden siimekseen. Hän työntyi oksien ja aluskasvillisuuden läpi ruhjeista ja naarmuista piittaamatta. Sydän sykki korvissa. Keuhkoissa poltti. Palosireenimäinen kirkuna täytti Rowenan tajunnan. Hän ei hidastanut. Vain lapsella oli väliä.

Lehtikatoksen harvetessa maa alkoi viettää alaspäin. Rowena näki edessään aukion. Jokin hänessä tiesi, että vauva oli siellä. Intuitio oli johdattanut hänet erehtymättömästi perille. Mutta ei ollut aikaa levähtää ja tasata hengitystä. Hänen vaistonsa hälytyskellot soivat. Ne varoittivat vaarasta.

Hyvä luoja, älä anna minun olla myöhässä!

Rowena kiristi tahtia, vaikka lihakset valittivat katkerasti jokaisesta liikkeestä. Oli pakko jaksaa. Oli pakko... Näyttelijätär laskeutui loivaa mäkeä aukiota kohti, kun irtokivet pettivät hänen jalkojensa alta. Hän pyristeli painovoimaa vastaan pysyäkseen pystyssä. Turhaan. Kamppailun voittajasta ei ollut epäselvyyttä. Rowena rysähti vauhdilla penkereen juurella kasvavaan ryteikköön.

Ohuet oksat katkeilivat ja murtuivat. Terävä risu riipi syvän viillon Rowenan otsaan. Okaat tatuoivat verellä hänen sileän ihonsa. Juhlittu elokuvatähti oli haavoilla, kuhmuilla ja mustelmilla mätkähtäessään nokalleen törkyiseen mutaan. Maa haisi mullalta ja mädäntyneiltä lehdiltä. Pilaantuneiden hedelmien imelä löyhkä leijui ilmassa. Ruumista särki. Paikkoja kolotti. Rowena olisi halunnut jäädä makaamaan. Vaipua kivuttomaan uneen. Mutta vauva kutsui häntä. Näyttelijätär voihkaisi kammetessaan itsensä kontilleen. Hänen vasen silmänsä oli muurautunut umpeen. Se oli hyödytön kuin Barbie-nuken peräreikä.

Rowena ravisti päätään pyyhkien ravan pois kasvoiltaan. Vapisten hän ponnistautui ylös lietteestä. Ryvettyneen naisen kykloopinkatse löysi vauvan. Luonnon muovaamalle kalliopaadelle hylätyn lapsen itku oli vaimennut säälittäviksi, nikottaviksi niiskauksiksi. Pienokaisen voimat olivat ehtyneet. Pelon liekki oli palanut loppuun ja hiipunut apatiaksi. Rowena unohti omat vaivansa. Hän tahtoi rientää vauvan luokse ja lohduttaa hentoa ihmistaimea parhaan kykynsä mukaan. Mutta hän ei totellut mielijohdettaan. Rowena aavisteli pahaa. Hän taittoi ryteiköstä pisimmän näkemänsä oksan, astui lähemmäs laakeaa paatta ja sohaisi kepillä sitä reunustavaa villiintynyttä heinikkoa. Korret heiluivat ja huojuivat, kuin äkillinen puhuri olisi retuuttanut niitä. Kiukkuisen sihinäkonserton alkaessa Rowena kavahti kauemmas. Käärmeitä! Tukuttain niljakkaita yökötyksiä! Ei helvetin kuusitoista! Hän vihasi käärmeitä yhtä paljon kuin Indiana Jones.

Tai kenties enemmänkin...

Kylmät väreet kiirivät Rowenan selkäpiitä pitkin. Hänen pelkurimainen, rationaalinen puolensa suostutteli häntä lähtemään tiehensä ja hakemaan apua. "Vauva pärjää kyllä. Sinun ei tarvitse kuin kävellä pois", se supisi hänelle houkuttelevasti. Rowena hääsi tunkeilijan mielestään. Hän ei aikonut jättää lasta yksin. Ei enää, kuten oli aikoinaan jättänyt.

Ei milloinkaan enää.

Rowena irvisti. Hänen ilmeessään oli samaa periksiantamatonta

25

päättäväisyyttä, joka oli tehnyt hänestä tähden. Mutta tällä kertaa kyse ei ollut elokuvaroolista tai mainossopimuksesta. Hän taisteli tärkeämmän asian vuoksi. Näyttelijätär ärjäisi kuin naarasleijona rynnätessään vihollistensa kimppuun. Hän pieksi heinikkoa kiroten kaikki ihmiset, jotka koskaan olivat pilkanneet, haukkuneet tai väheksyneet häntä. Keppi viuhui kuin muskettisoturin miekka, iski kuin janitsaarin sapeli. Kasvit lakosivat. Käärmeet kuhisivat ja kiemurtelivat toistensa ylitse paetessaan hurjistuneen naisen raivoa.

Matelijoiden luikerrellessa karkuun Rowena ei viivytellyt. Hän syöksyi heinikon halki toivoen, ettei yksikään muita lajitovereitaan hitaampi tai uskaliaampi käärme ollut jäänyt vartomaan häntä. Päästyään paaden luo hän loikkasi sen päälle ja kumartui nostamaan vauvan syliinsä. Pienokainen tuntui kuumalta ja veltolta. Rowena oli huolissaan. Kuinka kauan vauva oli ollut auringon armoilla? Koska hän oli viimeksi syönyt tai juonut? Ja kuka hirviö oli tehnyt tämän viattomalle lapselle?

Joku samanlainen kuin sinä.

Näyttelijätär hengähti syvään. Nyt ei ollut kysymysten ja it-sesyytösten aika. Ensin vauva oli saatava turvaan. Millään muulla ei ollut merkitystä. Hän katsoi ympärilleen. Tuuli oli yltynyt. Puut huojuivat. Verkkaisesti aaltoileva heinikko jatkui joka puolella. Oli nopeinta ja järkevintä palata rannalle omia jälkiään seuraten. Rowena huokaisi uupuneesti. Hän ymmärsi tarinan opetuksen. Polku sovitukseen kulki menneiden kärsimysten kautta.

5

Auto huojui ja heilahteli holtittomasti kuin juopunut rovasti. Vaikka kuski ei selvästikään hallinnut ajokkiaan, hän ei suostunut hiljentämään vauhtia. Päinvastoin. Auton kaartaessa kurviin hän painoi kaasua. Renkaat ulvahtivat kimeästi nauraen. Moottori jyrähti huumaantuneesta riemusta. Takaosa uhkasi lähteä luisuun, mutta paholainen ratissa sai ajoneuvon vakautettua. Auto singahti mutkaan pakokaasun röyhtäyksen tuprahtaessa sakeana pilvenä.

Usva oli noussut. Vettä ripsi. Näkyvyys olematon. Katulamppujen kissansilmät hohtelivat pimeässä Porschen etuvalojen niellessä asfalttia. Autio tie kuiski houkuttelevasti kuin nainen. Se maanitteli mattapintaista rakastajaansa antamaan kaikkensa. Nopeammin! Kovempaa! Eikö sinusta vittu ole enempään?

Urheiluauton maskuliininen ylpeys ei sietänyt moitetta. Keulakoristeen pikimusta ori hirnui ja vikuroi. Sen suu vaahtosi ja lihakset värisivät. Eikä ohjastaja pannut vastaan. Hän ratsasti vieläkin väkevämmän pollen selässä.

Mittarin neula kipusi ylöspäin. Ohi vilahti tienviitta, jonka numerot ja kirjaimet olivat sulaneet hieroglyfeiksi. Edessä häämötti bussipysäkki. Sen takana olivat liikennevalot. Ne paloivat punaisina.

Kuski leijui seitsemännessä taivaassa. Hän oli kuolematon. Allah, Buddha, Jahve, Jeesus ja Maria. Zeus ja Šiva yhdessä kompaktissa paketissa. Voimapillereitä popsinut Pac-Man. Heroiinin kruunaama jumala. Kuski virnisti. Kertakäyttöiseen sadeviittaan sonnustautuneen haamun astuessa suojatielle hän ei yrittänytkään jarruttaa. Ei kaikkivoipaisuutensa tunnossa oleva Pac-Man pelännyt aaveita. Metallin kohdatessa lihan ja luun hänen uskollinen ratsunsa hirnahti hyväksyvästi. Törmäys lävisti unen ja valveen välisen hauraan mosaiikin.

Samuel Thomas kavahti hereille. Hänen jalkaansa kivisti. Viileälle säädetystä ilmastointilaitteesta huolimatta lakanat olivat hiestä nihkeät. Mutta onneksi sentään pelkästä hiestä. Alkuaikoina, tapaturmasta toipuessaan, hän oli toisinaan laskenut nukkuessa alleen. Se oli ollut hemmetin noloa, vaikka kuntoutuskeskuksen psykologi oli kertonut sen olevan normaalia traumaattisen kokemuksen jälkeen.

Sänky tuntui vieraalta. Tahmealta ja kostealta. Hetteiseltä suonpientareelta. Samuel nousi istumaan. Hän tiesi katsomattakin, paljonko kello oli. Silti hänen oli pakko tarkistaa asia. 5.12 aamulla. Niinpä niin. Sama toistuva painajainen, josta hän havahtui tismalleen kello 5.12 aamulla.

5.12, 5.12, 5.12... Miksi juuri kello 5.12? Onnettomuushan oli tapahtunut illalla.

Joskus Samuel oli valvonut koko yön tai laittanut matkapuhelimen hälytyksen herättämään hänet ennen kyseistä ajankohtaa. Mutta se oli pakenemista, väistämättömän lykkäämistä huomiseen. Rintamakarkuruutta omasta egosta, omasta minuudesta. Eikä Samuel ollut mammanpoika, jänishousu tai luovuttaja. Sisäiset demonit, psyyken parasiitit, oli kohdattava silmästä silmään, muuten ne nakersivat isäntänsä elävältä.

Edes Unohduksen puutarhassa ihminen ei voinut paeta itseään.

Samuel kapusi jalkeille ja raahusti ikkunan luo. Hän avasi verhot ja parvekkeen liukuoven. Raikas ilma tulvahti huoneeseen häätäen yön kauhut tiehensä. Samuel tuhahti hymyillen toispuolisesti. Oli turha koettaa enää saada unta. Kuppi kahvia, varhainen aamiainen ja lämmin suihku, ja hän olisi kuin uusi mies. Vakiintunut aamurituaali olikin tarpeen, sillä myöhemmin päivällä Samuelilla oli tapaaminen saaren sairaalan fysioterapeutin kanssa. Ne treffit hän olisi mieluusti jättänyt väliin. Mutta jalan kipu ja eteisessä odottava kävelykeppi muistuttivat häntä siitä, että kuntoutus oli tarkoitettu hänen parhaakseen.

Ja kuten sanottu, Samuel ei ollut luovuttaja.

Nuori nainen viiletti sairaalan puistoalueen polkuja ja käytäviä pitkin. Hänen askeleensa oli kevyt. Kultainen rannekello kimalteli auringossa. Ohut liehuva mekko ja luonnonkiharina lainehtivat hiukset loivat vaikutelman kedolla leijailevasta keijukaisesta. Välillä hän pysähtyi ja kuulosteli tarkasti, kuin varmistaen, ettei takaa-ajaja ollut eksynyt liian kauaksi hänestä. Tutun äänen kajahtaessa hän jatkoi kiireesti matkaansa.

"Huhuu! Amy! Missä sinä olet?"

Amy hihitti tukahtuneesti. Vastaantulevat keski-ikäiset rouvat mulkoilivat häntä koppavan ylimielisesti. Heidän päänsä olivat siteissä, jotka jättivät ainoastaan kasvot esille. Nenänvarsia peittivät valkoiset teipit. He näyttivät potkunyrkkeilyä harrastavilta nunnilta. Amyn heilauttaessa rouville kättään he supisivat kiihtyneesti keskenään, eivätkä vastanneet tervehdykseen.

"Saamarin korppikotkat", Amy sihahti sivuuttaessaan naiset. Hän riensi eteenpäin jäämättä odottamaan sanojensa aiheuttamaa reaktiota.

Syvemmällä puiston ytimessä istutukset tihenivät. Kukat ja pensaikot rehottivat villimpinä, aivan kuin laiskotteleva hortonomi olisi laiminlyönyt niiden hoidon. Kaareutuvat plataanipuut ja banianviikunat muodostivat varjoisia kujia, joiden katveissa oli takorautaisin heloin koristeltuja penkkejä. Oksistojen läpi siivilöityvä valo synnytti miellyttävän hämyisiä soppia. Niiden siimeksessä saattoi lukea kirjaa, raapustaa runoja tai vain rentoutua päivän vaivoista.

Se oli Amyn suosikkipaikka puistossa.

"Amy! Älä viitsi! Tämä ei ole enää hauskaa!"

Kyllästynyt huuto kuului nyt selvästi lähempää. Amy tunsi jännityksen kihelmöinnin ruumiissaan. Vaikka kyse oli pelkästä leikistä, hän ei halunnut lopettaa vielä. Jokainen vapaa-ajan tuokio ennen leikkausta ja poissa sairaalan ahdistavasta ilmapiiristä oli kallisarvoinen lahja. Amy eli hetkessä, sillä kukaan ei tiennyt, mitä huominen toisi tullessaan. Sen hän oli karvaasti ymmärtänyt jo kauan, kauan sitten.

Ohitettuaan isopäisen, sään pieksemän *ki'i*-patsaan, jonka Amy oli ristinyt holhoojansa mukaan Ireneksi, hän oli perillä. Siinä se oli: hänen suojaisa sopukkansa, hänen kotoisa loukkonsa, hänen salainen puutarhansa. Mutta hän ei ollut yksin. Amyn harmiksi vieras mies oli ryövännyt penkin itselleen. Tunkeilija lekotteli leveällä puisella istuimella kuin olisi omistanut sen. Amyn karkumatkallaan kohtaamien naisten nostattama närkästys purkautui viattomaan sivulliseen.

"Sinä istut minun paikallani."

Samuel Thomas hätkähti kuin olisi jäänyt kiinni jostakin sopimattomasta. Ja kuitenkin hän oli vain levähtänyt toviksi fysioterapeutilla käynnin jälkeen.

"Anteeksi, mitä?"

"Sinä istut minun paikallani", Amy toisti, tällä kertaa vaisummin. Miehen katseen kohotessa Amyn kasvot kätkevään naamioon tämän suu loksahti hämmentyneesti raolleen. Amy mutristi huuliaan. Vaikka hän oli tottunut ulkomuotonsa aiheuttamaan ihmetykseen, häkeltyneet ilmeet satuttivat aina. Ne muistuttivat, että hän ei ollut samanlainen kuin muut.

"Oletko tosissasi?" Samuel kysyi. Ensijärkytyksestä selvittyään naisen käytös alkoi ärsyttää häntä. "En huomaa sinun nimeäsi missään."

"Ethän sinä edes tiedä minun nimeäni!" Amy kivahti. "Tämä on minun penkkini!"

Samuel virnisti.

"Sittenhän sinä voit todistaa sen. Jos esität minulle kauppakirjan, ostokuitin tai vuokrasopimuksen, jätän sinut kahden armaan penkkisi kanssa."

Ovaaleista rei'istä tuijottavat silmät välähtivät.

"Sinä varmasti kuvittelet olevasi hirveän vitsikäs?"

"Toisinaan."

"Minäpä kerron sinulle totuuden. Olet…"

Amy ei koskaan päässyt lauseen loppuun. Irenen mylväisy katkaisi nuoren naisen solvauksen terän. Amy kääntyi. Hän aisti holhoojansa läsnäolon. Myös Samuel aisti sen. Vantteralla ja miltei 190-senttisellä Irenellä oli sellainen vaikutus ihmisiin. Rivakat askeleet kopisivat kiveystä vasten. Rusettinauhainen huopahattu tanssahteli miehenkorkuisen pensasaidan yllä. Amy pidätti hengitystään. Vain muutama sekunti, ja Irene löytäisi hänet.

Löytäisi heidät.

Se ei käynyt päinsä. Hän ei tahtonut saada nöyryyttävää julkista läksytystä, ei ainakaan tuon röyhkeän, huonotapaisen miehen nähden. Salamana Amy syöksyi penkin vieressä olevan käkkäräisen puun taakse. Hän ennätti piiloon viime tingassa.

Amyn äkillinen katoamistemppu yllätti Samuelin. Hän raaputti aamulla sileäksi ajeltua poskeaan. Olipa se ollut kerrassaan kummallista, kuin kohtaus humaltuneiden harrastelijoiden kesäteatteriesityksestä. Samuel ei mahtanut mitään itselleen. Hän oli utelias. Mikä tuota naista riivasi? Pöyhkeä kuin hemmoteltu pikkutyttö, ja silti selvästi jo aikuinen. Entä se omituinen naamio, jossa oli reiät ainoastaan suuta, silmiä ja sieraimia varten? Ja mitä roolia juuri estradille astellut jyhkeä amatsoni näytteli?

Irene oli mieleenpainuva ilmestys. Hän oli pukeutunut hiilenharmaaseen kynähameeseen ja siihen sointuvaan bleiseriin. Tanakat jalat oli verhottu sukkahousuihin ja paksukorkoisiin avokkaisiin. Hattu peitti kireälle nutturalle sidotut platinanvaaleat hiukset. Asu olisi sopinut viisikymmentäluvun Hitchcock-elokuvaan, mutta oli täysin väärä tropiikkiin. Irene muistutti ankaran siveellistä vanhapiikaa, mikä hän eittämättä olikin. Hän ei piitannut toveruudesta, romantiikasta tai seksistä, miehistä tai naisista, kissoista tai koirista. Vain avokätisen palkan tarjoama taloudellinen kompensaatio sai hänet hehkumaan mielihyvästä. Hän rakasti rahaa, mutta ei sen status- tai välinearvon vuoksi. Irenen rakkaus oli puhtaampaa, jalompaa, esteettisempää. Hän nautti silittäessään käytössä rypistyneet setelit suoriksi ja lajitellessaan ne omiin sieviin pinoihinsa. Hän iloitsi rahan koskettamisesta, sen tuoksusta, sen kahisevasta kuiskauksesta. Hän piti käteisenä saamansa palkan lähellään, jykevässä ja tarkoin varjellussa kassalippaassa, aikomattakaan lihottaa talletuksillaan saarella toimivan Coral-pankkiketjun tilejä.

Irene oli Roope Ankan hengenheimolainen.

Amy kuuli vaimeaa puhetta. Samuelin tavoin hänkin oli utelias. Hän kurkisti vaivihkaa lehvien lomasta ja tarkasteli keskustelevaa kaksikkoa. Irene seisoi istuvan miehen edessä ylväänä ja ryhdikkäänä, kuin kuritonta oppilasta nuhteleva rehtori. Hänen lihaksikkaat, lapiomaiset kätensä liikkuivat rauhallisesti rytmittäen syvän alton polveilevaa melodiaa. Amy pohti, miten hänen holhoojansa oli löytänyt hänet niin nopeasti. Johtopäätös oli ilmeinen. Hänen kohtaamansa naiset, nuo pahanilkisesti juoruilevat harpyijat leikeltyine nokkineen, olivat taatusti kilvan raakkuneet tietonsa Irenelle. Ja mies olisi samanlainen. Hän lavertelisi. Tietysti hän lavertelisi. Ei hänellä ollut mitään syytä olla tekemättä niin. Miehen näennäinen levollisuus ei huijannut Amya. Ihmiset olivat halpamaisia, itsekkäitä ja vahingoniloisia. Elämä ei ollut opettanut Amya luottamaan muukalaisten hyväntahtoisuuteen.

Kaksikon äänten noustessa Amy erotti heidän sanansa selvästi.

"Kukaan ei ole siis kulkenut ohitsesi? Oletko aivan varma?"

"Kyllä vain. Olen ollut täällä vähintään varttitunnin. Olisin huomannut sen."

"Pahuksen Amy!" Irene kirosi. "Alan saada tarpeekseni hänen metkuistaan!"

"Ymmärrän teitä hyvin. Olette kärsivällinen kuin enkeli."

Amy puristi kämmenen suulleen estääkseen väkisin pakoon pyrkivän naurunpyrskähdyksen. Irene tuijotti miestä kulmiensa alta, kuin epäillen tämän pilkkaavan itseään. Mutta kohteliaan miehen vilpitön ilme sai hänet lauhtumaan.

"Kiitos, herra…"

"Thomas. Samuel Thomas. Ja ilo oli kokonaan minun puolellani."

Irenen lähtiessä Amy veti päänsä piiloon ja painoi selkänsä puun kaarnaa vasten. Hän laski mielessään sekunteja. Amyn päästyä neljäänkymmeneen mies kutsui häntä.

"Voit tulla pois sieltä. Hän meni jo."

Amy astui esiin ja käveli puistoraitille. Hänen lähestyessään penkkiä mies siirtyi sivummalle ja tarjosi paikkaa vierestään.

"Emmeköhän me molemmat mahdu istumaan tähän."

Amy empi hetken ja lysähti sitten penkin toiselle laidalle. Hän katseli kukkaistutusten kimpussa hyöriviä oranssisiipisiä perhosia. Hiljaisuus oli painostava. Oli tavattoman vaikea keksiä mitään sanottavaa. Amy tunsi olonsa typeräksi. Onneksi mies teki lopulta aloitteen.

"Kuka tuo sinua etsinyt nainen oikein oli? Tuskin ainakaan äitisi. Hän ei muistuttanut sinua."

"Mistä sinä tiedät, miltä minä näytän?" Amy puuskahti kiepsahtaen miestä kohti.

"Tarkoitan... tuota..." Samuel takelteli vilkaisten vaistomaisesti nuoren naisen vartaloa. Amy huomasi miehen eleen. Hänen maskin suojaamat kasvonsa lehahtivat punaisiksi.

Vastaa hänelle! Puhu jotakin! Mitä tahansa...

"Hän on Irene, minun seuralaiseni."

"Ahaa. Luulin häntä vahtikoiraksesi."

Amy tirskahti helpottuneena. Ehkä hän oli arvioinut miehen väärin.

"On hän sitäkin. Mutta miksi sinä valehtelit hänelle?"

"Koska... koska se tuntui oikealta", Samuel mutisi purren alahuulensa hampaidensa väliin.

Vaikka vastaus ei ollut tyydyttävä, Amy antoi asian olla. Kenties tuo mies, joka oli kertonut Irenelle nimensä olevan Samuel, oli toiminut säälistä tai armeliaisuudesta. Ehkä Amy oli miehelle ainoastaan hyväntekeväisyyttä. Hän ei halunnut tietää. Joskus tietämättömyys oli autuutta.

"Hän pitää minua yhä lapsena", Amy sanoi.

"Irenekö?"

"Niin."

Samuel siristi silmiään.

"Kuinka vanha sinä sitten olet?"

"Ei tuollaista saa udella naiselta."

"Miksi ei? Mehän elämme tasa-arvon ja yhdenvertaisuuden aikaa."

Amy tuhahti.

"Sinä et taida ymmärtää naisia vähääkään."

"Myönnän syyllisyyteni. Mutta se ei ole pelkästään minun vikani. Katsohan…"

Amy hymyili Samuelin tarinoidessa nuoruusvuosiensa kömmähdyksistä tyttöjen kanssa. Hän kikatti kuullessaan traagisen kaskun Samuelin katastrofaalisesti pieleen menneistä treffeistä. Ja hän nauroi makeasti miehen esittäessä hulvattoman pantomiimin ensimmäisestä suudelmastaan. Amy vakavoitui vasta Samuelin kertoessa auto-onnettomuudestaan.

"Minäkin jouduin onnettomuuteen", Amy kuiskasi. "Joskaan en muista siitä paljoakaan."

"Silloinko kasvosi vahingoittuivat?" Samuel kysyi.

Amy nyökkäsi.

"Se oli päivä, jolloin minä kuolin ja synnyin uudestaan. Mutta en kokonaisena, en enää milloinkaan kokonaisena."

Naisen äänen pohjaton apeus kauhistutti Samuelia.

"Amy…"

"Älä huoli. Ei se auta mitään. Minä olen mikä olen, rikkoutunut ihminen, hirviö naamion takana."

"Et sinä ole hirviö!" Samuel älähti. Sanat kaikuivat tyhjyyttään.

Amy vilkaisi kelloaan. Hänen silmänsä laajenivat.

"Hemmetti sentään! Minun on mentävä."

Samuel ei yrittänyt estää Amya lähtemästä. Mutta naisen noustessa hän kurottautui hipaisemaan tämän kättä. Liike oli kuin refleksi: suunnittelematon, ajattelematon ja silti täynnä tarkoitusta.

"Voisimmeko… voisimmeko tavata vielä?"

Amy toljotti Samuelia ymmällään.

"Miksi?"

Samuel töksäytti ensimmäisen mieleensä juolahtaneen lauseen.

"Minusta oli mukava jutella kanssasi."

Amy perääntyi kauemmas penkistä. Hetken Samuel oli varma, että Amy kieltäytyisi. Sitten nainen hengähti syvään, kuin valmistautuen sukeltamaan päistikkaa avantoon.

"Hyvä on. Mutta sinun on luvattava minulle eräs asia."

"Mitä vain", Samuel vastasi myhäillen.

Amyn sormenkynnet koskettivat maskin pintaa.

"Vanno, ettet koskaan pyydä minua paljastamaan kasvojani."

6

Samuel Thomas irvisti hypistellessään päälleen pukemansa smokin kangasta. Lakerikengät, koristelaskoksinen valkoinen paita, musta yksirivinen takki ja samanväriset housut vielä menettelivät, mutta solmuke ja olkaimet olivat liikaa.

"Minä näytän aivan pingviiniltä."

"Käyttämäsi analogia ei ole kovin omaperäinen", Ethan Solomon huomautti. "Eikä ole kohteliasta katsoa lahjahevosta suuhun."

"Tuo vasta kliseistä olikin", Samuel nälvi.

"Iän suoma viisaus itää traditiosta ja nostalgiasta. 'Ne, jotka eivät muista menneisyyttä, ovat tuomittuja toistamaan sitä', kuten Santayana kirjoitti."

"Kuka?"

"Taisit juuri todistaa paradigmani legitimiteetin."

Samuel korjasi peilin edessä solmukettaan.

"Tiedätkö, mitä mieltä olen jutuistasi, Ethan?"

"En, mutta kerrot sen epäilemättä minulle."

Nuorempi miehistä kääntyi ja päräytti raikuvan suupierun.

"Sangen vulgaari argumentti, mutta kiistämättä tehokas", vanhus tokaisi virnistäen.

"Sulkeudun suosioosi", Samuel sanoi nojaten keppiinsä ja kumartaen kömpelösti.

Ethan Solomon taputti käsiään.

"Hienoa! Kyllä sinusta herrasmies vielä sukeutuu."

"Toivottavasti ei. Se ei sopisi huolella varjeltuun imagooni."

"Moukka."

"Keikari."

"Hunsvotti."

"Kääkkä."

Miehet hymyilivät toisilleen. Leikkimielinen kiusoittelu oli omiaan tiivistämään tuoreiden ystävysten välejä. Oli kuitenkin totta, että Evie Mann oli lähettämänsä virallisen illalliskutsun (pukukoodina iltapuku tai smokki) lisäksi tarjonnut hotellin yhteydessä toimivan pukuvuokraamon palvelut maksutta Ethanin ja Samuelin käyttöön. "Pienenä kiitoksena teidän avustanne ja hienotunteisuudestanne", kuten kortissa oli lukenut. Samuelista se oli liioittelua. Eihän hän ollut oikeastaan tehnyt mitään. Mutta Ethan ei ottanut Samuelin vastaväitteitä kuuleviin korviinsa.

"Onko sinulla muka omaa smokkia mukanasi?"

Samuelin oli myönnettävä, ettei hän ollut koskaan sonnustautunutkaan mokomaan vaatekappaleeseen. Sillä vaikka Samuel Thomas lomaili upeassa Grand Appletonissa, ei hän ollut rikas, ei edes varakas. Koko vierailu paratiisisaarella oli mahdollista ainoastaan auto-onnettomuudesta saadulla vahingonkorvauksella. Oli tietenkin tuhlausta kuluttaa rahoja ylellisyyksiin, mutta Samuelin oli ollut pakko päästä pois Lontoosta ja hemmotella itseään kokemiensa kärsimysten jälkeen. Silloin Internetistä löytynyt mainos Unohduksen puutarhasta oli tuntunut johdatukselta. Ja olihan köyhälläkin, tai ainakin keskituloisella, oikeus nauttia elämästä.

"Entä sinun seuralaisesi, tapaatko hänet ennen illallista?" Ethan tiedusteli havahduttaen Samuelin mietteistään.

"Hän sanoi tulevansa suoraan paikan päälle. Miriam lupasi laittaa hänen nimensä vieraslistaan."

Välillä Samuelia kadutti, että hän oli pyytänyt Amyn mukaansa Evie Mannin järjestämille kutsuille. Tosin Amy oli suostunut vasta kuultuaan näyttelijätär Rowena Blythen saapuvan kunnioittamaan tilaisuutta läsnäolollaan. Samuel oli härnännyt Amya asiasta, ja Amy oli myöntänyt olevansa innostunut elokuvatähden tapaamisesta. Se oli aivan normaalia ja ymmärrettävää. Silti Samuel oli levoton. Mitä Rowena Blythe ja muut juhlavieraat ajattelisivat Amysta? Vaikka hän väitti itselleen vain tahtovansa suojella Amya, totuus oli toisenlainen.

Samuelia pelotti, mitä ihmiset ajattelisivat hänestä.

Ennen lauantai-iltaa Samuel ja Amy olivat tavanneet ensikohtaamisen lisäksi vielä kahdesti, heti peräkkäisinä päivinä. Molemmilla kerroilla he olivat jutelleet pitkään keskenään ja väitelleet kumpaakin kiinnostavista aiheista: kirjallisuudesta, elokuvista, politiikasta, historiasta, musiikista... Kaikista Trivial Pursuitin väreistä. He olivat kertoneet toisilleen kokemuksistaan, ajatuksistaan ja haaveistaan, vaikka Amy oli ollut huomattavasti Samuelia vaitonaisempi. Amy ei ollut hiiskahtanutkaan asunnossaan tapahtuneista omituisista sattumuksista, sillä hän ei halunnut, että Samuel pitäisi häntä hulluna. Toisinaan Amy saattoi olla salamyhkäinen ärsyttävyyteen asti, mutta Samuel ei voinut kieltää vastaan panematonta faktaa. Hän piti Amysta. Naamioitu nainen kiehtoi häntä kuin ratkaisematon arvoitus.

"Oletko valmis?" Ethan kysyi röyhistäen peilikuvalleen luisevaa puvun peittämää rintaansa.

"En tiedä", Samuel vastasi rehellisesti.

"Hyvä. Tietämättömyyden tunnistaminen on ensimmäinen askel kohti viisautta."

"Ethan?"

"Niin, Samuel?"

"Voisit ansaita omaisuuden sepittämällä onnenkeksien ennustuksia."

"Skeptikko."

"Sofisti."

"Barbaari."

"Haihattelija."

Ethan Solomon sai viimeisen sanan.

"Muuten, sinun housujesi vetoketju on auki."

Miesten nauru kiiri avaruuteen saakka.

Hotellin kabinetista kaikui äänekäs puheensorina. Jälkiruokalautaset ja kahvikupit oli korjattu pois. Samppanjan ja viinin sijasta halukkaille tarjoiltiin väkevämpiä alkoholijuomia. Alun hillitty tunnelma oli vaihtunut railakkaaksi remuamiseksi. Monet miehistä olivat illan isäntää Amosta seuraten riisuneet takkinsa ja höllänneet tukalia solmukkeitaan. Oli lämmin, vaikka tuulettimet puhkuivat viileää ilmaa ja pihaterassille johtavat lasiset taiteovet oli levitetty ammolleen. Jotkut vieraista kävivät ulkona vilvoittelemassa tai tupakoimassa palaten sen jälkeen takaisin kynttelikoillä valaistuun kabinettiin. Huone oli sisustettu viehättävästi. Korkeat punapuukarmiset ikkunat sointuivat yhteen katon koristepalkkien kanssa. Seinät olivat samaa okranväriä kuin Grand Appletonin aulakin. Valkoiset liinat peittivät suurta suorakulmion muotoista pöytää, jonka ääreen oli asetettu kaksitoista tuolia. Vain yksi niistä oli käyttämätön.

Tyhjä, koskematon, tarpeeton.

Amy oli sittenkin jänistänyt. Se suututti Samuelia. Miten nainen oli kehdannut tehdä niin hänelle? Itsekäs, välinpitämätön tytönhentukka! Samuel kihisi kiukusta, mutta se oli ainoastaan loukkaantuneen psyyken kapinointia, kiihtyneen mielen yllyttämistä barrikadeille. Sisimmässään hän oli salaa helpottunut. Ilman Amya hän oli vapaa toimimaan kuten tahtoi. Samuel siemaisi mangolikööriilä ja rommilla ryyditettyä cocktailiaan, koko seurueelle tuotua paikallista erikoisuutta, ja keskittyi muiden tavoin kuuntelemaan Rowena Blythen tarinaa tämän metsästä löytämästä vauvasta.

Näyttelijätär oli omassa elementissään houkutellessaan yleisön mukaan kolhujen ja mustelmien täyttämälle seikkailulleen. Hämärässä huoneessa palavat kynttilät heittivät lepattavia varjoja hänen kasvoilleen. Musta silmälappu ja otsan haavaa suojaava ihonvärinen laastari vain lisäsivät kertomuksen tenhoa. Rowenan lopettaessa ihmiset puhkesivat spontaaneihin suosionosoituksiin. Jopa Evien sylissä laiskasti makoillut kääpiövillakoira nosti etutassunsa pöydälle ja haukahti kannustavasti.

"No, no, Steffie. Olehan kiltisti", Evie rauhoitteli lemmikkiään. Vieraat nauroivat Steffien vingahtaessa anteeksipyytelevästi. Evie oli useaan kertaan huomannut, että koira oli juhlissa oiva jäänmurtaja.

"Älä ole sille liian ankara", Rowena vetosi kurottaen rapsuttamaan kieli pitkänä läähättävää Steffietä. Koiran urahtaessa tyytyväisenä naiset vaihtoivat ymmärtäväisen hymyn. Mutta Rowenaa vastapäätä istuva mies ei hymyillyt.

"Ei saarella ole käärmeitä. Biologit ovat siitä yksimielisiä", Amos virkkoi tuijottaen näyttelijätärtä kylmästi. Rowena vastasi haastavaan katseeseen.

"Sitten he ovat väärässä. Tiedän, mitä näin."

"Entä jos…" Evie yritti sovitella. Amos ei kuunnellut. Hän oli aikuinen mies eikä vaimonsa sylikoira.

"Miten käärmeet ovat päässeet tänne? Uimallako? Tai kenties ne ovat oppineet lentämään. Eihän lähimmälle mantereelle ole matkaa kuin muutama tuhat mailia."

"Ehkä ne ovatkin", Ethan Solomon puuttui keskusteluun. Amos mulkaisi vanhusta pilkallisesti.

"Ovat mitä?"

"Oppineet lentämään. Vaikka on totta, ettei Unohduksen puutarhaan ole kehittynyt omaa käärmekantaa, ovat matelijat voineet saapua saarelle ihmisten mukana laivoilla ja lentokoneilla."

"Aivan", Rowena säesti nyökäten lyhytkasvuiselle Ethanille suopeasti.

"Tajuatteko, kuinka epätodennäköistä se on?" Amos kysyi pyöritellen päätään.

"Yhtä epätodennäköistä kuin hylätyn pikkuvauvan löytyminen metsiköstä", Evien vieressä istuva Lily totesi vilkaisten kujeilevasti Amokseen.

Amos huokaisi. Hänen kiukkunsa suli. Kuinka kiihottava avokaulaiseen mekkoon pukeutunut Lily olikaan. Olisivatpa he olleet kahden, ilman metelöiviä ja häiriköiviä vieraita. Ilman tunkeilevaa vanhusta ja kopeaa elokuvatähteä. Ilman Evietä. Mutta se ei ollut mahdollista. Ei vielä. Niin pitkään kuin hän olisi Evien aviopuoliso, hänen oli maltettava mielensä ja hillittävä itsensä.

"Olkoon. En millään pärjää kaikille teille tyylikkäille, älykkäille ja mukaville ihmisille", Amos sanoi lämpimästi, tarttui lasiinsa ja kohottautui seisaalleen. "Haluan nostaa maljan vaimolleni Evielle, joka järjesti nämä hienot juhlat."

"Evielle!" vieraat toistivat.

"Ja käärmeille paratiisissa", vakavailmeinen Rowena supatti Ethanille.

Evien silmät kimmelsivät kosteina. Rakkaus Amosta kohtaan puristi hänen rintaansa. Evie ei saattanut uskoa, että Amos oli hänen, nyt ja ikuisesti. Hän ojensi kätensä kohti pöydän laidalla olevaa juomaansa, josta ei ollut vielä ehtinyt maistaa kulaustakaan. Haparoivat sormet osuivat cocktaillasin siroon jalkaan. Lasi keinahti ja huojui hetken, kunnes luonnonlait voittivat. Evie huudahti lasin pudotessa. Hänen työntäessään penkkiään taaksepäin villakoira kiemurteli pois hänen sylistään.

"Voi ei!" Evie henkäisi juoman levitessä pöydän alla olevalle matolle. "Olinpa minä kömpelö!"

"Höpsis. Noin olisi voinut käydä kenelle tahansa", Rowenan avustaja ja illalliseuralainen Sean lohdutti antaen oman lasinsa Evielle. Punoittava Evie katsahti kiitollisena mieheen ja kohotti saamansa lasin ilmaan.

Maljannoston jälkeen Evie nojautui tuolinsa selkänojaa vasten. Amoksen ja Rowenan välisen sanaharkan ja Evielle sattuneen vahingon todistajina olleet vieraat luulivat kommellusten olevan ohi. He saivat huomata erehtyneensä.

Oli kolmannen erän vuoro.

"Ei! Tuhma hauva! Ei saa!"

Amoksen leukapielet kiristyivät hänen kuullessaan Evien äänen. Vain vaivoin hän onnistui olemaan ärähtämättä vaimolleen.

"Mikä hätänä, kulta?"

Saatanan hysteerinen lehmä.

"Steffie..."

"Mitä se koira nyt on tehnyt?" Amos tuhahti kyllästyneesti.

"Luulen... luulen, että Steffie on juonut viinaa..."

Toteamus aiheutti tahattoman naurunpyrähdyksen vieraiden parissa. Mutta Sean ei ollut huvittunut, vaan nousi ja käveli Evien luo. Hän piti eläimistä, eritoten pienistä suloisista koirista. Mitä siitä, että se oli klassinen homomiehiin liittyvä stereotypia. Ei hän aikonut teeskennellä olevansa muuta kuin oli.

"Tarvitsetko apua?" Sean tiedusteli polvistuessaan Evien viereen. Hän käsitti, mitä oli tapahtunut. Koiraparka oli latkinut matolle kaatuneen juoman kitusiinsa.

"Onhan Steffie kunnossa?" Evie kysyi huolestuneena.

Sean otti koiran syliinsä. Hän katsoi sen silmiä, kuunteli sen hengitystä ja tunnusteli sen pulssia. Pikaisen tutkimuksen suoritettuaan hän kääntyi Evien puoleen.

"Sen elintoiminnot vaikuttavat vakailta. Mutta minä en tunne koirien fysiologiaa. On parasta viedä Steffie eläinlääkärin tarkastettavaksi."

"Soitan hänelle heti. Voisitko laittaa Steffien kuljetuskoppaan?" Evie pyysi osoittaen huoneen kulmassa olevaa kantolaukkua, jonka kutsuminen kuljetuskopaksi oli melkoista liioittelua.

"Tietysti."

Seanin hoitaessa hänelle uskottua tehtävää Evie puhutteli vieraitaan.

"Rakkaat ystävät. Valitettavasti joudun poistumaan seurastanne. Mutta Amos, Lily ja Miriam pitävät teistä taatusti hyvää huolta."

Apuemäntinä toimivat Lily ja Miriam viittasivat myöntyvästi.

"Mitä jos tulisin mukaasi?" Amos ehdotti, vaikka ajatus Lilyn hylkäämisestä ja treffeistä Evien, koiran ja eläinlääkärin kanssa inhotti häntä. Hän luotti kuitenkin vaimonsa epäitsekkääseen ja kuuliaisen uhrautuvaiseen luonteenlaatuun. Evie oli heikko ja sinisilmäinen pölkkypää. Hän ei ymmärtänyt totuutta. Oli olemassa lampaita ja leijonia, kyyhkyjä ja haukkoja, saaliita ja saalistajia. Amos tiesi, keiden joukoissa seisoi. Hän oli voittajien puolella.

"Älä turhaan. Meiltä menisi ainoastaan molemmilta ilta pilalle", Evie sanoi. Juuri kuten Amos oli olettanutkin. Evie oli niin tavattoman ennalta-arvattava. Rikas tyttörukka. Toisinaan Amos miltei sääli Evietä. Mutta vain miltei.

Sillä sääli oli sairautta.

Tuuli puhalsi mereltä päin. Kuun kultainen sirppi piirtyi kukkuloiden ylle tähtien täplittäessä tummaa taivaankantta loisteellaan.

Pimeys sulautui valoon ja valo pimeään. Ihmisten huolet ja murheet tuntuivat mitättömiltä mittaamattoman avaruuden rinnalla. Samuel Thomas karisti savukettaan pöydällä olevaan tuhkakuppiin. Pihaterassilla leijailevan tupakansavun kitkerä aromi sekoittui *tiki*-soihtujen sitruksiseen tuoksuun. Pusikoista kuului hepokattien siritystä, kabinetista ihmisten hälinää. Kalastajat työnsivät veneensä vesille ja yökerhot avasivat ovensa. Saari hiljeni, muttei koskaan vaiennut täysin.

"Liikenisikö minullekin yksi tuollainen?" samettinen ääni uteli.

Samuel kääntyi säpsähtäen ympäri. Pehmeä nauru kietoi hänet vaippaansa.

"Olen pahoillani. En aikonut säikäyttää sinua", Miriam sanoi virnistäen valloittavasti.

"En minä säikähtänyt", Samuel puolusteli ojentaessaan Miriamille savukkeen ja sytyttäessään sen.

"Etpä tietenkään…"

"No hyvä on", Samuel myönsi. "Säikähdin minä vähän. Mutta itsehän hiivit salakavalasti kimppuuni."

Miriam ei vastannut miehen hymyyn. Hän imaisi mietteliäästi tupakkaansa.

"Tyttöystäväsi ei sitten tullutkaan."

"Ei hän ole minun tyttöystäväni."

"Eikö? Miksi sinä silti murjotat hänen takiaan? Ehkä minä voisin auttaa sinua unohtamaan hänet."

Nainen astui lähemmäs. Samuel katsoi häntä kalpeana.

"Pelkäätkö sinä minua?" Miriam kysyi kallistaen keimailevasti päätään. Iltapuvun toinen olkain valahti pois hänen olaltaan.

Samuel Thomas nielaisi. Hänen suunsa tuntui kuivalta kuin hiekkapaperi. Lainkaan varoittamatta Miriam painoi kämmenensä Samuelin rintakehälle.

"Mitä sinä oikein teet?" Samuel ähkäisi yllättyneenä.

"Shh. Tahdon vain tarkistaa, onko teidän skandinaavien sydämet umpijäätä."

Miriamin kosketus sai Samuelin kovettumaan. Häntä hävetti.

Miksi hän oli kuin kokematon nuorukainen, vaikka oli Miriamia vanhempi? Hänen olisi pitänyt osata hillitä mielijohteensa. Mutta stoalainen tyyneys oli hemmetin vaikeaa erektion tykyttäessä vaativana housuissa.

Valmiina rynnäkköön, herra kapteeni! Pistin tanaan, jumalauta! Samuelin ruumista poltteli. Viime kerrasta naisen kanssa oli kulunut aivan liian pitkään. Hän himoitsi Miriamia, ja Miriam tiesi sen.

"Haluaisitko…"

"Ajattelin, että…"

Molemmat hymyilivät huomatessaan puhuneensa toistensa päälle. "Sinä ensin", Samuel totesi. Mutta sattuma oli ilkeä ja vahingoniloinen narttu. Miriamin aikoessa puhua Lily viiletti terassille ja keskeytti hänet.

"Tulehan takaisin sisälle, Mimi. Neiti Blythe on lähdössä, ja meillä on vielä rutkasti töitä jäljellä."

"Kyllä, Lily. Aivan kohta."

"Ei, vaan nyt heti", Lily tiuskaisi Samuelista välittämättä.

Miriam myöntyi nyrpeänä. Ennen poistumistaan hän vilkaisi Samuelia pahoittelevasti.

"Joskus paremmalla ajalla, jäämies."

"Jossain paremmassa maailmassa", Samuel kuiskasi Miriamin loittonevalle selälle. Jo toisen kerran samana iltana hänet oli hylätty kuin nalli kalliolle.

Amy tuijotti kabinetin viereisen kokoussalin ikkunasta ulos. Oli hämärää. Ainoastaan pihalta ja raollaan olevasta käytävänovesta huokui kelmeää valoa huoneeseen. Kolmijalalla seisovalle valkotaululle oli piirretty hymynaama. Sen alla olevasta tikkukirjaimin kirjoitetusta tekstistä sai hädin tuskin selvää.

SINÄ OLET TÄRKEÄ

Amy niiskahti. Yksinäinen kyynel valui hänen kasvoillaan olevan maskin nenänviertä pitkin. Hän pyyhkäisi sen vihaisesti tiehensä. Oli turha vetistellä. Mitä siitä, että Samuel pelehti kauniin ruskeaihoisen tytön kanssa. Hän ei voinut syyttää miestä mistään. Samuel ei ollut koskaan yrittänyt vokotella tai lähennellä häntä. Juuri se loukkasi Amya eniten. Samuel ei nähnyt häntä naisena. Hän oli pelkkä lomatuttavuus, joka ei ollut edes vaivaisen säälisutaisun arvoinen. *Ja kaiken lisäksi neitsyt, sillä kukapa olisi huolinut kuvottavan rumiluksen vuoteeseensa?*

Amy terästäytyi huomatessaan vieraan naisen saapuvan terassille ja kuullessaan tämän mainitsevan Rowena Blythen nimen. Hän muistutti itselleen, miksi oli tullut hotellille ja livahtanut salaa kokoushuoneeseen. Se ei ollut johtunut Samuelista. Niin alhainen ja mustankipeä Amy ei sentään ollut. Hänen motiivinsa olivat paljon monisyisemmät. Luotuaan viimeisen vilkauksen Samueliin Amy kääntyi ja käveli ovea kohti. Matkalla hän pysähtyi korjaamaan valkotaulun tekstin uuteen muotoon. Teko oli lapsellinen, mutta sai hänen olonsa paremmaksi.

Amy kurkisti ovensuusta käytävään. Hän ei joutunut odottamaan kauaa. Muutaman minuutin kuluttua ylelliseen iltapukuun sonnustautunut nainen ja komea mies tulivat ulos kabinetista. Näyttelijättären käyttämästä silmälapusta huolimatta Amy tunnisti hänet helposti. Kaksikon osuessa kokoussalin kohdalle Amy työnsi oven auki ja astui heidän eteensä.

"Hei, äiti."

Rowena hätkähti.

"Amy! Mitä sinä täällä teet?"

"Mukava tavata sinuakin", Amy sihahti kohdistaen sitten sanansa Seanille. "Haluaisin jutella äitini kanssa."

"Aivan. Voisimme…"

"Kahden kesken", Amy äyskähti tylysti.

Rowena nyökkäsi avustajalleen.

"Tahdotko, että jään odottamaan sinua?" Sean tiedusteli Rowenalta.

"Mene vain. Nähdään huomenna aamiaisella."

Sean ei väittänyt vastaan. Hän käsitti olevansa kolmas pyörä äidin ja tyttären välisessä keskustelussa.

"Hyvää yötä, Rowena. Hyvää yötä, Amy."

"Hyvää yötä", naiset vastasivat tuijottaen tiiviisti toisiaan. Seanin poistuttua Rowena veti Amyn mukanaan kokoushuoneeseen, sytytti valot ja sulki oven perässään. Rowenan koettaessa halata tytärtään Amy tuuppasi hänet kauemmas.

"Häpeätkö sinä minua?" Amy ärähti.

"En! Luoja paratkoon, mitä sinä oikein ajattelet minusta?"

"Miksi sinä sitten suljit oven? Mikset ole käynyt vierailemassa luonani?"

"Minulla on ollut kiireitä, ja…"

"Niin kuin aina. Sama vanha tarina."

"Et ymmärrä. Minä olen muuttunut", Rowena vetosi. "Pelastettuani vauvan tajusin…"

"Vauvan? Minkä vauvan?" Amy kysyi ihmeissään.

Rowenan kertoessa tapahtuneesta Amyn suuttumus lientyi. Häntä väsytti. Tunnekuohut olivat vaatineet veronsa. Hänen teki mieli käpertyä äidin syliin ja itkeä kuin lapsi. Mutta ylpeys ei sallinut sitä.

"Eikö hänen vanhempiaan ole löytynyt?" Amy uteli Rowenan vaietessa.

"Ei. Ja siksi minä mietin… tuota…"

"Mitä?"

Rowena pudisti päätään.

"Ei se ole nyt tärkeää."

"Älä viitsi! Sinä selvästikin suunnittelet jotakin", Amy puhahti.

Rowena katsoi tytärtään. Hän ei ollut tahtonut paljastaa Isoa Uutistaan vielä. Ei näin varhain. Mutta hän ei voinut valehdella Amylle, vaikka pelkäsi totuuden satuttavan tytärtään.

"Aion panna adoptioprosessin vireille", Rowena töksäytti yllättäen itsensäkin suorasukaisuudellaan. Hän toivoi, että Amy ymmärtäisi, miksi hänen oli toimittava niin. Hän toivoi, että Amy olisi iloinen hänen puolestaan.

Mutta toiveet olivat kuin kuninkaan kruunu narrin päässä.

Kuningas pysyy kuninkaana ja narri narrina.

"Onneksi olkoon!" Amy sähähti. "Saat vihdoinkin tyttären, josta olet aina haaveillut! Sievän pikku nuken ränsistyneen mollamaijasi tilalle!"

"En minä..."

"Ole huoleti. Onnistut kyllä pilaamaan hänetkin!"

Rowenan hartiat lysähtivät. Oma ääni särisi valittavana hänen korvissaan.

"Tiedän, etten ansaitse anteeksiantoasi. Mutta anna minulle vielä yksi mahdollisuus. Teen mitä ikinä haluat."

"En halua sinulta mitään!" Amy parahti. Pidätetyt kyyneleet vuosivat solkenaan hänen kompuroidessaan puolisokeana Rowenan ohi ja tyrkätessään oven selälleen.

"Amy-kulta, kuuntele minua! Olen sinun äitisi! Minä rakastan sinua!"

"Minulla ei ole äitiä! Jätä minut rauhaan!" Amy huusi rynnätessään käytävään. Vasta myöhemmin hän tajusi, ettei aikomuksestaan huolimatta ollut maininnut äidilleen sanaakaan Unohduksen puutarhassa viettämästään ajasta: Samuel Thomaksesta, uudesta naamiostaan, tohtori Oswaldista ja asunnossaan kummittelevasta aaveesta.

Juoksuaskelten loitotessa Rowena lysähti polvilleen lattialle ja kietoi kätensä ympärilleen. Hänen katseensa harhaili pitkin huonetta, kunnes osui valkotaululla olevaan kirjoitukseen. Kitkerä hihitys kohosi Rowenan kurkusta hänen lukiessaan tekstin.

SINÄ OLET KUSIPÄÄ

"Siinä olet oikeassa", hän kuiskasi pillahtaen lohduttomaan itkuun. Menetyksen suru yhdisti äitiä ja tytärtä.

7

Huhut levisivät hotellissa kulovalkean tavoin. Ne kiersivät kellarihuoneista kattosviitteihin ja allasalueen aurinkotuoleilta ravintolan pöytiin. Viruksen lailla ne kulkivat ihmisestä toiseen muuntuen välillä miltei tunnistamattomaan muotoon. Monet pitivät niitä valheina ja perättöminä sepitelminä, mutta hämmästyttävän usein ne osuivat oikeaan. Eilisen juoruista sikisi huomisen uutisia.

Sunnuntai ei ollut kaikille lepopäivä. Hotellin kauneussalongista kantautui taukoamaton pulina.

"Tuo väri sopii sinulle... Ovatpa nuo kauniit sandaalit... Eikö teistäkin Rowena Blythe näyttänyt vanhemmalta kuin elokuvissaan... Mieheni sanoi, että... Minusta sinun ei kannattaisi..."

Kakofonian hetkeksi vaimentuessa Caroline Albright, eräs paikallinen kasinonomistajan vaimo, huomasi tilaisuutensa tulleen.

"Kerrohan Christina, pitääkö huhu paikkansa?"

"Se varmasti riippuu siitä, mitä huhua tarkoitat", Christina kihersi.

"Sitä, jonka mukaan Evien koira menehtyi viime yönä."

Kosmetologin ilme synkkeni.

"Mistä sinä tuollaista olet kuullut?"

"Äh, kyllähän sinä tiedät", Caroline vastasi kierrellen. "Mutta onko se totta?"

Christina vilkaisi työtovereiinsa. Martha nyökkäsi hyväksyvästi. Jos tieto Steffien kuolemasta oli kiirinyt saaren uteliaimman kielikellon korviin, oli sitä turha yrittää pimittää enää keltään. Hiljaa mielessään hän kirosi eläinlääkäriä, joka ei ollut osannut sulkea leipäläpeään. Papit, poliisit ja lääkärit eivät saaneet juoruta asiakkaistaan kenellekään, eivät edes siipoilleen. Niin Martha ajatteli. Hän oli vanhan koulukunnan edustaja.

Christinan vahvistaessa ikävän uutisen kauneussalongissa vierailevat naiset osoittivat myötätuntoa.

"Voi eläinparkaa… Se oli niin kiltti pikku koira…"

"Evie on taatusti murheen murtama", Caroline virkkoi kykenemättä estämään ääneensä livahtanutta ahnasta sävyä.

"Hän on sitkeämpi kuin luuletkaan", Martha murahti ynseästi. Asiakkaat ymmärsivät vihjeen. Aihe oli loppuun käsitelty. Mutta Marthakaan ei vielä tiennyt puhelusta, jonka Evie oli aamulla saanut.

Valvonnasta huolimatta Jason Raphael oli kadonnut yöllä sairaalasta.

Amos Damian Mann istui toimistossaan tuijottaen tietokoneen näytöllä pyörivää videota. Tallenteen loppuessa hän kaatoi kristallikarahvista lisää viskiä lasiinsa ja virnisti maireasti. Toisinaan, pitkäveteisempinä päivinä, hän oli saattanut nuuskata viivan laadukasta kokaiinia väkijuoman kanssa. Nyt sille ei ollut tarvetta. Hänellä oli mainio olo. Tympeän yksitoikkoiselta vaikuttanut sunnuntai oli ollut yllätyksiä täynnä. Ensimmäiseksi, *pro primo*, Amos oli kuullut Evien kääpiövillakoiran heittäneen henkensä. Ärsyttävän rakin kupsahtaminen oli jo itsessään ollut juhlimisen arvoinen asia. Toiseksi, *pro secundo*, hän oli käynyt vapaata viettävän Lilyn luona helpottamassa kyltymättömäksi yltynyttä himoaan. Ihastuttava Lily oli pistänyt parastaan. Kolmanneksi, *pro tertio*, Amoksen Evien tietämättä kokoustiloihin asennuttamilta vakoilukameroilta oli löytynyt kiinnostavaa materiaalia. Tavanomaisten, joskin ajoittain sisäpiiri-informaation kautta tuottoisien yrityspalaverien sijaan kovalevylle oli tallentunut Rowena Blythen ja tuntemattoman naisen välienselvittely. Vasta verkossa suorittamiensa tutkimusten jälkeen Amos oli tajunnut videon tarjoamat mahdollisuudet. Rowenalla oli tytär, mutta lapsesta ei ollut Internetissä ainuttakaan mainintaa. Vaikka julkisuuden henkilöt olivat usein tarkkoja yksityisyydestään, moinen peittely ei ollut normaalia. Rowenalla oli salaisuus, ja Amos aikoi tavalla tai toisella hyödyntää haltuunsa saamiaan tietoja. Ennen sitä hän halusi kuitenkin pitää hauskaa näyttelijättären kustannuksella.

Vaimea valittava uikutus herätti Amyn horroksesta, johon hän oli televisiota katsellessaan vaipunut. Huone välkkyi. Kuvat seurasivat toisiaan tyhjänpäiväisen Hollywood-elokuvan pyöriessä ruudulla. Onneksi minun äitini ei näytellyt siinä, Amy mietti. Se olisi ollut liikaa. Hän haukotteli ja hieraisi silmiään. Sohva narahti hänen noustessaan makuuasennosta ja painaessaan kaukosäätimestä television kiinni. Amy odotti. Oli äänetöntä. Mutta hän tiesi, ettei haamu ollut vielä lopettanut. Hän oli oikeassa. Kattolamppu tuikahti. Amy irvisti kuullessaan uuden värisevän huoahduksen. "Ole hiljaa!" hän tiuskaisi autiolle huoneelle. Kukaan ei vastannut. Mutta se ei muuttanut vankkumatonta tosiasiaa. Ilmiö ei tapahtunut ensimmäistä kertaa. Talossa kummitteli, tai ainakin Amy uskoi niin. Hänen oli uskottava.

Sillä muuten hän oli menettämässä järkensä.

Amy oli moderni nainen. Okkultismi, noituus ja paranormaalit kokemukset olivat hänelle yhtä kaukaisia kuin ajatus kaikkivaltiaasta jumalasta, ylösnousemuksesta ja kuoleman jälkeisestä elämästä. Viihdeteollisuus oli maallistanut yliluonnollisen ja tiede kutistanut ihmeet taikatempuiksi ja teknisiksi innovaatioiksi. Myytit ja mysteerit oli uhrattu sekulaarisuuden alttarille. Selittämätön oli muuttunut selitettäväksi.

Kummitus ei pelottanut Amya. Mediassa esiintyviin sarjamurhaajiin, kouluampujiin ja jihadisteihin turtunut mieli ei kavahtanut goottilaista metodiikkaa. Huokaileva haamu oli nykypäivänä auttamattoman vanhanaikainen.

Alkuun Amy oli suhtautunut aaveeseen nuivan epäilevästi. Hän oli tutkinut huoneistonsa läpikotaisin etsiessään luonnollista syytä häiriölle ja tarkkaillut ulkotiloja kujeilijoiden ja kiusantekijöiden varalta. Toimenpiteet eivät olleet ratkaisseet ongelmaa. Meluava muukalainen oli pysynyt hänen vaivanaan. Ja silti hän ei ollut ilmoittanut asiasta vuokranantajalleen tai yrittänyt vaihtaa asuntoa. Amy saattoi tahtoessaan olla tavattoman jääräpäinen. Olihan hän itse halunnut huoneiston sairaalan vanhalta, vähemmän asutulta alueelta. Eikä hän suostunut luopumaan kodistaan, kummitteli siellä tai ei.

Vakaumuksen ja pakkomielteen raja oli veteen piirretty viiva. Amy ei ollut kertonut haamusta kenellekään. Ei äidille, ei Samuelille, ei edes Irenelle. Kukaan heistä ei todella välittänyt hänestä. Jäljelle jäi ainoastaan sairaalan psykiatri Nathaniel Oswald, jonka luona Amy oli saarelle saavuttuaan käynyt säännöllisesti terapiassa. Sairaala halusi varmistaa, että hän oli henkisesti valmis vaativaan leikkaukseen ja raskaaseen kuntoutukseen. Joskus plastiikkakirurgisen hoitonsa lopputulokseen pettyneet potilaat haastoivat sairaalan oikeuteen. Vakuutusyhtiöt eivät pitäneet siitä. Epävakaat asiakkaat olivat taloudellinen riski ja saattoivat vahingoittaa sairaalan mainetta. Vaikka tohtori Oswald oli miellyttävä ja sympaattinen mies, Amy ei luottanut lääkäreihin. Hän ei aikonut vaarantaa leikkausta puhumalla Nathaniel Oswaldille aaveesta.

Haamun äkkiä vaietessa Amy mutristi suutaan. Kummituskaan ei kaivannut hänen seuraansa. Hän tunsi olonsa sietämättömän yksinäiseksi.

"Tule takaisin... ole kiltti..." Amy kuiskasi. Hän ikävöi äitiä. Kaipaus viilsi kuin partakoneenterä. Hetken Amya houkutti antaa sille fyysinen muoto, kuten oli teini-iässä tehnyt. Mutta itsensä satuttaminen olisi vain lisännyt hänen taakkaansa. Amylla oli parempi keino purkaa ahdistustaan. Tohtori Oswald oli tarjonnut sen hänelle.

Amy käveli antiikkisen pukeutumispöydän luokse ja levitti suljettuna olevat ovet levälleen. Koristeelliset peitelevyt vaihtuivat peililasiksi. Amy vältteli vilkaisemasta kuvastinta. Istuttuaan pöydän ääreen hän kiskaisi ylimmän vetolaatikon auki ja siirsi jalopuisen säilytysrasian syliinsä. Amyn sormet vapisivat hänen nostaessaan irtonaisen kannen ja laskiessaan sen edessään olevalle tasolle. Hän hymyili tarttuessaan maskiin ja asettaessaan sen ylleen. Sairaalassa 3D-tulostettu naamio oli tietokoneen tekemä mallinnus Amyn kasvoista sellaisina, kuin ne olisivat voineet olla ilman vaurioita. Kohottaessaan katseensa hän unohti kaiken muun. Amy tarkasteli peilikuvaansa lumoutuneena. Hänen omat kasvonsa tuijottivat häneen ehjinä ja täydellisinä.

8

Ikkunaa piiskaavan sadekuuron ropina peittyi mambon tarttuvaan poljentoon. Takamukset keinuivat rytmin mukana jalkojen liikkuessa yhä kiihkeämmäksi yltyvän musiikin tahdissa. Nauru helisi ja viini virtasi kuin bakkanttien orgioissa. Evien ja Amoksen sviittiin kokoontuneet naiset eivät olleet yhtään kauneussalongin kanssasisariaan hillitympiä. Tutut työtoverit vitsailivat keskenään niin suorasukaisesti, että rivosuisinkin merimies olisi kalvennut vertailussa.

Jasonin paosta ja Steffien menehtymisestä huolimatta tyttöjen iltaa ei ollut peruttu. Se oli pitkälti Evien ansiota. Hän ei antanut vastoinkäymisten lannistaa itseään. Päätös sai miltei varauksetonta kannatusta. Vain Martha oli eri mieltä rupatellessaan asiasta Christinalle.

"Minä en pidä tästä. Ei kahta ilman kolmatta. Sano minun sanoneen. Ei kahta ilman kolmatta..."

"Nuo ovat vanhojen akkojen loruja", Christina tuhahti kohottaen veitikkamaisesti kulmakarvojaan. "Et kai sinä ota niitä tosissasi?"

Marthan otsalle piirtyneet huolestuneet rypyt eivät silinneet.

"Minä en pidä tästä", hän toisti.

"Lopeta mokoma synkistely ja tule tanssimaan", Christina tokaisi johdattaen työtoverinsa Evien, Lilyn ja Miriamin iloiseen seuraan. Martha ei vastustellut. Hän toivoi olevansa väärässä. Mutta kiristävä tunne vatsanpohjassa ei helpottanut.

Amos ei ollut kotona. Kerrankin se ei haitannut Evietä. Aviomiehet ja poikaystävät eivät kuuluneet tyttöjen iltoihin. Amoskin oli tajunnut sen. Hän oli kertonut menevänsä satamaan tapaamaan erästä tuttavaansa. Se sopi Evielle paremmin kuin hyvin. Kunhan Amos palaisi yöksi hänen viereensä. Evie odotti sitä malttamattomana. Ehkä he rakastelisivat. Ehkä Amos vuodattaisi siemenensä häneen. Ehkä hänen kohdussaan versoisi uusi elämä.

Ehkä saattoi olla tavattoman kaunis sana.

Saarelaisten arki oli jatkunut leppoisan lokoisana. Kaikki ei silti ollut kuten ennen. Grand Appletonin vartiointia oli lisätty Jasonin kadottua sairaalasta. Vaikka hänestä ei ollut miltei viikkoon näkynyt jälkeäkään, oli hotellin turvamiehistö alituisessa hälytysvalmiudessa. Poliisi epäili Jasonin poistuneen Unohduksen puutarhasta ja matkanneen veneellä jollekin lähisaarista. He vakuuttivat löytävänsä karkulaisen pian. Miriam ei jakanut heidän optimismiaan manatessaan Lilylle paikallisten viranomaisten kelvottomuutta.

"Ne tollot eivät osaa edes solmia kengännauhojaan."

Valitettavasti hän ei juurikaan liioitellut. Saaren koppalakit olivat pahnanpohjimmaisia lainvalvojan arvokasta ammattia harjoittavien kollegoidensa keskuudessa. He olivat laiskoja, harjaantumattomia, välinpitämättömiä, jopa korruptoituneita. Oli toki poikkeuksiakin; rehellisiä, ahkeria ja idealistisia poliiseja, mutta he hukkuivat mätien ja turmeltuneiden virkaveljiensä joukkoon. Miriam tiesi, mistä puhui. Hän oli viettänyt saarella koko ikänsä. Yhä edelleen hänen isänsä, äitinsä ja sisaruksensa asuivat kantakaupungin kupeessa sijaitsevassa pienessä ja idyllisessä Kanaloan kylässä. Siellä Miriamkin oli syntynyt. Mutta hän ei aikonut jäädä saarelle pysyvästi. Avara mahdollisuuksien maailma kutsui ja houkutteli häntä. Olipa hän kerran maininnut Evielle haaveestaan opiskella mantereella hotellialaa, vaikka tuskin Evie sellaista muisti. Se oli pelkkää haihattelua. Hupsun tytön toiveunta.

Lily katseli Miriamia tutkimaton hymy kasvoillaan. Hänen kauriinsilmänsä hohtivat tummina ja salaperäisinä. Ylpeinä ja valloittamattomina, kuten Miriam ajatteli. Hän kadehti Lilyä: tämän tyylikkyyttä, tämän itseluottamusta, tämän häikäisevää sulokkuutta. Miriamkin oli viehättävä, mutta hänen kauneutensa oli ruumiillisempaa ja rahvaanomaisempaa. Seksikkyyttä ilman hienostuneita nyansseja. Miriam oli varma, ettei Lily hänen sijassaan olisi haikaillut Samuelin perään. Sekin suututti Miriamia. Miksi hän ei voinut unohtaa miestä, jonka oli nähnyt vain vilaukselta kabinetin terassilla sattuneen välikohtauksen jälkeen? Ei Samuelissa, samperin kylmäverisessä kampelassa, ollut mitään erikoista! Miriam hätkähti musiikin katketessa kesken korkealta kiirivän kertosäkeen.

"No niin, eiköhän meidän ole aika lähteä syömään", Evie hihkaisi hilpeästi. Vieraat noudattivat kehotusta. Äänekäs seurue alkoi valua eteistä kohti.

"Joku puuttuu vielä", Miriam huomautti.

"Christina", Martha tarkensi. "Minnehän se tyttö taas on livahtanut?"

"Ehkä hän on vessassa."

"Sitten hän on ollut siellä pitkään. En ole nähnyt häntä ainakaan puoleen tuntiin", Martha mutisi levottomana.

"En minäkään", Evie myönsi.

"Luulin hänen olevan parvekkeella", Miriam sanoi.

"Minä tarkistan asian", Lily totesi ja pujahti tiehensä vastausta odottamatta.

Evie kohautti olkiaan ja koputti käytävän WC:n oveen.

"Christina! Christina! Oletko sinä siellä? Onko kaikki hyvin?"

"Et kai sinä ole pudonnut pönttöön?" Miriam vinoili, mutta huussista ei kuulunut pihaustakaan.

Evien koputettua uudestaan Martha ei epäröinyt. Hän tarttui kahvaan ja väänsi oven auki. Tyhjästä vessasta leijaili vieno puhdistusaineiden tuoksu.

"Ei ketään", Martha huokaisi. "Eikö myös päämakuuhuoneen yhteydessä ole kylpyhuone ja toiletti?"

"Tietysti, mutta miksi hän olisi sinne mennyt?" Evie kysyi ihmetellen.

Miriam vaikutti mietteliäältä.

"Ehkä tämä vessa oli varattu."

"Käydään katsomassa", Martha tokaisi Lilyn palatessa käsiään levitellen takaisin ryhmään.

Naiset seurasivat Evietä tilavaan makuukamariin. Martha tutkaili huonetta. Sen huomiota herättävin yksityiskohta oli leveä katossänky, jonka sivulta kulki ovi vaatehuoneeseen. Ikkunan puolella oli lipasto, leposohva, kaksi nojatuolia ja uloskäynti koko sviitin levyiselle parvekkeelle.

"Saniteettitilat ovat täällä", Evie opasti alaisiaan, vaikka useimmat heistä olivat vierailleet asunnossa jo aiemmin. Martha ei viivytellyt, vaan tunkeutui kursailematta kylpyhuoneeseen. Hän näki ystävänsä. Tuska likisti hänen kurkkunsa kasaan. Hänen leukansa lukkiutui äänettömään huutoon.

Ei kahta ilman kolmatta.

Christina istui pöntöllä ylävartalo seinää vasten nojautuneena. Lyhyt hame oli rullalla vyötäisillä, ja alushousut olivat valahtaneet nilkkoihin. Hänen lasittuneet silmänsä toljottivat kauas tuonpuoleiseen.

Hänellä ei ollut kiire enää mihinkään.

Tuona samaisena iltana valkokankaan lemmikki Rowena Blythe kihisi suuttumuksesta. Hän tuijotti sormissaan pitelemäänsä esinettä paiskaten sen sitten inhoten sviittinsä eteisen lattiaan. Posliininen kasvonaamio hajosi räsähtäen. Pirstaleiden levitessä ympäri huonetta Rowena painoi kämmenet otsalleen. Vapaaksi jääneet peukalot hieroivat ohimoita yrittäen hillitä jomottavaa päänsärkyä.

"Mitä tapahtui?" keittiöstä aulaan rientänyt Sean kysyi.

Näyttelijätär irvisti.

"Sain taas yhden lahjan…"

Rowenan ei tarvinnut selitellä enempää. Sean katsoi vakavana työnantajaansa.

"Minusta meidän pitäisi ilmoittaa asiasta poliisille."

"Ei tule kuuloonkaan", Rowena kirahti ärtyneesti. "Minä en luota heihin. Sanoithan itsekin, että he myisivät vaikka äitinsä bordelliin, jos hinnasta sovitaan."

Sean virnisti. Hän muisti, kuinka oli paikallisessa yökerhossa nolannut erään juopuneen homofobisen konstaapelin, joka oli pilkannut Seania huomattuaan hänen tanssivan miehen kanssa.

Vain Rowenan väliintulo oli estänyt tilanteen eskaloitumisen käsirysyksi ja putkareissuksi.

"Ymmärrän yskän", Sean virkkoi. "Entä Ethan Solomon?"

"Se kummallinen vanhusko? Mitä hänestä?"

"Tiesitkö, että hän on toiminut yksityisetsivänä? Vieläpä varsin arvostettuna sellaisena."

Näyttelijätär naurahti. Mutta nähdessään Seanin ilmeen hänen hymynsä hyytyi.

"Oletko sinä tosissasi?"

"Voin koota sinulle infopaketin hänestä."

Rowena oli kahden vaiheilla. Hän ei halunnut salaisuutensa vuotavan julkisuuteen. Se olisi hänen uransa loppu. Ja mihin ryöpytykseen hänen tyttärensä joutuisikaan. Amy ei kestäisi sitä. Tyttöparka oli kärsinyt jo liikaa. Rowena teki päätöksen. Posliininimaskeja hänen hotelliovelleen jättänyt kiusanhenki oli saatava kiinni, ja selvitettävä, mitä tämä todellisuudessa tiesi ja tahtoi.

"Käy juttelemassa Ethan Solomonille. Kerro hänelle ainoastaan sen verran kuin on välttämätöntä. Meidän on edettävä varovaisesti."

"Aivan. Mutta jos joku paskiainen ahdistelee Amya tai koettaa kiristää sinua, minä ristiinnaulitsen hänet."

"Ei. Teen sen itse", Rowena Blythe totesi, eikä Sean epäillyt häntä hetkeäkään.

9

"Siinäpä raikas tuulahdus 80-luvulta, kappale 'The Phantom of the Opera' Andrew Lloyd Webberin samannimisestä menestysmusikaalista. Seuraavaksi kuuntelemme englantilaisen The Coral -yhtyeen singlen 'Faceless Angel'..."

Junamaisesti puksuttavan kitarakompin soljuessa eetteriin Samuel Thomas veti nappikuulokkeet pois korvistaan.

"Perkele!" hän kirosi toisella äidinkielellään.

"Penni ajatuksistasi", viereisellä aurinkotuolilla istuva Ethan Solomon huikkasi.

"Eivät ne ole sen arvoisia", Samuel tuhahti. "Sitä paitsi saaren puodeissa käyvät vain dollarit ja sentit."

"Minä huolin kyllä punnat ja eurotkin."

"Niin varmasti. Mutta minulta et niitä saa", Samuel tokaisi teennäisen koppavasti.

"Saituri."

"Siipeilijä."

"Kitupiikki."

"Pummi."

Ethan tarkkaili toveriaan pohtivasti. Vaikka Samuel vitsaili, jokin painoi häntä.

"Oletko sinä kunnossa?" Ethan kysyi. Toisinaan suora lähestymistapa oli toimivin.

"Ei minua mikään vaivaa."

"Luota minuun. Voit paljastaa murheesi Ethan-sedälle."

Samuel tyrskähti.

"Jos minulla olisi sinunlaisesi setä, karttaisin sukujuhlia parhaani mukaan.

Ethan ei nauranut. Hän tuijotti Samuelia syvälle silmiin.

"Tarkoitan sitä."

Vanhuksen lämmin katse sulatti Samuelin vastarinnan. Hän

huomasi lavertelevansa Ethanille jokaöisistä painajaisistaan, loukkaantumisestaan Amyyn tämän jätettyä saapumatta Evien illallisjuhlaan ja viettelevästä Miriamista uhkuvasta seksuaalisesta vetovoimasta. Ethan antoi ystävänsä puhua, vaikka monet Samuelin selittämät asiat olivat hänelle jo ennestään tuttuja. Samuelin lopettaessa Ethan hieraisi kaljua päälakeaan mietteliäänä.

"Nyt sinä välttelet heitä molempia, Amy ja Miriamia. Miksi?"

"Koska... en halua..." Samuel sopersi kumartuen vanhusta kohti.

"Kerro minulle."

"Älä pakota minua... Älä..."

Pienikokoisen miehen olemus oli muuttunut. Hän hallitsi tilannetta. Yllätyshyökkäys oli horjuttanut Samuelia, eikä Ethan sallinut toverinsa vetäytyä takaisin kuoreensa. Hän teki sen Samuelin vuoksi. Samuelin sisimmässä oli mätivä haava, joka oli myrkyttänyt hänen mieltään jo ennen hänen saapumistaan saarelle, kenties jo ennen häntä kohdannutta auto-onnettomuutta. Älykäs ja tarkkavaistoinen Ethan oli aistinut Samuelin sielullisen kurimuksen ja yritti heittää ystävälleen pelastusrenkaan. Se ei ratkaisisi Samuelin ongelmia, mutta olisi ainakin alku. Jokainen matka alkoi ensimmäisellä askeleella, kuten Ethan hyvin tiesi. Se totuus ei toistamalla kulunut.

"Kerro minulle!" vanhus äyskähti muista altaalla oleskelijoista välittämättä.

"Koska minä pelkään, tajuatko!" Samuel ärähti.

"Mitä sinä pelkäät?" Ethan uteli madaltaen ääntään ja puristaen Samuelin kädet omiinsa. Samuel vavahti. Hän tunsi Ethanin kapeiden sormien parkkiintuneen ihon. Ne olivat työmiehen kädet keikarin ruumiissa.

"Et sinä voi ymmärtää. Tämä saari on minulle todellisempi kuin koko sitä ympäröivä maailma. Vain täällä minä olen olemassa. Vain täällä minä pystyn hengittämään."

Ethanin hymyillessä rohkaisevasti Samuel jatkoi.

"Minä pelkään uneksia. Pelkään, että minuun sattuu. Pelkään

pilaavani kaiken. Pelkään elää. Sillä Unohduksen puutarha on keidas autiomaassa: kangastus, hallusinaatio, utopia. Ja minä olen pelkkä vieras täällä. Merkityksetön ihminen. Turisti. Pian minun on palattava Lontooseen ja luovuttava mahdottomista haaveista."

"Miksi?" Ethan Solomon kysyi.

"Miksi mitä?"

"Miksi sinun on lähdettävä?"

Samuel mulkoili Ethania kuin täydellistä tolvanaa.

"Luuletko, että minulla on vaihtoehtoja? Olen vierasmaalainen, eikä vähäisillä säästöilläni majailisi pitkään edes kurjimmassa hostellissa."

Vanhus ei häkeltynyt.

"Voisit hankkia työviisumin ja työskennellä saarella."

"Niinkö? Kuka minut palkkaisi? Sinäkö?" Samuel tivasi ivallisesti.

"Evie saattaisi kyetä auttamaan sinua."

Ethanin ehdotus kutkutti Samuelin mielikuvitusta. Olisiko se tosiaan mahdollista? Muuttaa Unohduksen puutarhaan ja jättää mennyt elämä taakseen? Asua paratiisissa ja haudata tuskalliset muistot syvälle sen mullantuoksuiseen poveen? Samuelia vainonnut katkeruus hellitti otettaan. Toivo heräsi hänen sydämessään. Äkkiä Samuel käsitti, kuinka sokea ja lapsellinen hän oli ollut.

"Hemmetti. Taisin käyttäytyä typerästi."

"Sattuu sitä paremmissakin piireissä", Ethan myhäili.

Miehet katsoivat toisiaan.

"Suostuisikohan Evie todella palkkaamaan minut?" Samuel pohti.

"Yrittänyttä ei laiteta. Suosittelen sinua mieluusti hänelle, jos teet minulle kaksi pientä vastapalvelusta."

Samuelin silmät kurtistuivat.

"Mitä sinä haluat?"

"Lakkaa välttelemästä Miriamia, ja käy juttelemassa Amyn kanssa."

"Mutta sehän oli Amy, joka…"

"Ehkä hänellä oli syynsä siihen", vanhus keskeytti. "Joka tapauksessa siinä ovat minun ehtoni. Ota tai jätä."

Samuel taipui.

"Olkoon. Sinä olet kova kauppamies."

"Mahtavaa. Sovitaan työnhakustrategiastasi myöhemmin. Painuhan nyt tiehesi", Ethan murahti huomatessaan Marthan suuntaavan hänen ja Samuelin luokse.

"Sinulla näyttää riittävän vientiä", Samuel virnuili.

Ethan huokaisi.

"Ja minä hullu kun tulin tänne viettämään rauhallisia eläkepäiviä…"

Mustiin sonnustautunut nainen työnsi täysinäisen teekupin kauemmas itsestään. Hänen silmänsä verestivät. Kalpeat kasvot olivat väsyneet ja turvonneet. Lautasen reunalle asetettu kanelikeksi oli koskematon. Hänellä ei ollut nälkä eikä jano.

"Olen tavattoman pahoillani", Ethan Solomon sanoi pidättyvästi. "Mutta mitä sinä tahdot minun tekevän?"

Marthan leuka kohosi uhmakkaasti. Suru ei ollut riistänyt hänen ylpeyttään ja päättäväisyyttään.

"Sinun täytyy selvittää, miksi Christina kuoli."

"Poliisihan tutkii sitä jo."

"Pah!" Martha puhahti. "He arvelevat menehtymisen johtuneen yliannostuksesta. Se on pötypuhetta. Christina ei koskaan käyttänyt huumeita."

"Usein edes perheenjäsenet eivät huomaa läheisensä addiktiota."

"Christina ei käyttänyt huumeita", Martha toisti.

Ethanin ilme ei paljastanut hänen ajatuksiaan.

"Hyvä on. Annetaan sen tällä erää olla ja keskitytään tunnettuihin faktoihin."

"Sinä siis suostut?" Martha hengähti huojentuneena ja avasi käsilaukkunsa läpän. "En tiedä, mikä sinun taksasi on, mutta…"

"Hiustenleikkuu."

"Mitä?"

"Haluan palkkiokseni hiustenleikkuun."

"Tuota... eihän sinulla ole..." Martha aloitti, kunnes tajusi miehen laskevan leikkiä. Ethan yritti piristää häntä. Vieno hymynkare häivähti Marthan apeilla kasvoilla, viivähti katoavan hetken ja hiipui pois.

"Huvittavaa", hän virkkoi. "Mutta paljonko sinä oikeasti veloitat palveluksistasi?"

Vanhus ei hätäillyt. Hän maistoi teetä, laski mukin pöydälle ja taputteli servietillä suupieliään. Vasta aseteltuaan lautasliinan huolellisesti asetin alle hän vastasi Marthalle.

"Christina oli aina mukava ja kohtelias minulle. En tohdi ottaa maksua tutkimuksistani. Se tuntuisi väärältä."

Ethan ei maininnut sanallakaan, että oli saanut toisenkin toimeksiannon. Häntä sitoi lain säätämä asiakkaan ja yksityisetsivän välinen salassapitovelvollisuus. Totta se silti oli. Rowena Blythe oli sihteerinsä Seanin välityksellä palkannut hänet ratkomaan arkaluontoista vainoamistapausta.

Odottamaton huomaavaisuus yllätti Marthan. Hän tuijotti miestä kuin olisi nähnyt tämän ensimmäistä kertaa. Christinan kuva tunkeutui vastustamattomasti hänen mieleensä. Martha niiskahti. Tukahtunut voihkaisu livahti hänen kurkustaan. Hänen silmiään kirveli.

Christina...

Ethan ojensi paidantaskustaan noukkimansa paperisen nenäliinan Marthalle. Naisen niistäessä nenänsä Ethan katsoi hienotunteisesti muualle.

"Älä huoli, se on käyttämätön", hän mutisi.

Martha tirskahti itkuisesti.

"Anteeksi. En minä normaalisti ole tällainen."

"Ei ole mitään anteeksipyydettävää. Sinun ystäväsi kuoli. Sinulla on oikeus olla vihainen ja järkyttynyt. Usko minua. Tiedän, mistä puhun."

"Oletko sinäkin kokenut saman?"

"Olen", Ethan totesi lyhyesti. "Mutta jutellaan siitä toiste. Nyt

61

meidän on paneuduttava Christinan menehtymiseen johtaneiden asianhaarojen selvittämiseen. Kerro minulle kaikki mitä muistat sen päivän tapahtumista. Jokainen yksityiskohta voi olla tärkeä."

"Ymmärrän."

Yksityisetsivän rooliin palannut Ethan kaivoi pohjattomilta vaikuttavista taskuistaan kynän, muistikirjan ja älypuhelimen.

"Saanko taltioida keskustelumme?"

Marthan myönnyttyä Ethan painoi tallennuksen päälle.

"Minusta juhlien järjestäminen oli virhe. Mainitsin siitä Christinallekin. Se oli turhaa. Ei hän välittänyt vanhan naisen höpinöistä…"

Desibelimittari lainehti kännykän näytöllä. Martha tarinoi pitkään. Monologin katkaisivat ainoastaan Ethan Solomonin kysymykset. Naisen vihdoin lopettaessa Ethan sammutti puhelimen äänitysohjelman.

"Kiitos."

"Menikö se hyvin?" Martha tiedusteli.

"Sinulla on terävä huomiointikyky ja laaja sanavarasto."

Martha naurahti.

"Kukaan ei ole milloinkaan haukkunut minua juoruakaksi yhtä kauniisti. Entä mitä me seuraavaksi teemme?"

"Me?"

"Tietysti. Minulla on rutkasti lomapäiviä pitämättä. Pyydän Evieltä vapaata ja autan sinua tutkimuksissasi."

"Ehkä sinun kannattaisi ensin levätä ja toipua koettelemuksestasi", Ethan huomautti, vaikka käsitti vastaväitteensä hyödyttömyyden.

Nainen ravisti ärtyneesti päätään.

"Christina oli paras ystäväni. Luuletko, että pystyisin vain löhöilemään rannalla tekemättä mitään?"

"En, mutta…"

"Juuri niin!" Martha ärähti säikäyttäen jäätelötötteröä ahnaasti nautiskelevan pikkutytön. Sitten hänen äänensä pehmeni. "Älä sulje minua ulkopuolelle, Ethan. Ole kiltti."

Aurinko helotti pilvettömältä taivaalta rusottaen kilpaa Marthan poskien kanssa. Kiihtymys puki naista ja silotti ihon juonteet. Ethan salli katseensa viipyä viehättävässä näyssä punnitessaan vaihtoehtojaan. Nuo kaksi tapausta olisivat mitä suurimmalla todennäköisyydellä hänen uransa viimeiset. Mitä hänellä oli menetettävää? Miksei hän voisi ottaa Marthaa seurakseen selvittämään Christinan kuolemaa? Olihan yksityisetsivän asiakkaalla muutenkin valtuus tarkastella palkollisensa keräämiä tietoja.

"Olen varma, että tulen katumaan tätä", Ethan Solomon hiiskahti. "Sinä voitit. Ja Samuel Thomas kehui minua kovaksi kauppamieheksi. Hän ei selvästikään tunne sinun verrattomia taitojasi."

Martha kallisti päätään ja sukaisi hiuksiaan.

"Kuten olet saattanut huomata, minä en ole mies."

"No, kukaan ei ole täydellinen", Ethan sanoi lainaten Billy Wilderin elokuvan ikimuistoista loppurepliikkiä.

Se sopi kuin nyrkki silmään.

10

Päivä porotti kuumana ja tukalana hätyyttäen Unohduksen puutarhan asukit ilmastoituihin sisätiloihin. Vain vannoutuneimmat auringonpalvojat ja läkähdyttävään helteeseen tottuneet työläiset uskaltautuivat ulos armottomaan paahteeseen. Hekin manasivat saaren ylle seisahtanutta korkeapaineen aluetta. Joskus paratiisi saattoi olla helvetti.

Terapiaistunnosta palannut Amy Blythe huohotti sulkiessaan asuntonsa ulko-oven. Hiki norui puroina hänen selkäänsä pitkin. Hän laahusti kylpyhuoneeseen, riisui T-paitansa ja potkaisi farkkushortsit jalastaan. Alusvaatteet seurasivat perässä. Kädet pestyään hän otti naamion kasvoiltaan ja puhdisti sen tottuneesti. Asetettuaan maskin allastasolle hän käynnisti suihkun ja antautui viileän veden hellittäväksi. Aaltoilevat hiukset kastuivat pisaroiden tanssiessa päivettyneellä iholla. Nuori, elinvoimainen vartalo väreili mielihyvästä. Äidin kohtaamisesta asti vaivannut masennus hellitti otettaan. Amy muisti pyhäkoulussa opetetun psalmin alun.

Herra on minun paimeneni,
ei minulta mitään puutu.
Viheriäisille niityille hän vie minut lepäämään;
virvoittavien vetten tykö hän minut johdattaa.
Hän virvoittaa minun sieluni.

Sanat tuntuivat lohduttavilta. Ehkä kukaan ei ollut kokonaan yksin. Kenties joku suojeli ja rakasti heitä kaikkia, häntäkin. Mutta koskettaessaan kasvojaan Amy tiesi sen olevan valetta. Jumalat olivat ihmisen keksintöä. Hullujen houretta. Huijareiden marionetteja. Mielen hämärästä sikiäviä haamuja.

Ja silti, eivätkö jotkut haamut olleet todellisempia kuin toiset?

Veden lorina lakkasi. Amy poistui suihkusta, kuivasi hiuksensa ja kietoi pyyhkeen ympärilleen. Poimittuaan lavuaarin reunalla olevan naamion mukaansa hän suunnisti kohti makuuhuonetta. Amy asui sievässä keltaiseksi maalatussa puutalossa. Rakennus oli iästään huolimatta hyväkuntoinen. Sen katetulta kuistilta oli näkymä värikkäälle perennapenkille ja nurmikon reunustamalle pihatielle. Takorautainen aita rajasi talon tontin, muttei peittänyt lumpeiden koristamalle tekolammelle avautuvaa maisemaa. Harjamallinen katto ja kalkinvalkoiset ikkunanpielet loivat kutsuvan vieraanvaraisen vaikutelman. Oli vaikea kuvitella, että mitään pahaa voisi tapahtua tuossa kodikkaassa pikku pirtissä.

Sisältä talo oli modernimpi. Ulko-ovi johti pienen eteisen kautta olohuoneeseen, joka yhdistyi saumattomasti valoisaan ruokailutilaan ja saarekkeelliseen avokeittiöön. Olohuoneesta Amyn kamariin kulkevan käytävän varrella oli kylpyhuone ja vierashuone, jonka Amy oli omistanut harrastekäyttöön: kuntoiluun, askarteluun ja pelaamiseen. Amy piti tietokonepeleistä, vaikka monet niistä tuntuivat olevan suunnattuja keskenkasvuisille pojille. Oli hankala samaistua naishahmoihin, jotka seikkailivat puolialastomina, jalkapallon kokoiset rinnat hekumallisesti heiluen. Vielä ärsyttävämpiä olivat japanilaisten roolipelien orgastisesti kimittävät pikkutytöt. Sama päti aikuisviihteeseen, jota Amy toisinaan hivenen häpeillen katseli. *Summa summarum*: aikakaudet ja maanosat vaihtuivat, mutta naiset pysyivät objekteina.

Talon päädyssä oli Amyn makuuhuone. Se oli isokokoinen ja koruttomasti sisustettu. Vaatekaappien, sängyn, parisohvan ja television lisäksi huoneessa oli pukeutumispöytä ja tuoli, ei juuri muuta. Kokopuulattialle oli levitetty käsinkudottu villamatto, ja ikkunoissa oli tummanharmaat pimennyskaihtimet. Seinillä oli naivistisia tauluja, jotka olivat olleet siellä jo Amyn muuttaessa asuntoon.

Heti huoneeseen astuessaan Amy aisti sen. Aave oli jälleen vierailulla hänen luonaan. Tunne oli vahvempi kuin koskaan. Päivä päivältä Amyn ja haamun side vaikutti lujittuvan. Enää aaveen ei tarvinnut edes äännellä tai välkytellä valoja. Amy tunsi sen läsnäolon ilmankin.

"Ulkona on pirun kuuma, vaikka en tiedä vaivaako se sinua", Amy höpisi itsekseen. Elokuvissa ja kirjoissa kummittelu laski usein lämpötilaa selvästi. Amy ei ollut huomannut moista, mutta korventavana hellepäivänä ilmiö ei olisi haitannut häntä lainkaan. Laskettuaan naamionsa sängylle Amy alkoi harjata hiuksiaan. "Kuka sinä olet? Vai pitäisikö minun kysyä, kuka sinä olit?" hän jatkoi odottamattakaan vastausta. Harja sujahti hiusten labyrinttiin. Amy siristi silmiään. Ei haamu lopulta ollut hullumpi kämppäkaveri. Ainakaan se ei sotkenut asuntoa, ominut kylpyhuonetta, käyttänyt kaikkea vessapaperia tai varastanut hänen elintarvikkeittaan.

Amy venytteli kissamaisen nautinnollisesti ja antoi katseensa vaeltaa ympäri makuukamariaan. Päivänpaiste siivilöityi puolittain avattujen kaihtimien lomitse. Ilmassa leijaili pölyhiutaleita. Nuori nainen tuoksui vihreältä omenalta ja bergamotilta. Raikkaalta ja suloiselta kuin kasteinen lehto.

Äkkiä Amyn käden liike pysähtyi. Hän pudotti harjan vuoteelle. Jokin huoneessa oli muuttunut. Pukeutumispöydän peitelevyt olivat raottuneet paljastaen kapean siivun talon ainoaa peiliä. Amyn sisällä kuohahti.

"Sinäkö tuon teit?" hän kivahti. Amy oli varma, että oli sulkenut pukeutumispöydän ovet huolellisesti ennen lähtöään.

Kattolamppu syttyi ja sammui saman tien.

"Se ei ollut hauska temppu", Amy ärähti. "Jos aiot olla tuollainen, minä…"

Lause katkesi ovikellon pirahtaessa läpitunkevasti. Amy hätkähti. Ireneä lukuun ottamatta hänellä ei käynyt vieraita. Ja Irene ilmoitti aina tulostaan etukäteen.

"Olitko se sinä?" Kysymys haipui tyhjyyteen ovikellon kutsun toistuessa vaativampana. Amy puki maskin kasvoilleen. Painettuaan pukeutumispöydän peitelevyt kiinni hän kiiruhti eteiseen. Hänen askeleensa olivat vakaat. Vain sydämen kiihtyneet lyönnit kavalsivat, kuinka hermostunut hän oli.

Samuel Thomas oli uupunut ja tokkurainen. Halpojen aurinkolasien sangat hiersivät korvia. Päätä särki. Ohimoissa tykytti. Suojaton otsa punoitti kuin keitetty hummeri. Hän ähisi voipuneesti soittaessaan uudestaan ovikelloa. Sisältä kaikuva ääni tuntui pilkkaavan häntä.

Valkolainen ei kestä aurinkoa, valkolainen ei kestä aurinkoa... Samuelin polvet notkahtivat. Keppi ei riittänyt. Huimaus pakotti hänet hakemaan tukea ovenkarmista. Jalat olivat keitettyä spagettia, aivot haudutettua bolognesekastiketta. Samuel sadatteli omaa hölmöyttään. Miksi hän oli lähtenyt ulos helteisen päivän tukahduttavimpaan aikaan? Miksei hän ollut ottanut hattua ja juomapulloa mukaansa? Ja miksi hän seisoi Amyn ovella kuin opettajan läksyttämä koululainen? Hemmetin Ethan! Ei ollut reilua, että hänen, loukatun osapuolen, täytyi toimia sillanrakentajana. Mutta hän oli antanut lupauksensa, ja miehen oli pidettävä sanansa. Oli otettava lusikka kauniiseen käteen, nieltävä karvas kalkki, haukattava lakillinen paskaa.

Hotellille palattuaan Samuel aikoi perehdyttää Ethan Solomonin suomalaisten sananlaskujen rikkaaseen perinteeseen.

Oven auetessa Samuel oli rojahtaa nurin. Viime hetkellä Amy onnistui tukemaan miestä kainalosta. Hänen paljas olkapäänsä koski Samuelin ihoon. Amy tajusi, että hänellä oli ainoastaan pyyhe vartalonsa verhona. Sille ei voinut nyt mitään. Samuel näytti läkähtyneeltä ja tarvitsi apua. Hammasta purren Amy johdatti miehen sisään asuntoonsa ja talutti tämän olohuoneen sohvalle lepäämään. Varmistettuaan, että Samuel makasi mukavasti, Amy riensi keittiöön. Hän kasteli käsipyyhkeen kylmällä vedellä ja nappasi jääkaapista pullollisen urheilujuomaa. Päästyään takaisin potilaansa luo Amy asetti vilvoittavan kääreen Samuelin otsalle ja nosti avatun pullon hänen huulilleen.

"Sinun pitää juoda vähän."

Samuel totteli kohottaen sohvatyynyyn nojaavaa päätään. Aataminomena liikahteli ahnaiden kulausten tahdissa.

"Hitaammin... ei liikaa kerralla..." Amy toppuutteli siirtäen urheilujuomapullon sohvapöydälle. Kumartuessaan korjaamaan käärettä hän huomasi Samuelin kuumeisesti mittailevan häntä. Mutta miehen silmät eivät tuijottaneet hänen naamion piilottamia kasvojaan tai vastapestyjä hiuksiaan. Ne olivat löytäneet kiehtovamman kohteen. Amy vilkaisi alaspäin. Hän kalpeni ymmärtäessään pyyhkeen alta pilkottavan rintavakonsa esittäytyvän anteliaasti Samuelille. Amy hengähti säikähtäneesti. Hän kavahti etäämmäs miehestä ja peitti povensa kädellään.

"Minun on... tuota... en viivy kauaa..." Amy sopersi livahtaessaan pois olohuoneesta. Hän koetti epätoivoisesti esittää tyyntä. Mutta makuukamarinsa suojaan ehdittyään hän repi pyyhkeen päältään ja paiskasi sen mytyksi lattialle. Ele toi elävästi mieleen hänen äitinsä.

Amy sitoi tukkansa tiukalle poninhännälle ja vaihtoi puhtaat vaatteet ylleen. Suihkunjälkeinen hyväntuulisuus oli kaikonnut. Miksi Samuel katsoi minua sillä tavalla, hän ajatteli. Eikö mies käsittänyt, kuinka epämiellyttävältä se tuntui? Kuin hän olisi ollut pelkkä lihapala. Tissinkantoteline. Seksifantasioiden kasvoton nainen. Mutta petollinen ruumis väitti vastaan. Se hehkui huomiosta, hohkasi himosta, kärventyi kaipauksesta. Eikä se sallinut rationaalisuuden ja omanarvontunnon puhua itseään ympäri.

Amy vihasi heikkouttaan.

Pukeuduttuaan Amy palasi olohuoneeseen. Hän näki Samuelin nousseen istuma-asentoon. Miehen hiukset olivat sekaisin kuin hassahtaneella professorilla. Amy halusi tukistaa Samuelia ja sylkeä kaunansa miehen kasvoille. Hän hillitsi mielijohteensa ja laski takapuolensa sohvan käsinojalle. Oli vakavan keskustelun aika.

"Kuinka sinä löysit minut?"

Samuel hämmästyi Amyn tylyä suorasukaisuutta. Onneksi hänellä oli vastaus valmiina.

"Muistatko, kun mainitsit majoittuneesi sairaalan vanhalla alueella sijaitsevaan keltaiseen puutaloon? Täällä ei ole enää paljoakaan asutusta, ei etenkään puutaloja. Oli helppo selvittää oikea rakennus."

Se oli vähättelyä. Samuel oli joutunut kiertelemään hyvän tovin naapurustossa, kunnes eräs rouva oli opastanut hänet perille. Hän ei kuitenkaan aikonut myöntää sitä Amylle. Miehilläkin oli ylpeytensä.

Amy tuskin kuunteli Samuelia. Tärkeämpi asia poltti hänen sisintään.

"Miksi sinä tulit tänne?" Ääni ei ollut kuiskausta kuuluvampi.

"Mitä?" Samuel kysyi höristäen korviaan.

Se oli Amylle viimeinen pisara. Korsi, joka taittoi kamelin selän.

"MIKSI VITUSSA SINÄ TULIT TÄNNE?" hän huusi. Yhteen ainoaan lauseeseen purkautui koko hänen mieleensä patoutunut kiukku ja katkeruus.

Samuelin silmät vetäytyivät viiruiksi. Hän mietti, miten Ethan Solomon olisi hänen sijassaan toiminut.

Tai Martin Luther King tai Gandhi...

"Tahdoin varmistaa, että olet kunnossa. Olin huolissani sinusta."

"Epäilemättä", Amy hörähti ivallisesti. "Olit niin tolaltasi, että odotit yli viikon ennen kuin päätit käydä luonani."

"Ei se noin mennyt!" Samuel tiuskaisi. Hänellä ei ollut väkivallattoman vastarinnan merkkihenkilöiden malttia ja uskonnollista vakaumusta.

"Miten sitten?"

"Eiköhän se ole nyt samantekevää."

Amy pudisti päätään.

"Kuten arvelinkin. Sinä olet viaton ja erehtymätön. Kaikki on tietenkin minun syytäni."

"Sinä teit minulle oharit!" Samuel kuohahti.

"Et edes halunnut minua sinne!" Amy älähti raivostuneena. "Näin, kuinka hauskaa sinulla oli tyttöystäväsi kanssa!"

"Mitä? Kenen?"

"Sen tyrmäävän tumman kaunottaren."

"Miriaminko?" Samuel yskähti vaivaantuneena. "Ei se ollut mitään. Ja miten niin näit minut? Ethän sinä ollut paikalla."

"Eiköhän se ole nyt samantekevää", Amy vastasi matkien Samuelia, vaikka käsitti puhuneensa sivu suunsa.

Amy ja Samuel kyräilivät vimmastuneina toisiaan. Kumpikaan heistä ei suostunut antamaan tuumaakaan periksi. Rintamalinjat oli vedetty. Ylpeys pakotti heidät pysymään juoksuhaudoissaan. Eivätkä tyynnyttävät sanat tai sovittelevat eleet kyenneet läpäisemään heidän välilleen kohonnutta näkymätöntä muuria.

Mutta jokin muu pystyi.

Hyytävän ulvaisun kajahtaessa olohuoneen televisio kytkeytyi päälle. Kanavat vaihtuivat nopeasti, kunnes laite pysähtyi viimein *2001: Avaruusseikkailu* -elokuvan kohdalle. TV:n ääni voimistui huumaavaksi ja sekoittui murheelliseen valitukseen. Kakofonia riipi korvia.

"Lakkaahan jo", Amy murahti. Haamu totteli. Meteli loppui kuin veitsellä leikaten.

"Mitä helvettiä se oli?" Samuel ihmetteli silmät lautasen kokoisina. Hänen sormensa puristivat sohvan verhoilua.

"Älä hätäänny. Se oli vain minun kummitukseni", Amy tokaisi. Hän ei voinut olla virnistämättä nähdessään miehen pelästyneen ilmeen. Samalla hän tunsi mielensä huojentuneeksi. Kivi vierähti hänen sydämeltään. Hän ei ollut hullu. Samuelkin oli todistanut aaveen olemassaolon.

"Sinun kummituksesi? Mitä tarkoitat?"

"Äh, et uskoisi kuitenkaan."

"Kokeile minua", Samuel pyysi vaikuttaen vilpittömän kiinnostuneelta.

Amy katsoi Samuelia. Hän oli yhä suuttunut miehelle ja aavisti tunteen olevan molemminpuolinen. Sota ei ollut vielä ohi, mutta kenties tulitauko oli mahdollinen.

"Hyvä on. Mutta jos naurat minulle, syötän sinut nälkäisille barrakudoille."

"Ne tuskin pistäisivät tarjoilua pahakseen", Samuel vitsaili koettaen keventää painostavaa ilmapiiriä. Amy tuhahti. Naiset olivat pitkävihaisempia kuin miehet.

70

Amyn tarinoidessa haamusta Samuel nojasi kyynärpäillä polviinsa. Hän tarkasteli naista vaivihkaa kulmiensa alta. Amyn ulkoasu oli muuttunut. Päänmyötäisesti suitut hiukset jättivät korvat näkyviin. Pyyhkeen tilalle vaihtunut löyhä solmuvärjätty T-paita kätki Amyn viehkeät muodot. Se oli sääli, Samuel mietti, vaikka tietysti Amylla oli oikeus pukeutua haluamallaan tavalla. Hunnuttaa vartalonsa maailmalta. Irtautua sukupuolelleen asetetuista odotuksista. Luopua naisellisuudestaan niin kuin oli joutunut luopumaan kasvoistaankin. Ehkä se oli tie mielenrauhaan.

Kuten Amy oli heidän ensikohtaamisellaan todennut, Samuel ei ymmärtänyt naisia vähääkään.

Samuel pohdiskeli myös Amylta vahingossa livahtanutta tietoa. Se hiveli hänen itsetuntoaan ja karkotti hänessä muhineen ärtymyksen tiehensä. Amy oli sittenkin käynyt Evien juhlissa, vaikkakin oli tehnyt sen Samuelin huomaamatta. Samuel syytti siitä itseään. Hän oli vaatinut Amylta liikaa. Mutta ainakin Amy oli yrittänyt. Urhea tyttöressu. Samuel tunsi Amya kohtaan säälinsekaista kiintymystä. Jos Amy olisi osannut lukea Samuelin ajatuksia, hän olisi kynsinyt mieheltä silmät päästä.

Amyn hiljetessä Samuel tuijotti häntä uteliaana.

"Luuletko, että kummitus on aito?"

"En tosiaankaan tiedä", Amy sanoi välttelevästi. "Mitä mieltä sinä olet?"

Samuel vilkaisi mykistettyä televisiota. Hän ei kummastellut naisen vastahakoisuutta. Yliluonnollisista ilmiöistä jaarittelevat ihmiset leimattiin helposti taikauskoisiksi tolvanoiksi, tai vielä pahempaa, muiden henkisellä ahdingolla häpeämättömästi rahastaviksi humpuukimaakareiksi. Vaikka Samuel oli omakohtaisesti kokenut paranormaalilta vaikuttaneen ilmiön, hän epäili aistihavaintojensa luotettavuutta. Tieteellinen maailmankatsomus kaihtoi selittämättömiä, uskoon ja luulemuksiin perustuvia päätelmiä. Mutta eikö tiede myös kannustanut puolueettomaan ja ennakkoluulottomaan ajatteluun? Muuten maa olisi yhä litteä ja tähdet olisivat taivaan tilkkutäkissä olevia reikiä.

"Aaveet eivät ole minun erikoisalaani", Samuel myhäili.

"Eivätkä minun", Amy myönsi. "Tahtoisin silti selvittää, miksi talossani tapahtuu outoja asioita."

Samuel huomasi tilaisuutensa tulleen. Oli aika haudata sotakirves.

"Ehkä voisin auttaa sinua siinä."

"Miksi sinä niin tekisit?" Amy kysyi.

"Koska toivoisin, että olisimme taas ystäviä."

Lauseen koruton rehellisyys liikutti ja satutti Amya. Miten yksi ainoa sana saattoi herättää hänessä niin arvaamattoman moninaisia tunteita? Onnea, surua, pettymystä, vihaa. Amy olisi halunnut torjua Samuelin ehdotuksen ja heittää miehen ulos asunnostaan ja sydämestään. Mutta pohjaton yksinäisyys oli vielä kammottavampi kestää. Hänen oli nöyryttävä. Muuten hän haalistuisi ja hämärtyisi, haipuisi olemattomuuteen, muuttuisi iloisen keltaisessa talossa kummittelevaksi haamuksi.

"Ystäviäkö? Se kuulostaa hyvältä", Amy vastasi ja ojensi kätensä. Eikä hän valittanut, vaikka Samuelin toverillinen kosketus tuntui kiduttavalta tulelta.

11

Mannien sviitin keittiöstä leijui omenan, kanelin, muskottipähkinän ja fariininsokerin herkullinen aromi. Klassinen yhdistelmä, jonka nimeen lukemattomat yhdysvaltalaiset vannoivat. Heille omenapiirakka symboloi kotia, uskontoa ja isänmaata. Vapaudenpatsasta, tähtilippua ja kansallislaulua. Dollaria, kaksipuoluejärjestelmää ja oikeutta kantaa aseita.

Niistä oli pienet pojat tehty.

Ruudulliseen esiliinaan sonnustautunut Evie hyräili kuoriessaan omenoita ja leikatessaan niistä ohuita siivuja. Kiertoilmauunin tuuletin hyrisi innokkaasti taikinapohjan odottaessa vuoassa täytettä. Tiskipöydällä oli avattu voipaketti. Vapaapäivien verkkaisina aamuina keittiö oli Evien valtakuntaa.

Amos Mann laahusti unisena keittiöön ja kaatoi itselleen kupillisen vastakeitettyä kahvia. Hänen kurottaessaan kätensä omenaviipaleita kohti Evie läpsäisi leikkisästi aviomiehensä sormia.

"Näpit irti! Tarvitsen niitä piirakkaa varten."

"Kenelle sinä piirakkaa olet leipomassa?" Amos kysyi haukotellen.

"Marthalle ja tytöille. Mutta älä huoli, eiköhän siitä jää palanen sinullekin."

Amos irvisti. Hän ei halunnut muiden tähteitä. Hän halusi koko piirakan.

"Miksi sinä hemmottelet heitä? Hehän ovat meidän alaisiamme."

"Kyllä sinä tiedät. He kaipaavat tukea ja lohdutusta Christinan kuoleman jälkeen."

"Ei se ole sinun tehtäväsi."

"Kenen sitten?" Evie totesi hymyillen. Hän pyyhki kätensä esiliinaan ja suikkasi suukon miehensä poskelle. Amos sieti hellyydenosoituksen nikottelematta. Oli oikeastaan miellyttävää katsella

Evietä kotihengettärenä. Evien olemuksessa oli äidillistä lempeyttä. Luonteenpiirrettä, joka Lilyn kaltaisilta naisilta puuttui.

"Onko tapahtunut mitään uutta?" Amos tiedusteli enemmän velvollisuudentunnosta kuin todellisesta kiinnostuksesta. Hän istui pöydän ääreen ja avasi sanomalehden urheilusivujen kohdalta.

"Voi, vaikka mitä!" Evie vastasi.

Amos kuunteli hajamielisesti vaimonsa jaarittelua lukiessaan edellispäiväisten koripallo-otteluiden tuloksia. Mitä hän piittasi henkilökuntaa koskevista juoruista tai hotellivieraana olevasta miehestä, joka tahtoi lomansa päätyttyä jäädä hotelliin töihin? Hän oli hotellinjohtaja, eikä vaivainen esimies, osastovastaava tai pikkupomo.

"Mikäpäs siinä, jos se on sinusta järkevää", Amos murahti Evien udellessa hänen mielipidettään. "Laita hänet kokeeksi vastaanottotiskille yösijaiseksi. Katsotaan, miten hän pärjää hautausmaavuorossa."

Evie nyökkäsi. Vaikka hän oli palveluksen velkaa Samuel Thomakselle, ja varsinkin tätä suositelleelle Ethan Solomonille, ei hän voinut päästää uutta työntekijää helpolla. Hänen oli pidettävä Grand Appletonin mainetta yllä. Samuel saisi tilaisuuden, mutta loppu riippuisi hänestä itsestään.

"Tiesitkö muuten, että Ethan Solomon tutkii Christinan kuolemaa? Hän haluaa jututtaa minua ja tyttöjä lähipäivien aikana."

Sanomalehti rapisi Amoksen rutistaessa sivun ruttuun. Hänen hartiansa olivat jännittyneet.

"Onko hän poliisi?"

"Ei, vaan yksityisetsivä."

Amoksen ilme koveni.

"Entä mainitsiko hän minua?"

"Miksi sinä sellaista mietit?" Evie kysyi vilkaisten epävarmana aviomiestään.

"En miksikään", Amos sanoi hymyillen rauhoittavasti. Mutta hänen sisällään kiehui, sillä hän oli nähnyt Ethan Solomonin Rowena Blythen avustajan Seanin seurassa. Saattoiko vanhus toimia myös Rowenan leivissä? Se olisi valitettavaa, joskaan hän ei ollut huolissaan Ethanista. Vanhus ei litimärkänäkään painanut juuri tiinettä dobermannia enempää. Ja jos mies oli joskus ollutkin jotakin, olivat hänen kunnian päivänsä taatusti kaukana menneisyydessä. Mutta mikäli Rowena oli palkannut Ethanin, hän oli kohottanut panosta. Amoksen oli vastattava siihen tai myönnettävä tappionsa. Eikä hänellä ollut aikomustakaan luovuttaa.

Pelihän oli vasta alkanut.

Toisin kuin Amy, Lily rakasti peilejä. Hän ihaili henkilökunnan kuntosalin pukuhuoneen kuvastimesta heijastuvaa kaksoisolentoaan. Hurmaavat kasvot sädehtivät pidäkkeettömästä mielihyvästä. Miten kaunis hän olikaan! Läpikuultavat alusvaatteet nuolivat hänen täydellistä vartaloaan, jonka lumoava aistillisuus houkutteli ihailevia katseita kuin hunaja kärpäsiä. Paksut tummat hiukset soljuivat hohtavan silkkisinä korostaen solakan kaulan ja kapeiden olkapäiden maalauksellista esteettisyyttä. Kainalot ja häpy oli vahattu karvattomiksi ja sileiksi kuin Botticellin Venuksella. Raamatussa kerrottiin, että jumala oli luonut ihmisen omaksi kuvakseen. Jos se oli totta, jumalan täytyi olla nainen.

Silti Lily Robillard oli muutakin kuin pelkkää koreaa ulkokuorta. Hän luki paljon, osasi useita kieliä, ja hänellä oli taloustieteen korkeakoulututkinto. Kouluaikanaan hän oli esiintynyt draamakerhon näytelmissä, joista eritoten rooli Shakespearen *Myrskyn* Mirandana oli saanut raikuvat aplodit. Tosin jo silloin monet yleisön jäsenistä olivat ennemminkin keskittyneet Lilyn varhaiskypsään sulokkuuteen kuin William-polon viisipolviseen jambiin.

Vaikka Lily saattoi tahtoessaan olla nokkela, hauska ja ymmärtäväinen, hänen mielialansa ailahtelivat kuin murrosikäisellä tytöllä. Joskus hän vajosi jurottavaan synkkyyteen, toisinaan taas hänen käytöksensä oli miltei maanisen hilpeää. Tuo kahtiajakoisuus oli osa hänen viehätysvoimaansa. Hänellä oli pimeä puolensa, kuten Amos epäilemättä tiesi, joskin Lily näytti sen vain harvoille muille. Mutta Amoksen kanssa hän pystyi olemaan oma itsensä. Kenties siksi hän oli ihastunut tuohon valloittavaan, löyhämoraaliseen mieheen. He olivat samanlaisia, menestyjiä raa'assa ja anteeksiantamattomassa maailmassa. Voittajia häviäjien joukossa. Se sopi Lilylle, sillä hän inhosi epäonnistumista. Hän kammoksui naurunalaiseksi joutumista, tavanomaisuutta, vaipumista mitättömyyteen. Ja kaikkein eniten hän pelkäsi esittävänsä ainoastaan statistin roolia tuossa mahtavassa näytelmässä, jota elämäksi kutsuttiin.

Rowena Blythe pärisytti huuliaan vauvan vatsaa vasten. Lapsi jokelsi ja heilutteli pulskistuneita raajojaan riemastuneena. Ilo oli tarttuvaa. Rowena myhäili typertyneesti hengittäessään vauvan tuoksua. Hänen sydämensä lauloi. Jotkut pitivät uuden auton hajua vielä parempana. Rowenasta he olivat mekanofiliaan hurahtaneita fanaatikkoja.

Tai pakoputkia rassaavia runkkareita, kuten Sean olisi takuulla sanonut.

Ei eloton objekti ollut mitään lihaksi syntyneeseen ihmeeseen verrattuna.

"Tuiki, tuiki tähtönen, iltaisin sua katselen. Korkealla loistat vaan, katsot alas maailmaan. Tuiki, tuiki tähtönen, iltaisin sua katselen…" Rowena hymisi tuudittaessaan lasta sylissään. Mutta vauva ei halunnut nukkua. Alkukantaisen vaiston ohjaamana pienokainen hamusi näyttelijättären rintaa.

"Ei minulla ole antaa sinulle maitoa", Rowena supatti miettien, miltä vauvan suu tuntuisi nännin ympärillä. Hän ei ollut koskaan imettänyt Amya. Nyt hän oli siitä syvästi pahoillaan.

"Kokeile tarjota hänelle äidinmaidonkorviketta", lastenosaston hoitaja opasti ojentaen lämmittämänsä tuttipullon Rowenalle. Näyttelijätär tuijotti naista kuin pelastavaa enkeliä.

"Ihanko totta? Saanko minä syöttää häntä?"

Hoitaja pyöritteli huvittuneena silmiään seuratessaan liikuttavan arkista toimitusta.

"En usko, että olet yhtä innoissasi tehdessäsi sitä tuhannetta kertaa."

Mutta Rowena ei kuullut häntä. Huone kutistui sulkien muun todellisuuden ulkopuolelleen. Jäljelle jäivät vain he kaksi, Rowena ja vauva, äiti ja lapsi. Toivon kirkas välähdys.

Rowena tiesi, mikä hänen tyttärensä nimeksi tulisi.

12

Vesi kuohui ja vaahtosi laineiden keinuttaessa laituriin kiinnitettyjä veneitä muovisia lepuuttajia vasten. Aallonmurtajan takana näkyi merenselällä lipuvia purjelaivoja ja uutuuttaan kiilteleviä huvialuksia. Oli puolipilvistä. Sään viiletessä kaupungin elämä oli palannut tavanomaisiin uomiinsa. Raikas puuskittainen tuuli tarjosi kaivattua helpotusta piinaavasta helteestä kärsineen saaren asukkaille.

Rantabulevardin penkillä Marthan kanssa istuva Ethan Solomon silmäili vaitonaisena poliisiasemalta noutamiaan dokumentteja. Hän ei ollut tyytyväinen, vaikka kuolemansyyntutkimus oli valmistunut nopeammin kuin hän oli arvellut. Christinan vanhempien valtuutuksella saatu ruumiinavausraportti oli sentään pätevää työtä, mutta samaa ei voinut sanoa Ethanin vaivalla ja viekkaudella hankkimasta esitutkintapöytäkirjan heikkolaatuisesta kopiosta. Se oli roskaa. Kierrätykseen kelpaamatonta jätettä. Paskaa sisältä ja ulkoa. Ethan pudisti päätään luovuttaessaan paperit Marthalle.

"Mitä niissä lukee?" nainen kysyi malttamattomana.

"Tapauksen poliisitutkinta on lopetettu. Christina menehtyi fentanyylin yliannostukseen ja sitä seuranneeseen hengityksen lamaantumiseen."

"Fentanyyli? Mitä se on?"

"Opioidi, joka on paljon morfiinia ja heroiinia vahvempaa. Fentanyyliä käytetään kipulääkkeenä eritoten anestesian yhteydessä. Vaarallisuudestaan huolimatta sitä nautitaan myös huumausaineena."

"Christina ei taatusti koskenutkaan sellaiseen myrkkyyn!" Martha tiuskaisi.

"Poliisi on eri mieltä. Heidän mukaansa kuolema oli itse aiheutettu, joko tarkoituksella tai tahattomasti. Mutta..."

"Sinä et vaikuta vakuuttuneelta."

Ethan nyökkäsi.

"Christinan hallussa ei ollut huumeita, eikä hänen asuinhuoneistostaan löytynyt viitteitä niiden käytöstä. Lisäksi rikospaikkatutkinta oli hutiloiden suoritettu. Viranomaiset eivät eristäneet sviittiä teknisen tutkimuksen ajaksi tai ottaneet lainkaan näytteitä Mannien kylpyhuoneen irtaimistosta. Ja sitten on tietenkin Steffie."

"Evien edesmennyt koirako?" Martha ihmetteli. "Miten se liittyy Christinan kuolemaan?"

"En ole varma. Ehkä ei mitenkään. Mutta meidän on silti viivyttelemättä käytävä vierailemassa Evien luona."

"En edelleenkään käsitä, miksi haluat vilkaista meidän kylpyhuonettamme. Poliisihan teki sen jo", Evie Mann jupisi Ethanille päästettyään hänet ja Marthan sisään asuntoonsa.

"Ole hänelle mieliksi", Martha pyysi. "Christinan ja minun vuoksi."

Evie katsoi alaistaan myötätuntoisesti.

"Olkoon, jos se helpottaa sinun oloasi."

"Kiitos", Martha vastasi puristaen Evien kyynärvartta. Kolmikko kulki Evien johdolla päämakuuhuoneeseen.

"Tuossa se nyt on", Evie totesi seisahtuessaan kylpyhuoneen ovensuuhun.

Ethan puki suojahansikkaat käsiinsä ja astui peremmälle. Tarkastettuaan huoneen ylimalkaisesti hän siirtyi kaksoispesualtaiden alla olevan kaapiston kimppuun. Se oli jaettu kahtia Evien ja Amoksen kesken. Amoksen puolella oli tyypillisiä miesten tarvikkeita, kuten parranajovälineitä, deodorantteja, hammastahnaa ja suuvettä. Siihen verrattuna Evien puoli oli oikea runsaudensarvi. Se pursusi tavaraa: pumpulivanua, hajusteita, öljyjä ja voiteita, pinsetit, kynsisakset, kertakäyttöhöyliä, särkylääkettä, terveyssiteitä, hiusharjoja, pinnejä, meikin- ja kynsilakanpoistoaineita, hammaslankaa, saippuoita… Hallittu kaaos. Kaikkea, mitä luonnollinen ja nykyaikainen nainen tarvitsi.

Inventaarion suoritettuaan Ethan nosti suuvesipullon ja aspiriinipurkin allastasolle. Tutkailtuaan korkkaamattomalta vaikuttavaa suuvesipulloa hän työnsi sen sivummalle ja keskittyi särkylääkepurnukkaan.

"Kuinka usein sinä käytät näitä?" Ethan tiedusteli Evieltä.

"Silloin tällöin", Evie vastasi kummastellen miehen kysymystä.

"Koska viimeksi?"

"En minä osaa sanoa! Kuka sellaisesta pitää kirjaa?"

"Ei kukaan", Ethan myönsi.

"Rauhoitu, Evie", Martha tyynnytteli työnantajaansa. Mutta Ethan ei kuunnellut heitä. Hän kiersi aspiriinipurkin auki ja kumosi sen sisällön marmoriselle allastasolle.

"Mitä sinä teet?" Evie älähti.

"Selvitän, olenko munannut itseni täysin", Ethan hymähti ottaessaan kännykän taskustaan. Hän käynnisti suurennuslasisovelluksen ja kumartui särkylääketablettien ylle.

Ethan ei hosunut. Hän tuijotti älypuhelimensa näyttöä mietteliäs ilme kasvoillaan.

"Löysitkö sinä jotain?" Martha uteli.

"Tulkaahan vilkaisemaan", Ethan virkkoi suoristaen selkänsä. Martha veti Evien mukanaan allastason viereen. Naiset katselivat tabletteja Ethanin pidellessä kännykkää paikallaan.

"Vertailkaa pillereitä keskenään", Ethan neuvoi.

"Minä en huomaa mitään eroa. Ne ovat prikulleen samanlaisia", Evie puuskahti vain muutaman sekunnin kuluttua.

"Eivätkä ole", Martha mutisi. "Osasta puuttuu logo."

"Aivan", Ethan vahvisti. "Mikäli epäilykseni osuvat oikeaan…"

"Niissä on fentanyyliä!" Martha huudahti kalveten. Hän ymmärsi vihdoinkin.

"Mahdollisesti. Toki meidän on ensin vietävä tabletit rikoslaboratorion analysoitavaksi."

Kiihtynyt Martha ei suhtautunut tilanteeseen yhtä hillitysti kuin Ethan.

"Mutta silloinhan Christina ja Steffie kuolivat vahingossa!"

"Miten niin?" Evie kysyi pöllämystyneenä.

"Etkö sinä tajua? Murhaajan todellinen kohde olit sinä! Ja hän on yhä vapaalla jalalla!"

Marthan sanat kajahtelivat kolkkoina ja kohtalokkaina kuin tuomiopäivän kellot.

13

Vaikka saarella oli lukuisia menestyviä yrityksiä, sen selkärangan muodostivat vaatimattomat kyläyhteisöt, joiden asukkaat työskentelivät pääsääntöisesti kalastajina, maanviljelijöinä ja käsityöläisinä. He olivat polynesialaisten uudisasukkaiden jälkeläisiä; ahkeria, hyväntuulisia ja vieraanvaraisia ihmisiä, jotka monin tavoin elivät yhä muinaisten esivanhempiensa lailla. He olivat ylpeitä omasta perimästään, eivätkä arkailleet näyttää sitä muille. Kanaloan kylä ei ollut poikkeus. Oli festivaalipäivä, ja kyläläiset olivat pukeutuneet parhaimpiinsa. Pienissä kojuissa grillattiin lihaa, kasviksia ja hedelmiä sekä tarjoiltiin taaro-kasvin mukulasta valmistettua *poita*. Halutessaan sai herkutella makeisilla, sinisiksi tai punaisiksi värjätyillä pyöreillä leivoksilla, uunituoreella leivällä ja suolaisilla piirakoilla. Juhlan keskiössä olivat silti kalat, nilviäiset ja äyriäiset.

Olihan Kanaloa meren jumala.

Samuel Thomas katseli kylän aukiolle pystytetyn kokon edessä liikkuvia tanssijoita. He esittivät tarun nimettömästä jumalasta, joka oli luonut Unohduksen puutarhan maanjäristyksillä ja tulella. Pimenevässä illassa loimuavat liekit heijastuivat ruskeaihoisten neitojen ja nuorukaisten kasvoillaan pitämistä naamioista. Heidän vartalonsa hytkyivät *pahu*-rumpujen ikiaikaisen rytmin pakottamana. Kädet tempoivat villisti askelkuvioiden nopeutuessa ja muuttuessa monimutkaisemmiksi. Musiikki kulki kohti vääjäämätöntä kliimaksia. Rumpujen äkkiä vaietessa esiintyjät jähmettyivät paikoilleen. Tuli leimusi kirkkaana kipinöiden leijaillessa taivaalle. Samuel värähti. Hetken hänestä tuntui kuin hän olisi vajonnut uneen, irtautunut ruumiistaan, tuijottanut itseään toisen ihmisen silmin. Varjot pitenivät ja hiipivät lähemmäs. Samuelia ahdisti. Hän oli eksynyt lapsi, haamu haamujen maailmassa, jänis auton etuvaloissa. Vainajien henget olivat läsnä. Kuolleet olivat nousseet haudoistaan. Portti oli auki.

Sillä Kanaloa oli myös manalan jumala.

Sähkölamppujen syttyessä pimeys kaikkosi. Samuel töllisteli hölmistyneenä ympärilleen. Seremonia oli ohi. Tanssijat riisuivat naamioitaan. Turistit räpsivät valokuvia ja ostelivat matkamuistoja leveästi hymyileviltä kaupustelijoilta. Ruoat ja virvoitusjuomat menivät kuin kuumille kiville, ja alkoholiakin oli runsaasti tarjolla. Kapitalismi ja markkinatalous jylläsivät paratiisissakin.

Omituisesta kokemuksesta toivuttuaan Samuel muisti, miksi oli tullut Kanaloaan. Ethan Solomon oli näyttänyt hänelle kyläjuhlien mainosta ja pyytänyt häntä tiedustelemaan kyläläisiltä posliinimaskeista, joilla erästä Ethanin asiakasta oli häiriköity. Samuelin uteluista huolimatta Ethan ei ollut kertonut enempää, vaan antanut hänelle vain naamiosta tulostetun kuvan ja neuvon "pitää hauskaa". Koko juttu vaikutti neulan etsimiseltä heinäsuovasta. Samuel epäili, että Ethan ymmärsi sen paremmin kuin hyvin. Vanhus oli lähettänyt hänet hanttihommiin keskittyessään itse tärkeämpiin asioihin. Samuel virnisti vinosti. Kenties hän oli pelkkä juoksupoika, mutta jokaisen oli aloitettava jostakin. Eikä työtehtävä ollut tuntunut epämieluisalta, ei ainakaan ennen tanssiesitystä seurannutta transsia.

Oliko se oikea termi?

Kitaristien viritellessä soittimiaan Samuel otti taitellun paperiarkin esiin ja asteli tanssijoiden luo.

"Anteeksi, voisitteko auttaa minua?"

Kysymykset eivät johtaneet mihinkään. Salskeat nuorukaiset selittivät tehneensä omat naamionsa kipsistä tai puusta ja arvelivat posliinimaskien olevan tehdasvalmisteisia. Samuel kiitti heitä ja kääntyi seuraavaa ryhmää kohti. Mutta nähdessään edessään seisovan naisen tutut kasvot kohtelias lause juuttui hänen kurkkuunsa.

"Hei", hän sai töksäytettyä.

Juhla-asuun sonnustautunut Miriam yllättyi huomatessaan Samuelin.

"Samuel?" Miriam virkkoi silittäessään hämillisenä pukunsa kangasta.

"Niin", Samuel vastasi kömpelösti. Hän kirosi Ethania, joka oli taatusti suunnitellut kaiken etukäteen. Ovela vanha kettu aikoi pakottaa hänet pitämään lupauksensa.

"Sinä tanssit upeasti."

Miriam punehtui. Hän tunsi olonsa alastomaksi.

"Katselitko sinä minua... siis meitä..." Miriam takelteli hänen ystävättäriensä hihittäessä kömmähdykselle.

Samuel ei tiennyt, mitä sanoa. Onneksi oivallisesti ajoittunut sattuma päästi hänet pinteestä.

"Kenen kanssa sinä juttelet, Mimi?" ahavoitunut, tynnyririntainen mies kysyi rutistaessaan Miriamin kainaloonsa.

"En kenenkään, isä."

"Sitten minä olen enemmän juovuksissa kuin luulenkaan", mies vitsaili ja ojensi jykevän kouransa Samuelille. "Jay Kalawai'a."

"Samuel Thomas."

"Kuuluisa herra Thomas. Tyttäreni on puhunut sinusta paljon", Jay totesi miesten kätellessä.

"Isä!" Miriam kivahti silmäillen murhaavasti hilpeästi tirskuvia tovereitaan.

Jay ei piitannut tyttärensä ahdingosta.

"Oletko sinä syönyt jo illallista?" hän tiedusteli Samuelilta.

"En vielä. Minä..."

"Siinä tapauksessa sinun on tultava kotiimme hiukopalalle. Vaimonikin tahtoo tavata miehen, joka pelasti Mimin riehuvalta mielipuolelta."

"Oikeastaan se oli ystäväni Ethan", Samuel hymähti.

"Ehkä hän ei halua vierailla luonamme", Miriam yritti selittää, mutta Jay ei kuunnellut vastaväitteitä.

"Vaimoni on loistava kokki. Takaan, ettet pety. Minulla on myös kunnollista juotavaa, eikä mitään turisteille myytävää litkua."

Samuel vilkaisi Miriamia. Nainen kohautti harteitaan. Ele oli ärsyttävän välinpitämätön. Se sinetöi Samuelin päätöksen.

"Eihän tuollaisesta kutsusta voi kieltäytyä."

84

"Ei niin", Jay tokaisi iloisesti johdattaessaan vanhimman tyttärensä ja uuden tuttavansa kotitupaansa kohti.

Jälkiruokaan mennessä Samuelin oli myönnettävä, ettei Jay ollut liioitellut vaimonsa kokkaustaitoja. Ana-rouvan loihtimat murkinat olivat yksinkertaisia, konstailemattomia ja tavattoman maukkaita. Banaaninlehdessä kypsytettyä kalaa, maauunissa paistettua possua ja suussa sulavaa kookoskohokasta. Se oli Samuelin loman paras ateria. Joskin saaren gourmetravintoloiden keittiömestarien luomat annokset olivat hienostuneempia, ne kalpenivat Ana-rouvan tarjoomusten rinnalla. Samuelin ylistäessä ruokia pyöreäposkinen Ana tuhahteli mielissään ja komensi miestään kaatamaan vieraalle lisää juotavaa. Maistettuaan pari ryyppyä Jayn sokeriruo'osta tislaamaa pontikkaa Samuel päätti pysyä oluessa. Väkijuoma kihosi päähän kuin häkä, eikä Samuel halunnut nolata itseään Miriamin vanhempien edessä. Sillä huikeaa illallista ja pontikkaakin päihdyttävämpää oli todistaa Kalawai'an perheen kadehdittavan läheisiä välejä, heidän keskinäistä rakkauttaan ja lämpöään. Miriamilla oli kaksi sisarta, Salome ja Kalani, sekä veli, Aalona. Kalani ja perheen kuopus Aalona olivat vielä lapsia, mutta 16-vuotias Salome oli säkenöivän viehkeä naisenalku, miltei Miriamin veroinen kaunotar. Kaikki pitivät hänestä, vaikka hänen mielipiteitään leimasi nuoruudelle tyypillinen ehdottomuus.

Aterian päätyttyä Ana vei Kalanin ja Aalonan nukkumaan. Hänen palattuaan seurue siirtyi talon takapihalle raivattuun puutarhaan. Vihannesistutusten ja muutaman hedelmäpuun lisäksi siellä oli laudoista rakennettu pöytä ja jätepuusta nikkaroidut tuolit. Sytytettyään ikivanhan öljylampun Jay istui rappuselle, kääri savukkeen ja pisti tupakaksi. Samuel seurasi isännän esimerkkiä. Hän huomasi, että Miriam ei polttanut vanhempiensa nähden.

Sisällä virinnyt sydämellinen keskustelu jatkui. Jay tarinoi ylpeänä troolaristaan, kunnes vaimo käski hänen lopettaa mokomat kalajutut. Myhäilevä Jay ei loukkaantunut, vaan nojautui seinää vasten ja sulki silmänsä.

"Sammuiko hän?" Samuel kuiskasi.

"Ei sentään", Ana sanoi. "Tuo on hänen tapansa antaa muillekin puheenvuoro."

"Eikä ole. Minä vain kerään voimiani", Jay murahti. Samuel hymyili. Vaikka Jay ei muistuttanut ulkomuodoltaan Ethania, miehissä oli paljon samaa.

Jayn hiljennyttyä Ana uteli Samuelilta Euroopasta ja ihmetteli, kun Samuel kertoi käyneensä lomailemassa pohjolan perukoilla, aina Lapissa asti.

"Siellä oli varmasti kauhean kylmä", Ana päivitteli.

"Toki, mutta onneksi sauna on keksitty."

"Onko totta, että te menette sinne alasti?"

"Useimmiten."

"Sekä miehet että naiset?" Miriam kysyi.

"Se riippuu saunojista. Jotkut saunovat yhdessä, toiset erillään."

"Oletko sinä ollut..." Miriam aloitti, kun hänen siskonsa keskeytti hänet.

"Entä sukupuolten välinen tasa-arvo? Mitä sinä ajattelet siitä?"

Miriam mulkaisi Salomea.

"Sally on hurahtanut feminismiin. Siksi kylän pojat pelkäävät häntä."

"Älä kutsu minua Sallyksi", Salome sihahti. "Ja tahtoisin kuulla vieraamme mielipiteen asiasta."

"Sinun ei tarvitse vastata hänelle", Miriam ilmoitti Samuelille.

"Ei se minua haittaa", Samuel tokaisi kääntyen Salomen puoleen. "Ensiksi haluaisin kuitenkin selventää kysymyksesi asettelua. Tarkoitatko sinä ekonomista, kulttuurillista vai sosiaalista tasa-arvoa?"

"Äh... niitä kaikkia..." Salome mutisi epävarmasti.

"Sepä kiinnostavaa. Käsittelemmekö aihetta feministisessä, teologisessa vai etnografisessa diskurssissa?"

Ana ynähti huvittuneena.

"Sanoitko sinä jotain, äiti?" Salome puhahti nyrpistäen otsaansa.

"En mitään, kulta. En mitään..."

Huomatessaan nuoren naisen kiusaantumisen Samuel päätti armahtaa häntä. Hän tiesi, kuinka herkässä ja haavoittuvaisessa iässä Salome oli.

"Sinun kysymyksesi oli hyvä ja ajankohtainen", Samuel kehaisi. "Minusta kyse ei silti pohjimmiltaan ole miesten ja naisten, vaan ihmisten välisestä tasa-arvosta. Siitä, että ketään ei syrjittäisi sukupuolen, rodun, uskonnon tai seksuaalisen suuntautumisen perusteella. Että tulot jakaantuisivat tasaisemmin ja jokaisella olisi oikeus maksuttomaan terveydenhuoltoon ja koulutukseen."

"Sanoit jokaisella. Siis naisillakin heidän yhteiskuntaluokastaan riippumatta", Salome jankkasi.

Samuel nyökkäsi.

"Naiset pystyvät samaan kuin miehetkin, jos heille vain annetaan siihen mahdollisuus."

"Eivät pysty", Jay urahti yllättäen Samuelin. "Mies ei voi synnyttää lasta, eikä nainen siittää sitä."

"Tarkoitin…"

"On myös asioita, joissa miehet ovat naisia parempia."

"Kuten?" Ana tiedusteli mieheltään. Hän kallisti härnäävästi päätään.

Haaste oli heitetty. Keskustelu vaikeni. Jay nousi seisomaan ja vilkaisi vastausta odottavaa yleisöään. Sitten hän avasi oluttölkin, kohotti sen huulilleen ja alkoi kaataa mallasjuomaa kitusiinsa. Hän ei aikaillut. Tölkin sisältö hupeni nopeasti. Pian jäljellä oli ainoastaan tyhjä hylsy, jonka Jay rutisti kasaan ja tiputti maahan. Hänen suunsa levisi ammolleen. Ilma karkasi vatsasta, ohitti kurkkutorven ja jyrähti maailmaan ukkosmyrskyn vimmalla. Mannerlaatat vapisivat. Peruskallio mureni. Valaat pakenivat kauhuissaan. Röyhtäys oli tulivuoren purkaus, atomipommi, alkuräjähdys. Jumalan ääni ihmisen ruumiissa.

Kerta kaikkiaan kelpo suoritus.

Samuelin tuijottaessa ällistyneenä Jay istahti takaisin porraskivelle ja virnisti vaimolleen.

"Kiitokset kokille."

Vakavahenkinen Salome puristi huulensa yhteen. Hänen silmäripsensä räpsyivät kuin kolibrin siivet. Sievät posket pullistuivat, kunnes hänen itsehillintänsä petti ja pidätelty hörähdys pyrähti vastustamattomasti vapauteen. Nuoruuden vallattoman riemun seireeninlaulu huumasi kuulijansa, houkutti heidät luokseen ja hukutti heidät ilon mereen. Nauru pyörteili ja aaltoili, lainehti ja tyrskysi. Se velloi vielä autuaan tovin ennen pakollista tyyntymistään.

"Minä käyn katsomassa lapsia", Ana totesi pyyhkien silmiään.

"Meidänkin taitaa olla aika lähteä", Miriam supatti Samuelille. Eikä Samuel protestoinut, vaikka olisi halunnut jäädä tuohon pyyteettömän rakkauden ilmapiiriin, jota hänen oma perheensä ei ollut koskaan kyennyt tarjoamaan. Koko menneisyys tuntui haalistuneelta valokuvalta, vankilan kliiniseltä selliltä, ja vasta Unohduksen puutarhassa hänen elämänsä värit olivat puhjenneet kukkaan.

Samuel ja Miriam kulkivat vaitonaisina pitkin kylän ohittavaa raittia, jonka länsipuolella äkkijyrkät kalliot putosivat pystysuorina kaukana alhaalla siintävään mereen. Halvoista kovaäänisistä raikuva musiikki kaikui vääristyneenä tielle. Kanaloan festivaalien juhlahumu ei osoittanut laantumisen merkkejä.

"He jatkavat aina aamuun asti", Miriam sanoi.

"Luuletko niin?"

"Minä tiedän. Olen tuntenut useimmat heistä pikkutytöstä saakka."

"En pysty kuvittelemaan sinua pikkutyttönä."

"Se olisikin melko sopimatonta", Miriam vinoili. Samuel ei tarttunut täkyyn. Hänen kävelykeppinsä karahti kiveen. Samuel ähkäisi. Jalkaa särki, vaikka alkoholi vei kivusta pahimman terän.

"Sattuiko sinuun?" Miriam tiedusteli huolestuneena.

"Ei muuhun kuin ylpeyteeni", Samuel vastasi vaihtaen kiireesti puheenaihetta. "Oli mukava tavata perheesi."

Sanojen vilpittömyys liikutti Miriamia. Samuel oli erilainen

kuin muut Miriamin tuntemat miehet: kömpelö, jäykkä ja lako-
ninen. Hän ei osannut leperrellä ja flirttailla, vaan tarkoitti, mitä
sanoi. Se oli virkistävää. Miriam mietti, saattoiko tuo verkkaisuus ja
kiertelemättömyys johtua miehen synnyinmaan hidastempoisesta
ja kummallisesta kielestä, jota Samuel oli Anan pyynnöstä esitel-
lyt muutaman lauseen verran. Ihminen muokkasi kieltä, mutta
muokkasiko myös kieli ihmistä? Se oli kiehtova ajatus.

Kanaloan valojen hälvetessä Miriam muisti, mitä oli unohtanut
kysyä Samuelilta aikaisemmin.

"Mistä sinä juttelit ryhmämme tanssijoille?"

Samuel selitti ja ojensi Miriamille Ethanin antaman tulosteen.
Miriam pysähtyi katulampun alle tutkimaan kuvaa.

"Naamiossa on jotakin tuttua."

"Oletko nähnyt samanlaisen jossakin?"

"Ehkä", Miriam totesi varovasti. "Mutta en saa millään päähäni
missä."

"Se siitä sitten", Samuel murahti.

"Voisinko pitää tämän?" Miriam kysyi taitellessaan paperin
takaisin kokoon. "Kenties asia palaa mieleeni."

"Ole hyvä", Samuel sanoi. Tuskinpa Ethan panisi lisäapua
pahakseen. Eikä maskimysteeri tuntunut Samuelista sillä het-
kellä tärkeältä. Miriamin läheisyys kiusasi ja kiihotti häntä. Mitä
hemaiseva nainen teki hänenlaisensa raajarikon kanssa? Se oli
käsittämätöntä. Hän ei ollut urhea sankari tai sulavakäytöksinen
viettelijä, vaan yksinäinen ja epävarma mies, joka kammoksui
aamuöisin toistuvia painajaisia.

5.12. Perkeleen 5.12.

Katulampun loitotessa pimeys syveni. Samuel ja Miriam kä-
velivät hiljaisuuden vallassa. Miriamia ei pelottanut, vaikka hän
tajusi, ettei tiennyt Samuelista mitään. Mies oli muukalainen,
jonka menneisyys oli hämärän peitossa. Pystyikö kukaan saarella
vahvistamaan, että Samuel Thomas oli edes hänen oikea nimensä?
Mitä jos hän olikin pedofiili, murhaaja tai raiskaaja? Tai kaikkia
niitä, hyvänen aika!

"Ethän sinä aio tappaa minua ja pilkkoa ruumistani palasiksi?" Miriam uteli hymyillen.

"Enpä taida. Todisteiden hävittämisessä olisi liiaksi vaivaa."

"Törkimys! Kutsutko sinä minua lihavaksi?"

"En, vaan horisontaalisesti kehittyneeksi. Siinä on selkeä ero." Miriam niiskahti. Hetken Samuel arveli loukanneensa keskustelukumppaninsa tunteita. Sitten hän kuuli Miriamin nauravan.

"Minä otan tuon kohteliaisuutena."

"Siksi se oli tarkoitettukin", Samuel puhahti huojentuneena.

Matka jatkui. Raitti kohosi loivasti saaren länsikärkeen asti. Sieltä se alkoi kaartua ja laskeutua kohti sisämaata ja Kanaloan pohjoispuolella sijaitsevaa päätietä, josta Miriamin mukaan saisi kyydin takaisin hotellille.

Samuel seisahtui tasaamaan hengitystään. Mäen laelta avautui näkymä syvällä laaksossa värikylläisenä hehkuvaan kaupunkiin.

"Jaksatko sinä vielä? Olemme jo voiton puolella", Miriam kysyi.

"Ehkä meidän olisi pitänyt mennä lyhyempää ja helpompaa reittiä."

"Silloin en olisi nähnyt tätä upeaa maisemaa", Samuel huohotti. Mutta hänen katseensa etsiytyi vääjäämättä merelle päin. Äkkiä maa huojui hänen jalkojensa alla. Aallot kutsuivat häntä. Samuel vapisi. Häntä ei väsyttänyt lainkaan. Hän oli kevyt kuin saippuakupla. Veri jyskytti hänen korvissaan ihokarvojen noustessa pystyyn. Tunne muistutti hänen Kanaloassa seremoniatanssin aikana kokemaansa aistimusta, mutta oli huomattavasti voimakkaampi. Oli kuin meri olisi puhunut hänelle.

Tule. Minä kerron sinulle totuuden.

Samuel astui pois tieltä.

"Minne sinä menet?" Miriam huusi. Samuel ei kuunnellut. Hän raahusti huumaantuneena lähemmäs jyrkänteen reunasta erkaantuvaa kielekettä.

"Pysähdy!" Miriam älähti tarttuen Samuelin käteen. Muutaman sekunnin Samuel tuijotti eteensä ilmeettömänä, kunnes naisen kosketus havahdutti hänet.

"Miksi sinä kiljut minulle?" Samuel ihmetteli kuin mitään ei olisi tapahtunut.

"Etkö sinä muista?" Miriam kysyi siirtyen Samuelin viereen. "Olit kävelemässä suoraan *leinalle.*"

"Mille?" Samuel uteli ja valaisi kännykkänsä taskulampulla jykevää ulkonemaa. Hän huomasi maahan hylätyt kuivuneet kukkaseppeleet ja hiiltyneiden soihtujen jäänteet. "Mikä tämä paikka oikein on?"

"Istutaan ensin alas", Miriam pyysi. Samuel totteli lysähtäen vaaksan päähän Miriamista. Kävelykeppi lojui heidän välissään kuin pyhiinvaeltajan sauva. Päivällä auringonpaisteessa lekotellut kallio oli yhä lämmin.

"Anna palaa, Mimi", Samuel sanoi.

Miriam mulkaisi miestä ja karisti opettajatarmaisesti kurkkuaan.

"Vanhan uskomuksen mukaan *leina* on kalliotasanne, jolta kuolleiden henget matkaavat tuonpuoleiseen."

"He siis loikkaavat kielekkeeltä?"

"Tavallaan. Mutta kyse on ihmisen sielusta, ei fyysisestä kehosta."

"Mitä sen jälkeen tapahtuu?"

"Jotkut pääsevät jumalten ja esi-isiensä luokse, toiset taas joutuvat pimeyteen tai jäävät eksyneinä henkinä vaeltamaan maan päälle."

"Kuten haamut?" Samuel mutisi.

"Niin kai", Miriam myönsi. "Sitten on myös sieluja, jotka palaavat takaisin ruumiiseensa ja jatkavat elämistä."

Samuel katsoi taivaalle. Hän ei ollut milloinkaan nähnyt sellaista tähtien paljoutta.

"Minä en halua koskaan lähteä Unohduksen puutarhasta."

"Sinun sydämesi alkaa vihdoinkin sulaa", Miriam kuiskasi laskiessaan päänsä Samuelin olkapäälle. Ele oli siveä ja sisarellinen. Mutta Miriam ei ollut Samuelin sisar. Mies liikahti kuin sätkynukke. Hänellä ei ollut vapaata tahtoa. Miriam oli vienyt sen häneltä.

"Oh", Miriam huokaisi Samuelin huulten löytäessä hänen omansa ja painautuessa niille kiihkeinä ja vaativina. Suudelma oli kova kuin ahtojää. Miriam toivotti sen tervetulleeksi. Hän tunsi temppelipuun kukkien tuoksun.

Samuelin vetäytyessä kauemmas Miriam kosketti sormillaan miehen poskea. Hän kuuli Samuelin kiroavan.

"Mikä hätänä? Etkö sinä pitänyt siitä?" Miriam kysyi epäröivästi.

"Pidin, pidin", Samuel vastasi. "Mutta tiedän pystyväni parempaan."

"Idiootti", Miriam tuhahti ja veti miehen puoleensa. Selvisi, että Samuel oli kuin olikin oikeassa.

14

Viranomaisten suorittamat kokeet vahvistivat Ethan Solomonin epäilykset todeksi. Aspiriinipurkissa olleet tuotemerkittömät tabletit osoittautuivat laittomasti valmistetuksi fentanyyliksi. Myös Steffie-koiran ruumiista löytyi jäämiä samasta aineesta. Se oli viimeinen tikki. Sapattivapaata pitänyt hullunmylly alkoi jälleen pyöriä vinhasti. Kaupustelijat kuiskivat keskenään. Parkkipirkot pysähtyivät pulisemaan. Keittiöt kihisivät kuulopuheista. Silti pahinta juoruilu oli taas hotellin kauneussalongissa. Marthan ollessa poissa sen lörpöttelyyn kyltymättömät asiakkaat esittivät mitä mielikuvituksellisimpia näkemyksiä Grand Appletonin traagisista tapahtumista. Caroline Albright julisti, että Christinan ja Steffien kuolemissa oli hänen mielestään koko ajan ollut jotakin mätää. Hänellä riitti kuuntelijoita. Ja vaikka yksikään noista hienoista rouvista ei myöntänyt sitä ääneen, monia heistä vaivasi piinaavan epämiellyttävä ajatus.

Christina oli kuollut kuin koira.

Poliisi avasi Christinan tapauksen tutkinnan uudestaan. Nyt kuluissa ei säästelty, sillä tomppeleinkin konstaapelinplanttu ymmärsi, ettei kyse ollut enää pelkästä hotellityöntekijän menehtymisestä. Upporikas Evie Mann oli koetettu myrkyttää jo kahdesti. Poliisipäällikkö hikoili pormestarin ja talouselämän edustajien vaatiessa syyllisen päätä vadille. Saarella ei ollut varaa menettää hyvää haltiakummiaan.

Sadussa oli oltava onnellinen loppu.

"He etsivät Jason Raphaelia", Martha tokaisi näyttöruutua tarkkailevalle miehelle. Ethan murahti. Hän oli Evien suosiollisella avustuksella saanut kopion hotellin valvontakameroiden tallenteista ennen alkuperäisen materiaalin luovuttamista viranomaisille.

"Kuulitko, mitä sanoin?" Martha kysyi kyllästyneenä.

"Mmh…" Ethan mutisi.

"Mitä mieltä sinä olet siitä?"

"Ai mistä?"

Martha huokaisi. Oli näköjään totta, että miehet kykenivät paneutumaan vain yhteen asiaan kerrallaan.

"Poliisi keskittyy Jason Raphaelin löytämiseen", Martha selitti kärsivällisesti. "Onko se sinusta järkevää?"

"Se on heidän valintansa", Ethan totesi venytellen niskojaan. Vastaus ei tyydyttänyt Marthaa.

"Luuletko sinä, että Jason yritti murhata Evien?"

"Totta puhuen en. Teoriassa on liikaa aukkoja. Miten hän olisi esimerkiksi pystynyt myrkyttämään Evien juoman?"

"Ehkä hän oli naamioitunut tarjoilijaksi?"

"Joku haastattelemistamme henkilökunnan jäsenistä olisi tunnistanut hänet."

"Entä jos hänellä oli rikostoveri?"

"Se olisi jo paljon loogisempaa", Ethan myötäili. "Nokkelasti päätelty."

"Kiitos", Martha hymähti. "Sinä et kuitenkaan usko siihen."

Ethan irrotti otteensa hiirestä ja kääntyi Marthaa kohti.

"Ei se ole minun uskostani kiinni. Mutta millä me voisimme todistaa sen? Meillä ei ole valvontakamerakuvaa kabinetista tai Mannien sviitistä. *Onus probandi*, väitteen esittäjän on esitettävä perustelut väitteensä tueksi. Meidän on jatkettava haastatteluja."

"Miksi me sitten tuijotamme näitä videoita?" Martha sihahti tuskastuneena.

"Koska niistä saattaa ilmetä muuta arvokasta informaatiota", Ethan vastasi. Hän ei kertonut Marthalle etsivänsä valvontakameramateriaalista vihjeitä myös Rowenan jutun selvittämiseksi.

Martha pudisti päätään.

"Minä tarvitsen ryypyn. Haluatko sinäkin?"

"Kunhan se on tuplana."

"Mies minun makuuni", Martha nauroi poistuen hotellihuoneiston keittiöön. Ethan virnisti. Hän tunsi olonsa vetreämmäksi kuin vuosiin. Marthan toveruus nuorensi häntä, vanhaa miestä, joka vielä kerran oli astunut parrasvaloihin. Mutta hänellä ei ollut aikaa laiskotella. Ethan laittoi seuraavan videon päälle. Hänellä oli runsaasti katseltavaa ennen Seanin kanssa sovittua palaveria.

"Meidän on lakattava tapaamasta näin. Ihmiset alkavat pitää meitä pariskuntana", Ethan sanoi istahtaessaan Seanin nurmikolle levittämälle viltille.

"Olisiko se niin kamalaa?"

"Eipä kai. Mutta minä olen liian vanha muuttamaan tapojani. Rilluttelupäiväni taitavat olla ohitse."

"Ei kerta homoksi tee", Sean murjaisi luonteenomaisella tyylillään. "Etkä taida kertoa minulle koko totuutta. Olen nähnyt sinun liikkuvan viehättävän naishenkilön seurassa."

"Marthanko?" Ethan köhähti vaivaantuneesti. "Hänhän on vain..."

"Päiviesi valo, silmiesi ilo?"

"...minun ystäväni."

"Uskokoon ken tahtoo", Sean sanoi siirtyen sulavasti seuraavaan aiheeseen. "No, mitä uutta? Sinulla on varmasti ollut jännittävä ja työntäyteinen viikko."

"Ainakin jälkimmäinen niistä", Ethan vastasi. Suurin osa ihmisistä ei käsittänyt, kuinka pitkäveteistä yksityisetsivän työ useimmiten oli. Paperisotaa, arkistojen penkomista, loputonta odottelua. Herraskartanot, mestaririkolliset ja kohtalokkaat naiset olivat harvinaista herkkua. Eikä Ethan osannut edes soittaa viulua...

Sopuisan rupattelun päätyttyä Ethan paljasti Seanille yrittäneensä tuloksetta löytää posliininaamioiden myyjää. Kyseistä esinettä ei ollut tarjolla yhdessäkään saaren liikkeessä, eikä ainutkaan kauppa tunnistanut maskia myyntiartikkelikseen.

"Luulen, että naamiot ovat tulleet saarelle vuosia sitten, mahdollisesti Aasiasta saakka."

"Joten maskien jäljittäminen on mahdotonta."

"Vähintäänkin erittäin hankalaa. Minusta meidän ei kannata

nähdä enempää vaivaa niiden vuoksi."

"Olen samaa mieltä", Sean myönsi. "Oliko siinä kaikki?"

"Ei aivan. Sain haltuuni aineistoa, joka saattaa auttaa meitä eteenpäin", Ethan virkkoi näyttäen Seanille puhelimelleen tallentamiaan kuvakaappauksia. Sean katseli kännykän ruutua kiinnostuneena.

"Mitä nämä ovat?"

"Hyvä, että kysyit…" Ethan myhäili ja selitti asian Seanille. Nuoremman miehen silmät kirkastuivat.

"Ne ovat siis valvontakamerakuvaa hotellin aulasta, hisseistä ja käytäviltä?"

"Kyllä vain", Ethan vahvisti. "Ja kuten epäilemättä ymmärrät, tärkeimmät otokset ovat Rowenan asuinkerroksesta. Nuo kuvat ovat päiviltä, jolloin posliininaamiot ilmestyivät hänen ovelleen. Huomaat taatusti kutsumattomat vierailijat."

Sean tuijotti näyttöä otsa kurtussa.

"Hehän ovat lapsia!"

Ethan nyökkäsi.

"Arvelisin, että vanhinkin heistä on alle viisitoistavuotias."

"Helvetti sentään, eiväthän nuo räkänokat voi olla Rowenan vainoajia!"

"He ovat pelkkiä kuriireja, ja alaikäisyys on heidän paras valttikorttinsa. Vaikka he jäisivät kiinni laittomuuksista, olisi heitä miltei mahdotonta saada rikosoikeudelliseen vastuuseen. Heidän ei tarvitse laverrella viranomaisille. Juuri siihen heidän asiakkaansakin luottavat."

"Käsitän, mitä tarkoitat", Sean mutisi. "Eli me olemme takaisin lähtöpisteessä."

"Emme välttämättä. Lapset ovat vain työläisiä, kuhnureita. Joku muu pyörittää operaatiota. Jos onnistumme selvittämään hänen henkilöllisyytensä, voimme tiristää häneltä lisätietoja."

"Se kuulostaa vaaralliselta."

"Jätä homma minun huolekseni", Ethan sanoi rehvakkaasti ja toivoi vaikuttavansa vakuuttavammalta kuin todella tunsi olevansa.

Mutta joskus miehen oli uskallettava olla mies, niin typerää ja kypsymätöntä kuin se olikin. Nelson Mandela oli osunut naulan kantaan:

"Rohkea ihminen ei ole hän, joka ei pelkää, vaan hän, joka voittaa tuon pelon."

Hemmetti, että Ethan piti motivoivista aforismeista.

15

Samuel naurahti kylpyammeen veden loiskahtaessa kaakeloidulle lattialle. Hän hieroi vaahtoa jalkojensa välissä istuvan Miriamin tukkaan. Nainen kallisti päätään ja painoi selkänsä kiinni Samueliin. Miehen kädet leikkivät tovin hiuksilla, kunnes sukelsivat pinnan alle ja lähtivät seikkailemaan Miriamin kylkiä pitkin. Miriam värähti kosketuksen kulkiessa yhä alemmas. Hän tunsi olevansa jälleen valmis. Alun vaivaantuneisuudestaan selvittyään Samuel oli osoittautunut innokkaaksi ja huomaavaiseksi rakastajaksi. Miriamilla ei ollut valittamista sillä rintamalla.

Kylpyhuone tuoksui laventelilta. Miriam nuolaisi huuliaan ja maistoi Samuelin suudelmien jälkimaun. Hän ja Samuel seurustelivat. Ainakin Miriam kuvitteli niin. Mutta hän ei ollut täysin varma. Se oli kiusallista. Kenties hän olikin Samuelille vain lomaihastus. Hoito. Nainti. Pano. Tyttö, jonka sänkyyn kellistämisellä mies saattoi Lontooseen palattuaan kehuskella humalaisille kavereilleen. *Olisittepa nähneet hänet! Se pimu oli sitten kuuma pakkaus!*

Vaikka Samuel oli puhunut saarella työskentelemisestä, ei hän ollut ensimmäinen turisti, joka oli hullaantunut Unohduksen puutarhaan. Vasta hurmoksen hälvettyä matkailijat alkoivat käsittää, millaista elämä saarella todellisuudessa oli. Jotkut tottuivat siihen, monet eivät. Paratiisissakin aika muutti unelmat arjeksi. Eikä Miriam toivonut Samuelin kotiutuvan Unohduksen puutarhaan, ei ainakaan liian hyvin. Hän ei itse suostunut jämähtämään saarelle ikuisesti. Ei työnsä, ei Samuelin, ei edes perheensä vuoksi. Hän kaihosi vapautta yksinäisyydenkin uhalla. Mutta olisi ihanaa matkustaa Samuelin kanssa, herätä Samuelin vierestä, olla Samuelin tyttöystävä. Miriamin oli saatava tietää, mitä hän merkitsi Samuelille.

"Olemmeko me pari?" hän äyskähti noustessaan alastomana kylpyammeesta.

”Mitä sinä tarkoitat?” Samuel hengähti. Hänen katseensa levähti naisen hekumallisessa vartalossa.

”Älä viitsi. Ymmärsit kyllä.”

”Niin”, Samuel mumisi tajutessaan Miriamin olevan tosissaan.

”Eikö sinulla ole muuta sanottavaa?”

”Mitä sinä haluat minun sanovan?”

Että jumaloit minua. Että viet minut pois saarelta. Että minulla ei ole mitään pelättävää. Mutta Miriam ei tohtinut lausua noita ajatuksia ääneen. Sen sijaan hän vaihtoi suuntaa kuin flipperikuula.

”Onko sinulla joku toinen?”

”Ei tietenkään”, Samuel tulistui. ”En minä ole sellainen mies.”

Miriam ei luovuttanut niin helpolla.

”Entä se nainen, jonka pyysit seuralaiseksesi Evien illalliskutsuille?”

”Häntä ei lasketa.”

”Miksi ei?”

Samuel käsitti astuneensa ansaan. Ei ollut muuta vaihtoehtoa kuin tunnustaa. Hän kertoi Miriamille Amyn vahingoittuneista kasvoista, tämän naamiosta ja tulevasta plastiikkakirurgisesta leikkauksesta. Hän jopa mainitsi aaveen, jonka temppuilua oli henkilökohtaisesti saanut todistaa. Mutta jos hän luuli tarinansa tyynnyttävän Miriamin, hän oli väärässä. Samuelin vaietessa puuvillaisen aamutakin ylleen pukenut Miriam tuijotti häntä silmät leimuten.

”Vai ei häntä lasketa. En pitänyt sinua noin pinnallisena ja tunteettomana.

”Olen pahoillani, etten täytä sinun korkeita kriteerejäsi”, Samuel ärähti tuskastuneena. ”Mitä sinä oikein tahdot minun tekevän?”

Miriamin vastaus yllätti hänet itsensäkin.

”Haluan tavata hänet.” Vaikka päätös syntyi hetken mielijohteesta, Miriam pysyi kannassaan. Lopulta Samuelin ei auttanut kuin suostua. Kylpyvesi oli jäähtynyt haaleaksi. Riitelemisessä mies ei koskaan kyennyt voittamaan naista.

Myös Rowena Blythe ajatteli Amya selaillessaan vauvasta saaren sairaalassa ottamiaan kuvia. Suloisen pienokaisen näkeminen sai hänet aina lempeämmälle tuulelle. Mutta adoptioprosessin jouhevasta etenemisestä huolimatta tyytymätön juonne piirtyi hänen kulmiensa väliin. Huoli vanhemmasta tyttärestä kaihersi hänen mieltään.

"Tämä ei vetele! Meidän on tehtävä jotakin Amyn hyväksi", Rowena tiuskaisi laskiessaan puhelimensa sohvalle.

Sean ei hätkähtänyt. Hän oli tottunut työnantajansa tunteen-purkauksiin. Kollegoidensa asteikolla Rowena oli harvinaisen tasapainoinen ihminen. Elokuvatähtien kohdalla se ei tosin mer-kinnyt paljoa.

"Puhut asiaa", Sean totesi. "Mikset kävisi vierailemassa hänen luonaan?"

"Amy ei halua nähdä minua."

"Sinä liioittelet."

Rowena ravisti päätään.

"Hän huusi sen suoraan vasten kasvojani. 'Minulla ei ole äitiä. Jätä minut rauhaan.' Ne olivat hänen tarkat sanansa."

"Hän oli vihainen sinulle."

"Nerokkaasti oivallettu", Rowena irvaili avustajalleen.

"Ehkä hän on jo lauhtunut. Voisit soittaa hänelle ja kysyä kuulumisia."

"Hän ei vastaisi minulle. Sitä paitsi minulla on parempi idea."

"Maltan tuskin odottaa", Sean naljaili takaisin.

"Jos aiot olla tuollainen…"

"Ei. Kerro vain. Olen pelkkänä korvana."

Rowena oli esiintyjä. Hän ei hätäillyt, vaan nojautui eteenpäin ja alkoi rummuttaa sormillaan pöydän pintaa. Komppi tiheni ja voimistui. Yleisö värisi jännityksestä. Hattara tuoksui. Trapetsi narisi. Viimeisen iskun kajahtaessa Rowena heilautti kätensä le-välleen kuin sirkustirehtööri.

"Naamiaiset!"

"Mitä?" Sean ynähti huulet hämmentyneesti raollaan.

"Naamiaiset. Etkö sinä käsitä? Minä järjestän naamiaiset Amyn kunniaksi."

Sean tuijotti näyttelijätärtä kuin eksoottista eläintä. Yhä vieläkin Rowena pystyi yllättämään hänet.

"Pilailetko sinä kanssani?" Sean kysyi.

"En koskaan vitsailisi Amyn kustannuksella."

Sean nielaisi.

"En tarkoittanut..."

"Tiedän", Rowena vastasi. "Mutta mieti nyt: kerrankin Amy voisi kulkea ihmisten parissa ilman kuiskintaa, kyräilyä ja ennakkoluuloja. Hän saisi nauttia nuoruudestaan ja juhlia kuten kuka tahansa muu. Tajuatko, mitä se merkitsisi hänelle, kuinka tärkeää se hänelle olisi?"

Seanin aivot raksuttivat pohtien suunnitelman hyviä ja huonoja puolia. Ajatus ei ollut hullumpi, vaikka siinä oli paljon kysymysmerkkejä.

"Meidän täytyy tiedustella asiasta Amyn psykiatrilta."

"Sitten me teemme niin", Rowena totesi.

"Lisäksi sinä unohdit oleellisimman seikan", Sean muistutti. "Miten aiot houkutella Amyn naamiaisiisi?"

"En minä aiokaan. Se on sinun tehtäväsi", Rowena tokaisi väläyttäen miljoonan dollarin hymyään ja jatkaessaan vauvan kuvien katselua. Hope, miten täydellinen nimi pienelle ihmistaimelle, sillä juuri sitä vauva oli Rowenalle antanut. Toivoa.

Kauniimpaa lahjaa ei ollut olemassakaan.

Muutamaa päivää myöhemmin Amy ja hänen psykiatrinsa Nathaniel Oswald puivat Rowenan ehdotusta.

"Pitäisikö minun suostua?" Amy kysyi tohtori Oswaldilta.

"En voi päättää sitä sinun puolestasi."

"Mitä hyötyä sinusta sitten on?"

Psykiatri suhtautui moitteeseen ammattimaisen tyynesti.

"Ennen kuin teet ratkaisusi sinun kannattaa esittää itsellesi eräs tärkeä kysymys."

"Eli?"

"Oletko valmis pyrkimään sovintoon äitisi kanssa?"

"Minä…"

"Ei sinun tarvitse vastata heti. Mieti sitä rauhassa."

"Minä yritän", Amy lupasi. Nathaniel Oswald vilkaisi seinällä olevaa kelloa.

"Tämä taitaa riittää tältä erää."

Amy nousi tuolilta ja jäi seisomaan tohtori Oswaldin eteen.

"Oliko sinulla vielä jotakin asiaa?" psykiatri virkkoi.

"Ööm… se ei oikeastaan liity minuun…"

"Sano vain rohkeasti. En minä pure."

"Satutko tietämään ketään, joka tuntisi sairaalan tilusten historiaa?" Amy pajatti nopeasti. Hän toivoi, ettei tohtori Oswald utelisi enempää. Kerrankin onni oli Amyn puolella. Psykiatri pyysi Amya odottamaan, sormeili kännykkäänsä ja raapusti tekstiä muistilehtiönsä tyhjälle sivulle. Parin minuutin kuluttua hän repäisi sivun irti ja ojensi sen Amylle.

"He voivat auttaa sinua. En tosin ole varma, ovatko heidän yhteystietonsa ajan tasalla.

"Kiitos", Amy hiiskahti silmäillen liuskaa. "Sinulla on kammottava käsiala."

"Se on lääkärien ammattitauti", Nathaniel Oswald nauroi. "Tiedätkö muuten, mitä psykiatri sanoi potilaalleen kahdentoista vuoden terapiaistuntojen jälkeen?"

"Ei aavistustakaan."

"*No hablo inglés.*"

"Tuo oli huonoin vitsi koskaan."

"Kummallista. Niin minun vaimonikin väitti…"

16

Martha tarkasteli pöydän takana istuvaa hotellinjohtajaa, joka vastaili laiskasti Ethan Solomonin kysymyksiin. Vaikka Martha ei pitänyt Amos Mannista, hänen oli myönnettävä, että tämä oli hätkähdyttävän komea mies. Valioyksilö. Alfauros. Täydellinen vastakohta kaljuuntuneelle ja lyhytkasvuiselle Ethanille, joka näytti hukkuvan Amoksen toimiston valtavaan nahkaiseen nojatuoliin.

Tapaamista useampaankin otteeseen siirtänyt Amos oli vihdoin ja viimein suostunut ottamaan Ethanin ja Marthan vastaan. Hän ei kuitenkaan ollut unohtanut piikitellä heitä molempia sydämensä kyllyydestä. Osansa olivat saaneet niin Ethanin ikä ja ulkomuoto kuin Marthan asema hotellin hierarkiassa ja Ethanin apulaisena. Martha oli kiristellyt hampaitaan, mutta Ethan ei ollut vaikuttanut noteeraavan Amoksen ivailua. Havaitessaan Amoksen harmistuksen Martha ymmärsi Ethanin toimineen oikein. Kiusaajille ei kannattanut antaa huomiota. Se ainoastaan innosti heitä. Toisinaan passiivisuus oli paras strategia.

Martha pidätteli haukotusta Ethanin käsitellessä pitkään ja seikkaperäisesti kabinetissa järjestetyn juhlan tapahtumia. Amos pärjäsi hyvin. Hänen vastauksensa olivat johdonmukaisia ja vakuuttavia. Kyllä, hän oli istunut vaimonsa vieressä, Rowenaa ja Seania vastapäätä. Ei, hän ei ollut nähnyt kenenkään koskevan Evien lasiin. Koko ilta oli Steffie-koiran välikohtausta lukuun ottamatta sujunut normaalisti.

Vasta haastattelun siirtyessä Christinan kuolinpäivään Amos suuttui.

"Miksi haluat tietää, missä minä olin silloin?"

"Se on pelkkä rutiinikysymys. Eikö poliisikin udellut sinulta samaa?"

"Vähät siitä! Luuletko sinä, että minä koetin myrkyttää vaimoni?"

Ethan kohautti olkiaan.

"En luule mitään, vaikka se olisi loogisin päätelmä."

"Miten niin? Mitä helvettiä sinä tarkoitat?"

"Jos Evie menehtyy, sinä perit hänen omaisuutensa. Se on selkeä motiivi. Lisäksi sinulla oli mahdollisuus suorittaa kummatkin murhayritykset."

"Mutta enhän minä edes ollut paikalla Christinan kuollessa!"

"Christina menehtyi sinun kotonasi. Olisit milloin tahansa voinut laittaa fentanyylitabletit aspiriinien joukkoon."

"Tämä ei ole reilua. Minä olen syytön…" Amos sopersi. Martha tuijotti miestä ihmetellen. Eikö Amos ollut tosiaan tajunnut olevansa epäiltyjen kärkikastissa? Saattoiko hän olla niin sokea ja ymmärtämätön? Ainakin hän vaikutti vilpittömältä. Joko Amos puhui totta tai näytteli erinomaisesti. Martha ei tiennyt, mitä ajatella.

"Auta meitä todistamaan se", Ethan sanoi. Amos pälyili etsivää ahdistuneesti.

"Minä… minä olin satamassa."

"Kenen kanssa?"

Amos epäröi hetken ja paljasti sitten nimen.

"Mitä te teitte?"

"Juhlimme yötä myöten. Sille löytyy muutama ystävääni viehättävämpi todistaja. Mutta älkää mainitko heistä vaimolleni. Hänen ei tarvitse tietää."

"Me selvitämme Christinan kuolemaa ja vaimoosi kohdistuneita murhayrityksiä, emme sinun avioliittosi ongelmia", Ethan totesi. "Kerrohan nyt minulle kaikki."

"Hän siis pettää Evietä", Martha sihahti nauttiessaan hyvin ansaittua lounasta Ethanin seurassa.

"Se ei ole rikos."

"Ehkä sen pitäisi olla."

"Vankiloissa taitaisi tila loppua kesken."

Martha virnisti Ethanin nälväisylle, mutta vakavoitui pian.

"Uskoitko sinä Amoksen tarinaan?"

"Meidän on tarkistettava hänen alibinsa, vaikka sillä ei ole paljoakaan merkitystä. Kuten sanoin…"

"…hän olisi pystynyt pistämään fentanyylipillerit aspiriinien sekaan jo aiemmin", Martha päätti lauseen. "Haluaisin silti kertoa hänen naisseikkailuistaan Evielle."

"Sinulla on toki oikeus tehdä niin. Tosin en suosittele sitä", Ethan murahti. Martha katsoi häntä koleasti.

"Suojeletko sinä Amosta?"

"Sinä et ymmärrä."

"En ymmärräkään."

"Amos testasi minua ja punnitsi minun luonteenlaatuani ja työetiikkaani. Miksi luulet hänen puhuneen meille niin avoimesti?"

Äkkiä Martha tajusi.

"Koska Evie tietää jo miehensä harha-askelista."

"Aivan kuten poliisikin. Olen miltei varma siitä. Amoksella oli varaa kertoa meille totuus. Emme voittaisi mitään lavertelemalla Evielle, ja tutkimuksemme voisivat hankaloitua ja ajautua moraaliseen dilemmaan."

"Kuinka niin?"

"Yksityisetsivän ammatti perustuu hienotunteisuuteen. Minun on käsiteltävä saamiani tietoja luottamuksellisina, ellei niiden paljastamiseen ole painavaa syytä."

"Mutta minä olen asiakkaasi. Sinä työskentelet minulle. Eikö se vapauta sinut vastuusta?"

"Olet myös avustajani. Jos haluat jatkaa tehtävässäsi, saat luvan noudattaa minun metodejani."

"Olkoon", Martha sanoi käsittäen Ethanin olevan tosissaan. "Pelataan sinun säännöilläsi ainakin toistaiseksi. Sitä paitsi minua mietityttää eräs toinenkin asia."

"No?"

"Miten myrkyttäjä onnistui juhlavieraiden edessä laittamaan fentanyyliä Evien juomaan? Hän otti hirveän suuren riskin."

"Kenties hän käytti helpompaa ja huomaamattomampaa tapaa", Ethan tokaisi siemaisten viiniään ja laskien lasinsa Marthan lasin viereen.

”Ole hyvä ja valista minua.”

”Katsos…” Ethan aloitti, kun jokin Marthan selän takana herätti hänen mielenkiintonsa. Martha vilkaisi olkansa yli, mutta havaitsi ainoastaan baarimikon rupattelemassa tarjoilijatytön kanssa.

”Mikä sinulle tuli?”

”Luulin nähneeni erään tuttavani.”

”Kenet?”

”Ei se ollutkaan hän. Vanhat silmäni vain temppuilivat.”

”Ehkä sinä voisit sitten kertoa juttusi loppuun.”

”Mihin minä jäinkään?”

”Parempaan keinoon lisätä fentanyyli Evien lasiin”, Martha huokaisi.

”Aivan. Se olisi ollut tavattoman yksinkertaista. Kaikille vieraille oli tuotu samanlainen cocktail. Myrkyttäjän ei olisi tarvinnut kuin sekoittaa fentanyyli omaan juomaansa ja vaihtaa lasit keskenään.”

Martha oivalsi ajatuksen nokkeluuden. Pahantekijä olisi kyennyt valmistelemaan tappavan drinkin muiden katseilta piilossa.

”Mutta entä itse lasien vaihto? Evie olisi huomannut sen.”

”Niinkö? Ethän sinäkään huomannut”, Ethan totesi. ”Minä nimittäin vaihdoin äsken lasimme toisiinsa.”

Hailakka huulipunatahra erottui miehen lasin reunasta.

”Senkin ketku! Hemmetin lurjus!” Martha tyrskähti hymyn valaistessa hänen kasvonsa.

”Tsot, tsot, Marthaseni”, Ethan naurahti. ”Alat kuulostaa päivä päivältä enemmän Samuelilta.”

”Koska sinä suorastaan kerjäät sitä”, Martha hengähti painaessaan kätensä Ethanin kädelle. Hän onnistui siinä, missä lukemattomat yrittäjät olivat epäonnistuneet. Kerrankin Ethanin aivot löivät tyhjää.

Ethan tunsi olonsa kurjaksi. Hän oli valehdellut Marthalle. Mutta hän oli tehnyt sen varjellakseen naista Amokselta. Joskin se, mitä hän oli höpissyt etiikasta, moraalista ja metodista oli aatteellisella tasolla totta, ei yksityisetsivällä ollut varaa moiseen naiivin mutkattomaan elämänkatsomukseen. Ethania hävetti. Mitä kaikkea hän olikaan suoltanut Marthalle! Hyh! Hänen oli täytynyt improvisoida ja esittää vakaumuksellista typerystä. Tolloa, tolvanaa, urveloa. Onneksi Martha oli uskonut häntä, sillä Amos oli vaarallinen ja häikäilemätön mies. Ethan vaistosi sen vuosikausien suomalla kokemuksella. Vaikka Amos ei kenties ollut yrittänyt tappaa vaimoaan, oli hän tarkoituksella hankkinut alibin Christinan kuolinpäivälle. Ja mitä tuona päivänä oli tapahtunut? Jälleen yksi posliininaamio oli jätetty Rowenan ovelle. Se saattoi olla pelkkä yhteensattuma, mutta Ethanin oli tutkittava Amosta tarkemmin ja pidettävä viehkeä apulaisensa loitolla hotellinjohtajasta. Martha oli hänelle liian tärkeä. Ethan ei voinut enää kieltää tunteitaan. Niin noloa kuin se olikin, hän oli ihastunut paljon itseään nuorempaan naiseen.

Rakkaus teki viisaimmastakin miehestä narrin.

17

Kahlaajalintupariskunta tepasteli tekolammen sameassa vedessä etsien itselleen syötävää. Niiden pitkät jalat upposivat liejuiseen pohjaan kuin tunnustellen sen ravinnerikasta koostumusta. Mustavalkoisten päiden sivuilla sijaitsevat silmät kuikuilivat saalista: pulleita matoja ja herkullisia hyönteisiä. Linnuilla ei vaikuttanut olevan kiire mihinkään. Välillä ne sukivat höyheniään, toisinaan taas visersivät kiivaasti välittämättä vähääkään rantapenkereellä lekottelevista ihmisistä.

"Veikeitä veijareita", Samuel tokaisi.

"Paikalliset kutsuvat niitä *kukuluae'oiksi*", Miriam virkkoi.

"Mitä se tarkoittaa?" Amy uteli.

"Lintua, joka seisoo korkealla."

"Osuva nimi", Samuel hymähti.

"Niin minustakin", Amy myönsi imaisten pillillä vodkan, inkiväärioluen ja limemehun sekoitusta. "Tämähän on maukasta."

"*Moskow mule*", Miriam totesi. "Opin drinkin Grand Appletonin baarimestarilta. Tosin se pitäisi tarjota kuparimukista."

"Minä olen vieraillut Moskovassa. Ei siellä ollut muuleja", Samuel virnisti.

"Ehkä venäläiset olivat juoneet ne kaikki."

"Tuo oli vielä huonompi kuin minun psykiatrini kertoma vitsi", Amy naurahti Miriamin leikinlaskulle, kunnes tajusi mitä oli vahingossa paljastanut.

"En tiennytkään, että käyt psykiatrilla", Miriam sanoi.

"Taidan olla hullu kuin paskahuussin rotta."

"Minusta sinä olet rohkea ja upea nainen."

Amy herkistyi. Hän ei voinut olla pitämättä Miriamista, vaikka oli ennen tämän tapaamista halunnut ajatella Samuelin tyttöystävän olevan pelkkä tyhjäpäinen nirppanokka. Mutta se oli ollut osa hänen psyykensä suojelumekanismia. Projisointia, jos Amy oli ymmärtänyt Nathaniel Oswaldin käyttämän termin oikein. Toki oli myönnettävä, että hän oli tutustunut Miriamiin vasta muutamaa tuntia aiemmin. Silti Miriam oli tehnyt häneen suotuisan vaikutuksen. Miriam oli mukava, kiltti ja hyväntahtoinen, eikä näyttänyt edes huomaavan Amyn kasvoilla olevaa naamiota. Se oli harvinaista. Amy tajusi, kuinka paljon oli kaivannut naispuolista ystävää. Kunpa Samuel vain ei olisi seurustellut Miriamin kanssa. Heidän ilonsa todistaminen satutti Amya. Mutta hän käsitti, ettei syy ollut Miriamin. Vaikka Miriamia ei olisi ollut, Samuel ei olisi koskaan tyytynyt häneen; rumaan, outoon ja häiriintyneeseen Amyyn. Samuel ei milloinkaan olisi hänen. Piste. Se hänen oli vihdoin hyväksyttävä. Hänen oli luovuttava mahdottomista fantasioista ja tartuttava niihin onnen rippeisiin, joita hänelle oli tarjolla.

”Voisinko minä saada puhelinnumerosi?” Amy kysyi arasti Miriamilta. Oma ääni soi heikkona ja lapsellisena hänen korvissaan.

”Tietysti.”

Heidän vaihdettuaan yhteystietoja Miriam kumartui tuttavallisesti Amyn puoleen.

”Kuulin muuten sinun kummituksestasi.”

Amy mulkaisi Samuelia, joka luimisteli kuin nuhdeltu koiranpenikka.

”Mimi pakotti minut kertomaan.”

”Oletko sinä mies vai hiiri?” Amy sihahti.

”Ovatko nuo ainoat vaihtoehdot?” Samuel irvisti paljastaen etuhampaansa ja imitoiden taitavasti jyrsijää. Naiset vilkaisivat päätään pudistellen toisiinsa.

”Miehet... he eivät mahda mitään itselleen, eiväthän?” Amy sanoi.

”Syöpäläisiä koko konkkaronkka”, Miriam myönsi. ”Mutta olen tosiaan kiinnostunut aaveestasi.”

”Miksi?”

”Koska kyseessä saattaa olla *lapu*. Sielu, joka ei ole saanut rauhaa. Me voisimme auttaa häntä.”

"Sinä siis uskot, että se... että hän on todellinen?" Amy kysyi.

"Kyllä vain."

"Sitä paitsi kolme on hyvä numero", Samuel huomautti.

"Miten niin?" Amy tiedusteli.

"*Kolme muskettisoturia.*"

"*Kolme etsivää*", Miriam lisäsi.

"Alkuperäisessä *Haamujengissä* oli kolme jäsentä. Ehkä sinä olet oikeassa", Amy totesi. Eikä hän vastustellut, sillä hän ymmärsi ihmissuhteiden lohduttoman matematiikan.

Kolme miinus kaksi on yksi.

Amylla, Samuelilla ja Miriamilla ei ollut aavistustakaan heitä tarkkailevasta miehestä. Samalla kun Amy kertoi tovereilleen psykiatriltaan saamastaan nimilistasta, Sean katseli nuorten aikuisten kolmikkoa Amyn talon kuistilta. Hän oli tullut tapaamaan Amya ja suostuttelemaan tämän osallistumaan Rowenan järjestämiin naamiaisiin. Samuelin ja Miriamin nähtyään hän oli kuitenkin vetäytynyt verannan varjoon. Sean ei ollut varma, miksi oli tehnyt niin. Kenties kaikella oli viaton selitys. Saari oli pieni. Amy oli voinut tutustua Samueliin ja Miriamiin täysin sattumalta. Sean toivoi niin, sillä arvoituksen muut ratkaisut olivat rutkasti epämiellyttävämpiä. Ne olivat suoraan sanoen viheliäisiä. Ja siitä huolimatta hänen oli Rowenan oikeana kätenä mietittävä niitäkin. Tosiseikat sekoittuivat hypoteeseihin. Rowenalle posliininaamioita lähettänyt ahdistelija oli iskenyt vasta Rowenan saavuttua saarelle. Fakta. Lapset olivat tuoneet maskit Rowenan ovelle. Toinen fakta. Mutta niitä seurasi tukku kysymyksiä ja todistamattomia otaksumia. Mistä kiusaaja oli tiennyt Amyn olevan Rowenan tytär? Saattoiko Samuelilla ja Miriamilla olla jotakin tekemistä asian kanssa? Ajatus tuntui inhottavalta, ja silti Seanin korkeakoulutetuissa aivoissa virisi vielä kamalampi epäilys. Entä jos Amy olikin koko jutun takana? Vaikka Sean välitti Amysta, hänen oli oltava objektiivinen. Amy oli katkera äidilleen. Tiesikö kukaan, mitä hänen epävakaan mielensä syövereissä velloi? Oliko vuosikausia muhinut kauna versonut pakkomielteeksi? Sean käsitti, ettei hänellä ollut vastauksia. Hänen oli pohdittava ongelmaa rauhassa, kuin sudokua tai ristisanatehtävää, eikä se onnistunut Amyn kuistilla piileskellen. Otettuaan kännykkäkamerallaan joukon kuvia Amysta, Miriamista ja Samuelista Sean häipyi yhtä huomaamattomasti kuin oli tullutkin.

Miriam haukotteli. Vaikka hän useimmiten nautti työstään, olivat yövuorot toisinaan tavattoman pitkäveteisiä. Grand Appletonin pramea aula oli kolkko ilman meluavia vieraita ja mitä erilaisimmissa toimissa puuhastelevaa henkilökuntaa. Aika mateli. Vastaanottotiskin yläpuolelle ripustetun kellon viisarit liikkuivat laiskan unisesti. Tuntui kuin koko hotelli olisi nukkunut.

Yövuorosta selviämisen salaisuus oli keksiä itselleen piristävää tekemistä. Mitä tahansa, minkä parissa joutilaisuuden kiveksi jähmettävän loitsun voima heikkeni. Oli jaettava tunnit eri aktiviteettien kesken ja taisteltava tylsistymistä vastaan. Se vaati mielikuvitusta. Kykyä löytää rutiininomaiseen askareeseen uusi kiinnostava näkökulma. Taipumusta ajatella työ leikkinä. Kaikista ei ollut siihen. Miriam oli surffannut netissä, pelannut tietokonepelejä, lukenut e-kirjoja, muovaillut sinitarrasta taideteoksia, piirtänyt karikatyyrejä, suunnitellut muuttoa saarelta, kirjoittanut runoja, kehittänyt tanssiaskelia, sommitellut vitsejä, lakannut kynsiään, näperrellyt toimistotarvikkeista koruja... Nyt ohjelmana oli hotellin käyttämään pilvipalveluun tallennettujen valokuvien perkaaminen. Miriam etsi otoksia työtovereistaan ja Grand Appletonissa majoittuneista julkisuuden henkilöistä. Oli huvittavaa nähdä kuvia Eviestä tai Marthasta vuosia sitten, ikuisesti menneisyyden muotiin vangittuina. Muutamassa kuvassa vilahti myös Christina, mutta Miriam vaihtoi ne kiireesti pois. Hän ei kestänyt katsella Christinan ilosta hehkuvia kasvoja, joiden hohde oli iäksi sammunut.

Miriam siirtyi seuraavaan kansioon ja avasi ensimmäisen tiedoston. Hän selaili kuvia ajatusten harhaillessa muiden asioiden kimpussa. Samuel oli kertonut hänelle heräävänsä yleensä jo varhain aamulla. Hän voisi yllättää Samuelin ja viettää lokoisan päivän miehen kanssa. Hän voisi kutittaa Samuelia, kunnes tämä anoisi armoa. Hän voisi... Miriamin näppäimistöä paineleva etusormi pysähtyi hänen rysähtäessään takaisin todellisuuteen. Hän tuijotti monitoria. Mairea hymy häivähti hänen huulillaan. Vihdoinkin Miriam tajusi, miksi posliininaamio oli vaikuttanut niin tutulta.

18

"Teitä oli hankala löytää", Ethan sanoi kätellessään Adrian Merceriä.

"Sepä omituista. Minähän olen aina täällä. Ja sinutelkaa minua toki, herra Solomon."

"Ethan."

"Painahan puuta, Ethan", lihava mies tokaisi ja tarjosi paikkaa punaisella kankaalla verhoillussa loosissa.

"Erittäin ystävällistä", Ethan virkkoi. Hän istui alas ja katseli ympärilleen. The Reel oli teemaravintola, jonka sisustus kieli sen omistajan palavasta intohimosta elokuvia kohtaan. Pitkä baaritiski oli koristeltu näyttelijöiden kuvilla. Seinillä oli kehystettyjä julisteita ja rekvisiittaa, joiden hankkimiseen oli kulunut paljon aikaa, vaivaa ja rahaa.

"Mitä voin tehdä hyväksesi?" Adrian kysyi sydämellisesti.

"Haluaisin jutella kanssasi eräästä asiakkaastasi", Ethan vastasi kiertelemättä.

"Minä en puutu ravintolan operatiiviseen toimintaan. Sinun kannattaa puhua asiasta ravintolapäällikölle."

"Tarkoitan toista toimialaasi. Lähettejä. Sinun pikku posteljoonejasi."

Adrian hymyili. Miehen nallekarhumaisesta ulkonäöstä huolimatta Ethania puistatti. Se johtui Adrianin silmistä. Ne olivat kylmät kuin jää.

"En valitettavasti voi luovuttaa tietoja asiakkaistani."

"Tarvitsen vain yhden nimen vahvistukseksi epäilylleni. Sinun ei ole edes pakko sanoa sitä. Riittää että nyökkäät, jos olen oikeassa."

"Et tainnut ymmärtää minua", Adrian tuhahti. "Luulin yksityisetsivien olevan älykkäämpiä."

Ethan ei häkeltynyt. Tietysti Adrian oli ottanut selvää hänestä. Mutta Ethankin oli tehnyt kotiläksynsä. Hän löi korttinsa pöytään.

"Tiedät varmasti, että työnantajani on Rowena Blythe. Hän

olisi kiitollinen avustasi."

"Kuinka kiitollinen?" Adrianin uteli. Hänen silmänsä tuikahtivat ahneesti. Ethan käsitti voittaneensa. Loppu oli pelkkää muodollisuutta. Miehet hieroivat kauppaa, kunnes kummatkin olivat tyytyväisiä. Tinkimisestä punoittava Adrian Mercer myhäili tarkastellessaan vastustajaansa. Sitkeä pappa, hän mietti, vaikkei olisi koskaan myöntänyt sitä ääneen.

"No niin, kerrohan epäiltysi nimi ja päästä minut jatkamaan hommiani."

"Amos Mann", Ethan sanoi hetkeäkään empimättä. Eikä hän yllättynyt yhtään Adrianin niskan taipuessa nyökkäykseen.

Samuelin ja Miriamin tavatessaan Ethan sai lisää hyviä uutisia. Joskus elämän palapelin palat loksahtivat kohdalleen niin saumattomasti, että oli vaikea olla uskomatta korkeampaan voimaan. Kohtaloon. Sallimukseen. Näkymättömään jumalaan, joka kaitsi ja johdatti eksyneitä lampaitaan. Ja eikö silti tapahtunut ihmeitä, joiden rinnalla vähäiset yhteensattumat olivat ainoastaan haituvia tuulessa, pisaroita meressä, varjoja luolan seinällä. Toisilleen entuudestaan vieraat ihmiset ystävystyivät, metsästä löytynyt vauva nukahti pelastajansa syliin, vanhus koki lemmen huuman vielä kerran. Hauraita hetkiä, jotka henkivät mittaamatonta kauneutta.

Ethan kuunteli kiinnostuneena Miriamin selontekoa. Vertailtuaan Rowenalta saamaansa posliininaamiota Miriamin tuomiin valokuviin hän kääntyi Samuelin ja Miriamin puoleen.

"Ne ovat samaa sarjaa."

"Sitähän minäkin", Miriam totesi.

"Onko kuvista sinulle hyötyä?" Samuel kysyi.

"Taatusti. Ne tukevat keräämiäni aihetodisteita. Hienoa työtä teiltä molemmilta."

Samuel vilkaisi kannettavan tietokoneen näytöllä auki olevaa tiedostoa. Päiväyksen mukaan kahdeksan vuotta vanha kuva oli otettu hotellin juhlista, joissa posliininaamioita oli jaettu vieraille muistoksi.

"Mitä sinä aiot nyt tehdä?" hän kysyi Ethanilta.

"Yritän löytää naamiot ja yhdistää ne epäiltyyni."

"Minä tiedän, missä ne ovat", Miriam tokaisi. Nähdessään miesten hämmentyneet kasvot hän nauroi heleästi. "Voi, unohdinko mainita sen? Olinpa minä huolimaton!"

"Hemmetti sentään, Mimi", Samuel sihahti, mutta Ethan hymyili Miriamille.

"Taidat kiusoitella meitä tahallasi."

"Ehkäpä. Samuel on niin söpö suuttuneena", Miriam härnäsi.

"Sinä olet tuhma narttu", Samuel tuhahti.

"Ja sinä pidät siitä", Miriam vastasi ja suuteli Samuelia tulisesti.

Ethan katseli rakastavaisia ja kadehti heitä. Hän ei kyennyt olemaan ajattelematta Marthaa. Mitä hän olisikaan antanut saadakseen naisen omakseen, voidakseen vielä toviksi palata kadotettuun nuoruuteen. Mutta se juna oli mennyt, ja hän oli jäänyt yksin asemalle. Ethan huokaisi. Kaipaus poltti hänen rintaansa.

Tai kenties se oli vain närästystä.

Suudelman päätyttyä Miriam siirtyi kauemmas Samuelista ja risti sirosti jalkansa.

"Miten sinä löysit naamiot?" Ethan kysyi.

Miriam selitti käyneensä työvuoronsa jälkeen tutkimassa hotellin säilytystiloja ja havainneensa viimein laatikollisen maskeja erään käytöstä poistetun tavaravaraston perällä.

"Niitä oli yhä runsaasti jäljellä", Miriam lopetti. "Enkä ihmettele sitä lainkaan. Ne eivät ole kovin viehättäviä."

"Miksiköhän sinun epäiltysi pitää naamioita siellä?" Samuel pohti.

Ethan kohautti olkiaan, vaikka pystyi arvaamaan syyn. Amos ei luottanut keneenkään. Hän ei halunnut säilyttää maskeja kotonaan tai antaa niitä Adrian Mercerin haltuun. Grand Appleton oli oiva piilopaikka naamioille. Ne hukkuivat muun rojun sekaan. Eikä mikään niissä viitannut Amokseen. Maskit olivat olleet hotellissa jo kauan ennen miehen saapumista saarelle. Amos täytyi saada kiinni itse teossa. Rysän päältä, housut kintussa, tassut hunajassa.

Ethan tiesi, mitä hänen oli tehtävä.

"Minä tunnen tuon ilmeen. Sinulla taitaa olla suunnitelma valmiina", Samuel huomautti hellien kädellään Miriamin polvea. Ethan virnisti. Oli tietenkin mahdollista, että naamioita oli enemmänkin tai että Amos ei tarvitsisi maskeja enää. Moni seikka saattoi mennä pieleen. Mutta Ethan aikoi kokeilla onneaan. "Niin on, Samuel. Minä viritän sille paskiaiselle ansan."

Myös toisiinsa kietoutuneiden Christinan kuoleman ja Evien murhayritysten tutkinnat nytkähtivät eteenpäin. Mutta tuon liikkeen katalyyttina eivät toimineet Ethan Solomon tai poliisit, vaan tavalliset turistit. Kukkuloilla patikoimassa olleet lomamatkailijat olivat törmänneet rappeutuneeseen ja hylätyltä vaikuttaneeseen erämökkiin. Huomattuaan raollaan olevan ulko-oven ja haistettuaan mökistä puskevan löyhkän he olivat päättäneet vilkaista tönöä tarkemmin. Päätös oli kostautunut yhdelle heistä menetetyn aamiaisen muodossa. Mädäntymisvaiheessa olevan kalmon näkeminen ei ollut kuulunut saksalaisen turistin päiväohjelmaan.

Vainaja todettiin hammaskartan ja rintakehän viiltohaavojen perusteella Jason Raphaeliksi. Koska Jasonilla ei ollut lähiomaisia, joutuivat Evie ja Martha tunnistamaan edesmenneen hotellilääkärin ruumiin. Koitos oli raskas, vaikka poliisipäällikkö ja pormestari saapuivat paikalle valvomaan, että Evietä kohdeltiin hienotunteisesti. Evien ja Marthan seuraksi tullut Ethan käytti tilaisuutta hyväkseen ja onnistui Evien myötävaikutuksella saamaan poliisipäälliköltä luvan tutkia viranomaisten tapauksesta keräämää todistusaineistoa. Myönnytys paljasti poliittisen paineen, jonka alla poliisipäällikkö oli. Lyhyen ajan sisällä oli kahden murhayrityksen lisäksi tapahtunut kaksi kuolemaa, joita ei parhaalla tahdollakaan voinut pitää luonnollisina. Sillä Jasonin oli tappanut takaraivoon ammuttu laukaus. Deduktio oli kiistämätön. Jason Raphael oli murhattu.

19

Veronica Flynn oli keski-ikäinen silmälasipäinen nainen, joka varhain harmaantuneista hiuksistaan huolimatta pursui kahlitsematonta energiaa. Hän omisti pienen kirjakaupan, joka oli keskittynyt Polynesian saarten nähtävyyksiin, matkailuun ja kulttuuriin. Se ei ollut varsinainen rahasampo, mutta mahdollisti Veronican itsenäisen, esimiehistä riippumattoman elämäntavan. Unelias puoti oli turvaisa satama, jonka suojassa hän saattoi paneutua todelliseen intohimoonsa: laajan ja seikkaperäisen Unohduksen puutarhan historiikin kirjoittamiseen. Työ läheni loppuaan, joskin yli tuhatsivuiseksi turvonnut käsikirjoitus vaati muokkauksia ja poistoja. Ajatus suretti Veronicaa. Jokainen sana oli hänen sydänvertaan. Ei kirjailijaa pitänyt pakottaa tappamaan lapsiaan. Se oli julman ja pahanilkisen kustannustoimittajan tehtävä.

Oli iltapäivä. Veronica sulki liikkeensä ja katseli uteliaana luokseen saapuneita vieraita. Eritoten kasvonsa naamiolla kätkenyt nuori nainen kiehtoi häntä. Hänen kirjailijanvaistonsa heräsi. Mikä tytön tarina oli? Aamulla käyty puhelinkeskustelu oli synnyttänyt enemmän kysymyksiä kuin vastauksia. Samuel Thomas -niminen mies oli soittanut hänelle ja kertonut kaipaavansa ystäviensä kanssa lisätietoa saaren sairaala-alueen menneisyyden tapahtumista. Veronica oli suhtautunut yhteydenottoon penseästi, kunnes oli kuullut heidän saaneen hänen numeronsa Nathaniel Oswaldilta. Hän muisteli tohtori Oswaldia lämmöllä. He olivat tutustuneet joitakin vuosia sitten Veronican ollessa hankkimassa pohjatietoja *magnum opustaan* varten. Älykäs ja huumorintajuinen psykiatri oli auttanut häntä kiireistään huolimatta. Veronica tunsi olevansa miehelle palveluksen velkaa. Johdatettuaan kolmikon kirjakaupan yläkerrassa olevaan huoneistoonsa hän laittoi kahvin tippumaan ja pyysi vieraita olemaan kuin kotonaan.

Kahvin valmistuttua seurue kokoontui keittiöpöydän ääreen.

Veronican pakistessa sairaalan historiasta Amy tuijotti ikkunasta ulos. Hänen vastustuksestaan välittämättä Irene oli saattanut hänet kaupungin keskustaan, missä hän oli tavannut Samuelin ja Miriamin. Se oli raivostuttavaa. Ei hän ollut mikään holtiton teiniprinsessa, joka tarvitsi holhoojaa. Onneksi Irene ei sentään ollut tuppautunut heidän mukaansa Veronican luo, vaan lähtenyt takaisin asuntoonsa. Varmasti laskemaan armaita käteisvarantojaan, Amy ajatteli ilkeästi. Hän oli joskus pohtinut, kostuiko Irene hyväillessään rahojaan, laukesiko hän Yhdysvaltain seteleissä patsastelevien suurmiesten edessä, nostiko Benjamin Franklin hänet hekuman huipulle. Mielikuva oli kaikessa kieroutuneisuudessaan hykerryttävä.

Amy oli turhautunut. Hän, Samuel ja Miriam olivat soittaneet jokaiseen tohtori Oswaldin listan numeroon saamatta ainuttakaan kunnon johtolankaa. Tosin he eivät olleet onnistuneet tavoittamaan kahta havittelemaansa henkilöä. Toinen heistä oli vetäytynyt ranskalaisen luostarin rauhaan viettämään hiljaisuuden retriittiä. Toinen taas oli lähtenyt viimeiselle matkalle kohti manan majaa, sumujen saarta, suurta tuntematonta. Arkisemmin ilmaistuna hän oli kuolla kupsahtanut, potkaissut tyhjää, heittänyt lusikan nurkkaan. Myös puheluihin vastanneiden ihmisten reaktiot olivat vaihdelleet kohteliaasta vastentahtoiseen ja hämmentyneestä närkästyneeseen. Menehtyminen oli länsimaisessa kulttuurissa arka aihe, tabu, vaikka se oli aivan yhtä luonnollista kuin syntyminenkin. Kukaan ei elänyt ikuisesti. Se oli ihmisen siunaus ja kirous.

"Sinä et taida olla kiinnostunut höpinästäni", tarinansa keskeyttänyt Veronica virkkoi mietteisiinsä vaipuneelle Amylle. "Miksi sinä olet täällä? Mitä sinä oikeasti haluat tietää?"

"Ei hän…" Miriam aloitti, mutta Veronica vaiensi hänet.

"Anna hänen itse puhua."

Amy kohotti katseensa Veronican silmiin. Ne tuikkivat rohkaisevasti. Amy päätti uskoutua naiselle, jonka oli tuntenut vain hetken. Mitä hävittävää hänellä oli?

"Talossani kummittelee. Voit nyt nauraa minulle", Amy tokaisi lakonisesti.

"Ei minua naurata", Veronica vastasi. "Mutta en pidä siitä, että aikaani tuhlataan. Jos tahdotte apuani, teidän on oltava minulle rehellisiä."

"Rehellisyys maan perii", Samuel mutisi muistellen kaukaista Suomea. Veronica virnisti hänelle.

"Sinulla on vilpittömät kasvot. Se on sääli. Minä en ole koskaan luottanut vilpittömän näköisiin miehiin."

Kaikki hymyilivät.

"Kerro hänelle, Amy", Samuel sanoi.

"Me olemme sinun tukenasi", Miriam lisäsi. Amy liikuttui. Ensimmäistä kertaa hänellä oli ystäviä, jotka seisoivat hänen rinnallaan.

"Olkoon menneeksi", hän puhahti. "Koettakaa olla nukahtamatta."

Amy kuvaili elämäänsä sairaalan vanhalla alueella ja kokemuksiaan asunnossaan kummittelevasta haamusta. Hän ei kuitenkaan maininnut myrskyisää äitisuhdettaan tai ihastumistaan Samueliin. Ne olivat hänen yksityisasioitaan, eivätkä kuuluneet muille.

Veronica kuunteli Amya hartaasti. Nuori nainen saattoi kärsiä harhakuvitelmista, mutta Veronica ei uskonut hänen valehtelevan. Oli merkille pantavaa, että myös Samuel ja Miriam vannoivat todistaneensa ilmiön. Se antoi tapaukselle lisää painoarvoa.

"Oletetaan, että te puhutte totta. Oletteko yrittäneet taltioida aaveen ilmestymistä?"

Miriam ja Samuel vilkaisivat toisiinsa.

"Olemme kuvanneet muutamia kännykkävideoita, mutta ne tuskin riittävät vakuuttamaan ketään haamun olemassaolosta", Samuel vastasi.

"Emmekä me kaipaa julkisuutta", Amy murahti. "Tahdomme vain selvittää, miksi kotonani kummittelee."

"Ymmärrän. Te jahtaatte totuutta, ette mainetta ja kunniaa. Historioitsijana arvostan sitä. Sen takia suostun neuvomaan teitä."

"Mahtavaa. Meillä onkin runsaasti kysymyksiä", Miriam hihkaisi.

"Älähän hätäile", Veronica rauhoitteli ja työnsi lasit paremmin nenälleen. "Ensin haluan nähdä kuvaamanne materiaalin."

Haamunmetsästäjät tekivät työtä käskettyä. He odottivat jännittyneinä Veronican tuijottaessa Miriamin älypuhelimen ruutua. Viimeisen videon jälkeen Veronica ojensi kännykän takaisin Miriamille.

"Kiinnostavaa. Sangen kiinnostavaa. Vaikka tietysti helposti väärennettävissä…"

"Epäiletkö sinä yhä meitä?" Amy tiukkasi loukkaantuneena.

Veronica nojautui eteenpäin ja painoi sormenpäänsä yhteen.

"Teidän on totuttava skeptisyyteen. Monet ihmiset tulevat kyseenalaistamaan teidän todisteenne ja argumenttinne."

"Siksi me emme ole puhuneet kummituksesta muille", Samuel sanoi.

"Se on järkevää", Veronica totesi.

Amy yskähti kärsimättömästi.

"Tajuamme kyllä, että meidän on oltava varovaisia. Mutta miten me etenemme tästä?"

"Olin juuri pääsemässä siihen", Veronica hymähti. "Minun on kuitenkin tiedettävä, mihin toimenpiteisiin olette jo ryhtyneet."

Amy kertoi heidän tutkineen hänen talonsa paperit ja koettaneen löytää Internetistä mainintoja asuntonsa aikaisemmista omistajista ja vuokralaisista. He olivat myös ottaneet yhteyttä talon Amylle vuokranneeseen kiinteistönvälitystoimistoon ja etsineet informaatiota kaupungin asuntorekisteristä.

"Te olette selvästikin paneutuneet asiaan", Veronica kehui vaikuttuneena.

"Paljonpa siitäkin on ollut hyötyä", Amy tuhahti. "Kaikki tiedustelumme ovat johtaneet umpikujaan. Talo on merkitty Coral-pankkiketjun palveluksessa toimivan edunvalvojan nimiin, eikä hän suostu paljastamaan kiinteistön minua edeltäneiden asukkaiden henkilöllisyyksiä."

"Outoa. Aivan kuin hän yrittäisi salata jotakin."

"Niin minäkin ajattelin", Amy myönsi. "Mutta se ei muuta tilannettamme. Meidän pitää saada lisää tietoa minun asuntoni ja sairaala-alueen kirjoittamattomasta menneisyydestä."

"Vihjaus kuultu ja vastaanotettu. Tarvitsen kuitenkin aikaa kaivaakseni teille vastauksia", Veronica sanoi.

"Emmekö me voi tehdä muuta kuin odottaa?" Amy kysyi nyreästi.

"Maltti on valttia. Ymmärrän silti turhautumisesi. Nuoruus ei ole arkistoissa istumista varten. Se on vanhojen ihmisten hommaa."

"Et sinä ole vanha", Miriam vakuutti pontevasti.

"Kiitos. Tuo pelasti päiväni. Kenties aivoni eivät tosiaan ole vielä täysin pölyttyneet. Sain nimittäin juuri idean. Miksette kävisi jututtamassa sairaalan entistä tilustenhoitajaa? Hän jäi eläkkeelle jo vuosia sitten, mutta osaa varmasti kertoa teille ummet ja lammet sairaala-alueella sattuneista kuolemantapauksista."

"Miksiköhän tohtori Oswald ei maininnut häntä?" Amy ihmetteli.

"Ehkä Nathaniel ei muistanut Royta. Hän ja herra Leland eivät kuuluneet samaan seurapiiriin, jos tajuatte mitä tarkoitan."

Samuel naksautti niskaansa ja venytteli jäykistyneitä harteitaan.

"Voisimme mennä tapaamaan häntä. Tuskin siitä ainakaan haittaa olisi."

"Minä selvitän hänen yhteystietonsa", Veronica lupasi. "Ja olkaa varuillanne hänen kanssaan. Roy Leland on kummallinen mies."

"Millä tavalla?" Miriam uteli.

"Huomaatte sen kyllä. Huomaatte sen taatusti kyllä…"

Poliisin sulkunauha ympäröi kukkuloiden suojassa kyyhöttävää mökkiä, joka ei ollut paljoakaan työmaakonttia isompi. Röttelö näytti valmiilta purettavaksi. Sen katto kasvoi heinää ja seinälaudat olivat puoliksi lahonneet. Kuivettuneet köynnökset tukkivat ruostuneen räystään ja tuistaan irronneen vesirännin. Pirtin ainoaa ikkunaa peitti läpikuultamaton likakerros.

"Ei kovin houkutteleva residenssi", Martha tuumi.

"Minusta siinä on viehättävää askeettisuutta", Ethan murjaisi mökkiä vahtimassa olevan konstaapelin päästäessä heidät villiintyneelle etupihalle. Rikosteknisen yksikön suoritettua tutkimuksensa Ethan oli saanut poliisipäälliköltä valtuutuksen vierailla murhapaikalla.

"Sinun kannattaisi odottaa ulkona", konstaapeli murahti Marthalle. "Se ei ole naisille sopiva näky."

"Hän on minun assistenttini", Ethan selitti vetäen Marthan mukanaan tönön ovelle.

"Omapa on asianne", poliisi tuhahti ja kaivoi tupakka-askin virkapukunsa taskusta. Viranomaisten antamiin suojavarusteisiin sonnustautuneet Ethan ja Martha kuulivat hänen mutisevan hienostelevista ämmistä, jotka nykyään työnsivät nokkansa kaikkialle.

"Älä välitä hänestä", Ethan sanoi heidän astuessaan sisään mökkiin. Oven saranat kirskahtivat valittavasti.

"En välitäkään", Martha vastasi. "Minä en aio alentua tuon typerän, sovinistisen ja keskenkasvuisen apinan tasolle."

"Apinat ovat älykkäitä."

"Kenties miehiin verrattuna."

"Ehkäpä niin", Ethan totesi. "Olehan kuitenkin varovainen, etteivät sievät suojavaatteesi tahriinnu."

"Senkin sika!" Martha hirnahti huvittuneena.

"Ja ylpeä siitä. Mutta eiköhän nyt keskitytä oleelliseen ennen kuin kerkeät perustaa kokonaisen eläintarhan."

Martha myöntyi. Kasvoilla olevasta hengityssuojaimesta huolimatta huone haisi kammottavalta, kuin pilaantuneelta lihalta. Martha tunsi palan kurkussaan. Hän nielaisi äänekkäästi.

"Pärjäätkö sinä?" Ethan tiedusteli.

"Ei hätää", Martha ynähti tukahtuneesti.

"Hyvä."

"Täällä on hirveän vähän tavaraa", Martha totesi yrittäen tyyntyä ja tarkastella mökkiä kliinisesti. Yksihuoneisessa talossa oli vain makuulaveri, tyhjä hyllykkö, puinen pöytä ja kaksi tuolia.

"Todistusaineistoksi luokiteltava irtaimisto on poliisin hallussa. Saamme niistä myöhemmin erittelyn."

"Miksi me sitten olemme täällä? Luuletko, että heiltä on jäänyt jotain huomaamatta?"

"On parempi pelata varman päälle."

"Sinä ja sinun sanontasi..."

"Kukaan ei ole seppä syntyessään", Ethan naurahti. "Tulehan katsomaan."

Martha käveli etsivän luo.

"Tässä Jason istui, kun häntä ammuttiin takaraivoon", Ethan kertoi osoittaen tuolia. "Hän rojahti laukauksen voimasta eteenpäin ja tuupertui pöydälle."

Martha värähti. Hän näki puun pinnalle kuivuneen veren. Mutta pölyä oli vain nimeksi.

"Joku on siivonnut talon. Ehkä Jasonin murhaaja on koettanut pyyhkiä jälkensä."

"Varsin mahdollista. Mitä muita päätelmiä sinä olet tehnyt?" Ethan kysyi.

"En minä kehtaa sanoa. Saatan olla väärässä."

"Entä sitten? Yksikään meistä ei ole erehtymätön. Sinä voit vain yrittää parhaasi."

"Minä en ole valmis."

"Kokeile edes."

"Hemmetti, että sinä olet ärsyttävä", Martha sihahti.

"Pyrin aina miellyttämään."

Martha ei piitannut Ethanin naljailusta, vaan paneutui tehtäväänsä. Hän hengähti syvään ja antoi katseensa kiertää huonetta. Tovin kuluttua hän nyökkäsi itsekseen ja siristi tuimasti silmiään.

"Jason näki murhaajan."

"Miksi sinä niin arvelet?" Ethan uteli.

"Hän istui kasvot ovea kohti."

"Entä jos Jason oli torkahtanut pöydän ääreen tappajan hiipiessä hänen kimppuunsa?"

"Oven narina olisi havahduttanut hänet."

"Ehkä Jason lepäsi sängyssä ja murhaaja pakotti hänet aseella uhaten siirtymään tuolille."

"Miksi hän olisi tehnyt niin? Eikö Jason olisi ollut helpompi tappaa vuoteeseen? On myös omituista, että hänet surmattiin takaapäin. Murhaaja joutui kulkemaan aivan Jasonin vierestä päästäkseen hänen selustaansa. Minkä takia hän otti sellaisen riskin?"

"Ei hullumpaa", Ethan kehaisi. "Mikä sinun teoriasi on? Mitä täällä on tapahtunut?"

"Voin ainoastaan arvailla…"

"Tietysti."

"…mutta luulen heidän tunteneen toisensa. Kenties he olivat jopa sopineet tapaamisen", Martha ehdotti vilkaisten kysyvästi Ethaniin.

"Jatka vain."

"Murhaaja tuli sisään ase kätkettynä. Hän ja Jason istuivat alas ja juttelivat, kunnes murhaaja nousi, käveli Jasonin ohi ja tappoi tämän kylmäverisesti. Jason kuoli ehtimättä edes tajuta, että häntä oli ammuttu."

"Kelvollisesti spekuloitu", Ethan hymähti. "Sinä ajattelet järkevästi ja johdonmukaisesti."

"Mutta kävikö Jasonille todella niin?" Martha intti.

"Se meidän täytyy selvittää. Tarkistetaan nyt loppukin asunto ja odotetaan rikospaikkatutkinnan tuloksia."

He kolusivat talon läpikotaisin. Tällä kertaa viranomaiset olivat tehneet perinpohjaista työtä. Ainoat mielenkiintoiset löydöt olivat sängyn viereiseen seinään raapustetut kaiverrukset, jotka poliisi oli epäilemättä kuvannut ja dokumentoinut huolellisesti.

"Mitähän ne tarkoittavat?" Martha kysyi katsellen vieraskielisiä kirjaimia.

"Ylempänä lukee 'Tähän maailma päättyy'. Se on osa kreikkalaista sananlaskua, jossa sokea nojaa seinään ja väittää maailman päättyvän siihen. Sen alle on kaiverrettu 'Nyt minä näen'. Lainaus on mahdollisesti Johanneksen evankeliumista. Minun kreikan kielen taitoni on ruosteessa."

"Leveilijä", Martha virnuili. "Jason ei tainnut olla täysissä sielun voimissa."

"En usko Jason Raphaelin kirjoittaneen niitä."

"Kenen sitten?" Martha kummasteli.

"Hänen toisen persoonansa. Pelkään, että lopussa ei ollut enää Jasonia. Oli vain Nikos Tsakiris."

Loisteputkilamput sirisivät ja välkkyivät syttyessään piinallisen hitaasti päälle. Ne olisi pitänyt vaihtaa uudempiin, energiaa säästäviin veljiinsä, mutta kukaan ei ollut tullut tehneeksi sitä. Kukaan ei välittänyt. Huone oli kuin yksinäinen vanhus. Hiljaisena ja nöyränä se vartoi unohdusta, viimeistä vierailua, valojen vääjäämätöntä sammumista. Haamujen ja rottien aikaa.

Amos Mann kulki pahvilaatikkopinojen ja kansioita pursuvien hyllyköiden ohi. Häntä eivät kiinnostaneet niiden kätkemät hapertuneet muistot. Nostalgia oli menneisyyttä haikailevia eläkeläisiä varten. Amoksen katse suuntautui tiukasti tulevaisuuteen. Suuret suunnitelmat täyttivät hänen mielensä. Amos muisti Ethanin sanat. Evien menehtyessä hän perisi vaimonsa omaisuuden. Koko hela hoidon. Hän odotti sitä innokkaasti. Toivottavasti murhaaja onnistuisi seuraavalla yrityksellään. Mutta hän ei voinut laskea sen varaan. Hänen oli jatkettava ponnistelujaan, joiden edistymistä Ethanin tutkimukset olivat ikävästi lykänneet. Amos vihelteli pysähtyessään varaston perälle ja aukaistessaan posliininaamioita sisältävän laatikon. Hän otti yhden naamioista sormiinsa ja siveli sitä hellästi. Pian noille irvokkaille esineille ei olisi enää käyttöä. Maa oli muokattu ja siemen kylvetty. Vielä kerta tai pari, ja Rowena Blythe olisi kypsä poimittavaksi.

Makea ja mehukas kuin paratiisin kielletty hedelmä.

Amos ei ollut varma, mitä näyttelijättären kanssa lopulta tekisi. Se kiihotti häntä. Mahdollisuuksia oli lukemattomia. Vain taivas oli rajana. Tyytyväinen hymy kohosi hänen komeille kasvoilleen. Eikä hän lainkaan huomannut huoneeseen piilotettuja videokameroita, jotka taltioivat hänen jokaisen eleensä ja ilmeensä.

Amos Damian Mann sai maistaa omaa lääkettään.

20

"Minä inhoan niitä", Amy supatti istuessaan Miriamin ja Samuelin kanssa Roy Lelandin talon olohuoneessa. He olivat jääneet kolmisin Royn mentyä hakemaan vierailleen virvokkeita.

"Shh. Hän kuulee sinut", Samuel mutisi, vaikka siitä ei todellisuudessa ollut pelkoa. Vaimea puhe peittyi yläkerrassa soivan italialaisen oopperan resitatiiviin.

"Ne ovat vain täytettyjä eläimiä", Miriam rauhoitteli toveriaan.

"Minä inhoan niitä silti", Amy sihahti katsellessaan lasisilmäisiä lintuja, lepakoita ja jyrsijöitä. Häntä puistatti. Huone oli kuin hautakammio. Kuolleiden luontokappaleiden mausoleumi.

"Mitä mieltä te olette hänestä?" Miriam kuiskasi.

"Herra Lelandistako?" Samuel kysyi.

"Ei, vaan naapurin kuurosta mummosta. Tietysti Roy Lelandista!" Amy tiuskaisi ärtyneesti.

"Amy..."

"Minusta Veronica kuvaili häntä hyvin", Miriam sanoi. "Hän on tosiaan kummallinen heppu."

Samuel ja Amy eivät väittäneet vastaan. Roy Leland oli pitkänhuiskea ja langanlaiha mies, joka muistutti olemukseltaan mykkäelokuvien kreivi Draculaa. Helleesäästä huolimatta hän oli pukeutunut pitkiin tummiin housuihin ja käsivarret peittävään mustaan kauluspaitaan. Hänen ohuiden hiustensa läpi kuulsi maksaläikkäinen päälaki, joka loiveni etunevaksi, korkeaksi otsaksi. Kasvoissa huomion kiinnittivät kotkamainen nenä, paksuhuulinen suu ja kuumeisina hohkaavat silmät. Hän näytti englantilaiselta hautausurakoitsijalta. Talo ja Roy olivat kuin luodut toisilleen.

"Luuletteko, että..." Amy aloitti, kun yläkerrasta kajahti huilumainen sopraano. Epävireinen naisen ääni yhtyi hetkeksi ooppera-aarian lauluun madaltuen sitten selvästi erottuvaksi puheeksi.

"Tuliko meille vieraita? Mikset sinä kertonut minulle aikaisemmin? Haluan tavata heidät."

"Sinun on levättävä. Muistathan, mitä lääkäri määräsi. Et saa väsyttää itseäsi."

"Mutta…"

"Jos käyttäydyt kiltisti, tuon heidät käymään luonasi ennen heidän lähtöään."

"Lupaatko?"

"Aviomiehen kunniasanalla. Syöhän nyt pillerisi, nuppuseni."

Miriam tyrskähti kuullessaan hempeän hellittelynimen.

"Onko hän naimissa? Sitä on vaikea uskoa."

"Miksi?" Samuel virkkoi totisena. "Eivät kaikki ihmiset ole nuoria ja viehättäviä. Eikö heillä silti ole oikeus rakkauteen ja onneen?"

"Totta kai on. En tarkoittanut sitä niin", Miriam puolustautui.

Amyn sormenkynnet puristuivat kämmentä vasten. Hänestä tuntui kuin Samuel ja Miriam olisivat kiistelleet hänestä. Rumasta ankanpoikasesta, josta ei koskaan tulisi joutsenta. Hän oli helpottunut portaissa kaikuvien askelten vaientaessa sivuraiteille ajautuneen keskustelun. Pian Roy Leland palasi huoneeseen kantaen piripintaan täytetyllä kannulla ja juomalaseilla lastattua tarjotinta.

"Valitan, että jouduitte odottamaan. Vaimoni on vuoteenomana."

"Toivottavasti se ei ole mitään vakavaa", Miriam hengähti auttaessaan Royta jääteen tarjoilussa.

"Meidän iässämme pieraiseminenkin on vakavaa", Roy virnisti. "Mutta se tuskin kiinnostaa teitä. Tahdotte siis tietää sairaala-alueella tapahtuneista menehtymisistä?"

"Juuri niin. Veronica Flynnin mukaan olet alan asiantuntija."

Roy hymyili helisyttäen jääpaloja lasissaan.

"En utele teidän motiivejanne, sillä ne eivät kuulu minulle. Käsitätte varmasti kuitenkin, että sairaalassa ja toipumisyksiköissä kuolee potilaita vuosittain. En millään voi muistaa heistä jokaista."

"Entä tilukset, eritoten sairaalan vanha alue", Amy kysyi. Royn käden liike pysähtyi.

"Tarkoitatko tekolammen ympäristöä?"

"Aivan!" Amy huudahti innostuneena. Tunnelma sähköistyi välittömästi.

"Sattuiko siellä paljon menehtymisiä?" Samuel tiedusteli.

"Jonkin verran", Roy myönsi. "Useimmiten kyse oli tosin vanhoista ja raihnaisista ihmisistä tai saattohoidossa olleista potilaista."

"Useimmiten? Mutta ei aina?"

"Niin", Roy vastasi. "Tekolammella tapahtui myös traaginen onnettomuus, joka järkytti suuresti alueen asukkaita."

"Kerro meille siitä", Amy pyysi.

"Se on lyhyt ja surullinen tarina. Pieni tyttö meni ulos leikkimään. Kun häntä ei kuulunut kotiin, hänen perheensä huolestui ja lähti etsimään häntä."

"Ja?"

"Tyttö löydettiin lammesta hukkuneena", Roy totesi lakonisesti.

"Lapsiparka", Miriam voivotteli.

"Mitä sitten kävi?" Amy pihahti.

Roy kohautti harteitaan.

"Hänet kai haudattiin, ja perhe muutti muualle. En ole varma. Siitä on vähintään kaksikymmentä vuotta, ja sain tietää murhenäytelmästä vasta jälkikäteen."

"Muistatko tytön tai perheen nimeä?"

"En", Roy tunnusti. "Olen pahoillani."

"Ei se ole sinun vikasi", Amy huokaisi lannistuneesti.

"Älä vielä luovuta. Ehkä vaimoni pystyy auttamaan teitä. Hän ei koskaan unohda mitään."

"Se on taatusti hirveää", Samuel naurahti.

"Sanopa muuta, kuomaseni. Sanopa muuta", Roy tokaisi ja nousi tuoliltaan. "Seuratkaa minua. Vaimoni vartoo jo teitä malttamattomana."

"Miksi Internetistä tai sanomalehtiarkistoista ei löytynyt uutisia hukkuneesta lapsesta?" Miriam ihmetteli heidän seisahtuessaan yläkerran makuuhuoneen ovelle.

"Syitä voi olla monia", Roy murahti. "Kenties lapsen omaiset eivät halunneet asiaa julkisuuteen, ja lehdistö kunnioitti heidän toivettaan. Tai sitten sairaala, perhe ja viranomaiset salasivat jutun medialta."

"Onko se edes mahdollista?"

"Tietäisittepä, kuinka usein niin tapahtuu. Eikä saarella tuolloin ollut kilpailua laadukkaista ja ammattitaitoisista journalisteista."

"Eikä ole vieläkään", Amy tuhahti.

"Saatat hyvinkin olla oikeassa. Odottakaahan nyt pieni hetki. Käyn tarkistamassa, että vaimoni on säädyllisesti pukeutunut", Roy virkkoi pujahtaessaan makuuhuoneeseen.

"Hän on mukavampi kuin kuvittelin", Amy kuiskasi.

"Niin minustakin", Miriam myönsi.

"Naiset ovat aina ennakkoluuloisia", Samuel totesi. "Hän on aivan tavallinen mies, jolla vain on hieman erikoisempi harrastus."

Oven takaa kuuluva lempeä ääni esti Amya ja Miriamia tarttumasta haasteeseen.

"Tulkaa sisään, nuoret ystäväni. Älkää suotta kursailko."

Samuel aukaisi oven hymyillen ivallisesti Amylle ja Miriamille.

"Päivää, rouva Leland", hän sanoi ja käänsi katseensa eteensä. Nähdessään Roy Lelandin vaimon hänen leukansa loksahti alas. Amy ja Miriam olivat yhtä hämillään, mutta vilkaistessaan toisiinsa he tajusivat ajattelevansa tismalleen samaa asiaa.

Hän on aivan tavallinen mies, jolla vain on hieman erikoisempi harrastus.

Roy Leland istui sängyn partaalla röyhelöisessä aamutakissa ja pitkässä tuhkanvaaleassa peruukissa.

"Mitä… Roy…" Samuel änkytti.

"Rouva Leland", Miriam korjasi vikkelästi.

"Voi kultapienet, kutsukaa minua Reginaksi", Roy kihersi keimailevasti. "Ikävä kyllä mieheni joutui poistumaan. Hän kuitenkin kertoi teidän kyselleen tekolammella hukkuneesta lapsesta."

"Tunsitko sinä kuolleen tytön perhettä?" Amy äyskähti väliin.

"Ainoastaan juoruista ja kuulopuheista."

"Helvetin kuusitoista!"

"Olehan siivosti, Amy", Miriam varoitti.

"Anteeksi."

"Mitä turhaan", Roy puuskahti leppoisasti. "Ja vaikka en tuntenut heitä, satun tietämään erään yksityiskohdan lapsesta."

"Ihanko totta?" Amy älähti tuijottaen Royta. Makuuhuoneen himmeä valaistus pehmensi miehen piirteitä. Hetken hän näytti aidolta naiselta. Reginalta, kuningattarelta. Vaimolta, joka eli aviomiehensä ruumiissa.

"Hänen nimensä oli Coral", Roy sanoi hiljaa. "Menehtyneen tytön nimi oli Coral."

Illalla Samuel jutteli Ethanille Roysta. Hänen lopetettuaan Ethan irvisti mietteliäästi.

"Dissosiatiivinen identiteettihäiriö. Aivan kuten Jasonillakin."

"Eikö olekin merkillistä? Luulin persoonallisuuden jakautumisen olevan harvinaista."

"Niin se onkin, etenkin miesten kohdalla."

"Sinä vaikutat huolestuneelta", Samuel tokaisi.

"Jokin tässä vaivaa minua."

"Mikä?"

"En tiedä. On kuin minulla olisi kutina, jota en millään pysty raapimaan."

"Et kai sinä ole käynyt juhlimassa kevytkenkäisten naisten kanssa?" Samuel vinoili.

"Kevytkenkäisten naisten? Millä vuosisadalla sinä oikein elät?"

"Irstailija."

"Konservatiivi."

"Satyyri."

"Fossiili."

Toverillisesta leikinlaskusta huolimatta Ethan ei kyennyt rentoutumaan. Nimet, ihmiset ja tapahtumat pörräsivät hänen aivojensa kimpussa kuin ärsyyntyneet herhiläiset. Hän ei onnistunut häätämään painostavaa tunnetta mielestään. Kaikki ei ollut niin kuin piti.

21

"Minä en ole tehnyt mitään laitonta", Amos Mann sanoi tyynen rauhallisesti ja tarkasteli Rowena Blythen kiukusta punoittavia kasvoja.

"Vai et?" Rowena huusi. "Olet piinannut ja ahdistellut minua viheliäisillä naamioillasi! Eikö se muka ole mitään!"

"Mistä sinä tuollaista olet saanut päähäsi? Minähän olen vain lähettänyt huomaavaisia lahjoja hotellimme VIP-asiakkaalle. Monet kutsuisivat sitä hyväksi palveluksi."

Rowena tuijotti Amosta epäuskoisesti. Häntä kadutti, ettei hän ollut ottanut Seania mukaansa. Tai ladattua asetta. Sillä hetkellä hän olisi voinut tappaa Amoksen. Niin vihainen hän oli. Rowena Blythe oli yhtä temperamenttinen kuin tyttärensäkin.

"Senkin paskiainen! Aion lähteä hotellista ja ilmoittaa toimistasi poliisille!"

"Etkä aio", Amos vastasi korottamatta ääntään. "Tästä edespäin sinä olet tottelevainen narttu, tai tyttäresi saa esitellä sulojaan iltapäivälehtien paparazzeille."

Rowena hätkähti kuin häntä olisi läimäytetty.

"Et voi olla niin julma!"

"Sano se."

"Älä komentele minua…"

"Sano se", Amos toisti. Heidän silmänsä kohtasivat. Kaksi tahtoa kamppaili keskenään, kunnes Rowena käänsi katseensa. Hän tiesi hävinneensä.

"Minä olen tottelevainen narttu", Rowena kuiskasi.

"Lujempaa."

"MINÄ OLEN TOTTELEVAINEN NARTTU!" palvottu näyttelijätär kailotti kyynelten valuessa hänen poskilleen.

"Kas, eihän se ollutkaan niin vaikeaa. Minusta tuntuu, että vihdoinkin me ymmärrämme toisiamme."

Rowena niiskahti. Hän kirosi omaa typeryyttään. Olisipa hän kuunnellut Ethania, joka oli varoittanut häntä Amoksesta. Mutta Ethanin kerrottua Amoksen olleen posliininaamioiden lähettäjä Rowena oli menettänyt malttinsa ja syöksynyt yksityisetsivän tapaamisen jälkeen suoraan Amoksen toimistoon. Hän ei ollut kyennyt hillitsemään itseään. Rowenan sisuksissa vellonut raivo oli kuohunut yli äyräiden.

"Mitä sinä tahdot minusta? Rahaako? Vaiko seksiä?"

"Hah", Amos hörähti. "Ensimmäistä sinulla ei ole tarpeeksi, ja toista saan sinua nuoremmilta ja kauniimmilta naisilta jo nyt."

Rowena nieli loukkauksen kakistelematta, vaikka hänen teki mieli kirkua turhautumisesta.

"Mitä sitten?"

"Sinä olet minun pääsylippuni Hollywoodiin", Amos totesi epäröimättä.

"Haluatko sinä näyttelijäksi?" Rowena kummasteli.

Amos virnisti.

"En tietenkään. Näytteleminen on tyhjäpäisiä bimboja ja munattomia hinttareita varten. Minun tavoitteeni ovat korkeammalla. Sinun ja vaimoni avulla voin valloittaa koko Los Angelesin. Helvetti, koko vitun Amerikan."

"Sinun unelmasi on sulaa hulluutta", Rowena pihahti katkerasti.

"Rahvas näkee rahvaan unia. Minä en tyydy niihin. Aion saavuttaa kaiken", Amos sanoi viitatessaan näyttelijätärtä poistumaan.

Rowena pudisti päätään astellessaan ovelle. Mikä kammottava tulevaisuus se olisi! Ja silti sen toteutuminen ei ollut mahdotonta. Raha ja häikäilemättömyys olivat ennenkin kruunanneet keisareita. Hollywoodia hallitsi moraaliton ja upporikas eliitti, jota menestyneimmätkin ohjaajat ja näyttelijät pokkuroivat ja hännystelivät. Amos oli kuin luotu tuon suljetun piirin arvovaltaiseksi jäseneksi.

"Toivon, että tukehdut omaan ahneuteesi!" Rowena sähähti paiskatessaan oven kiinni. Tunteenpurkaus oli hyödytön. Toimistosta jylisevä nauru tunkeutui puun ja huurrelasin läpi porautuen hänen sieluunsa saakka. Vain kerran elämässään Rowena oli inhonnut jotakuta enemmän kuin hän nyt inhosi Amosta. Eittämätön paalupaikka kuului miehelle, joka oli tuhonnut hänen tyttärensä kasvot.

Amy makasi lastenhuoneen sängyssä kuunnellen pimentyneen talon ääniä. Oli vaitonaista, mutta hiljaisuus ei lohduttanut häntä. Vähäisestä iästään huolimatta hän tiesi totuuden. Vaarallisimmat hirviöt saalistivat öisin. Eivätkä ne säälineet lapsia. Varjot kuiskivat tuttuja sanoja.

"Sinun on oltava kiltti tyttö. Tämä on meidän salaisuutemme. Et saa kertoa kenellekään. Muuten minun on annettava sinulle opetus..."

Amya pissatti, mutta hän ei uskaltanut mennä käytävällä olevaan vessaan. Se saattaisi herättää mörön. Oli parempi kastella vuode, vaikka äiti olisi siitä aamulla äkäinen. Sillä mörkö ei piileskellyt vaatekomerossa tai sängyn alla. Se nukkui äidin vieressä, kuten hänkin oli aiemmin nukkunut. Onnellisina aikoina. Ennen kuin Bob-setä oli muuttanut taloon.

Kaikki pitivät Bobista. Kaikki paitsi Amy. Hän pelkäsi Bobia. Ei Bob tietenkään ollut hänen oikea setänsä. Sen Amykin ymmärsi. Bob oli äidin poikaystävä. Tosin Amy ei ollut aivan varma, mitä se tarkoitti. Halailua ja pussailua ainakin. Ja riitelyä. Siinä äiti ja Bob olivat hyviä. He harjoittelivat sitä jatkuvasti.

Toisinaan Bob tuli Amyn huoneeseen ja halaili ja pussaili häntäkin. Amy vihasi sitä. Vielä hirveämpää oli, kun Bob riisui Amyn pyjaman ja työnsi etusormensa hänen pyllyynsä. Se tuntui yököttävältä. Likaiselta ja kivuliaalta. Pahemmalta kuin hammaslääkäri. Jos poikaystävät olivat sellaisia, Amy ei halunnut poikaystävää. Ei taatusti! Sata, tuhat, miljoona kertaa mieluummin hän ottaisi ponin. Tai kissanpennun. Mutta hän pärjäisi ilmankin. Kunhan Bob-setä katoaisi pois. Kunhan Bob-setä kuolisi...

Amy häpesi synkeää haavettaan. Oli tuhmaa ajatella Bob-sedästä niin. Äiti rakasti Bobia, joten Amynkin oli siedettävä miestä. Sillä Amy rakasti äitiä. Enemmän kuin ketään muuta. Hän kestäisi äidin vuoksi vaikka helvetin...

Amy oli reipas ja itsepäinen lapsi. Mutta keskenkasvuinen roh-
keus karisi hänestä hänen kuullessaan käytävästä sipsuttavia askelia.
Hetken hän toivoi kuvitelleensa omiaan, kunnes oven alta näkyi
sinertävän valon pilkahdus. Amy säikähti. Hän veti peiton päänsä yli
ja rukoili mörön kulkevan hänen huoneensa ohi. Jumala ei vastannut
rukoukseen. Paholainen vastasi. Ovi avautui ja sulkeutui. Mörkö
hiipi sängyn luokse ja sytytti yöpöydällä olevan lampun. Amy vapisi
kauhusta. Kostea läikkä levisi pyjaman haaroihin. Pelon kitkerä haju
täytti Amyn sieraimet.

"Sinä olet laverrellut äidillesi." Nesteen loiskahdus säesti matalaa
murahdusta.

"Enkä ole", Amy ynähti.

"Valehtelija", mörkö ärähti riuhtaisten peiton pois Amyn päältä.
Amyn puristaessa silmänsä kiinni väkevä koura tarttui hänen hiuk-
siinsa ja ravisteli häntä.

"Ai! Sattuu!" Amy parahti. Mörkö ei välittänyt.

"Katso minua."

Amy raotti silmäluomiaan. Bob seisoi vuoteen ääressä suurena
ja mahtavana kuin satukirjan lapsia ahmiva jättiläinen. Hänen
oikeassa kädessään roikkui muovinen kanisteri.

"Mitä tuo on?" Amy uskaltautui kysymään.

"Tämäkö?" Bob sihahti ja heilautti kanisteria. "Se on siunattua
vettä, joka karkottaa riivaajan sinun petollisesta ruumiistasi."

"Minä olen ollut kiltti tyttö!" Amy uikutti Bobin kääntäessä tonkan
korkin irti. Se putosi vaimeasti kolahtaen lattialle.

"Niinkö? Miksi Rowena sitten aikoo jättää minut?" Bob huusi
kallistaen kanisteria uhkaavasti.

"Ei se ole minun syytäni", Amy puolustautui.

"Onpas. Olet äidillesi tärkeämpi kuin minä! Hän sanoi niin!"

"Sanoiko?" Amy mumisi ällistyneenä. Riemu tulvahti hänen
sydämeensä tyrkäten hädän ja pakokauhun loitommalle. Mörkökin
huomasi sen.

"Saastainen penikka! Kehtaatkin virnuilla minulle! Olet samanlai-
nen kuin äitisi!" Bob kiljaisi ja kaatoi kanisterin sisällön Amyn päälle.

Se oli viimeinen kerta, kun hymy vieraili Amyn turmeltumatto-
milla kasvoilla.

Amy havahtui muistoistaan. Hän hieraisi paljaita poskiaan. Ne olivat kuivat. Ajan myötä katkerimmatkin kyyneleet ehtyivät ja menneisyys haalistui sameaksi virraksi. Amy ei tiennyt, mitkä hänen muistoistaan olivat todella tapahtuneet ja mitkä hän oli kuvitellut tapahtuneeksi. Ihmisen mieli oli joutomaa, usvainen meri, sakea viidakko. Muisti vääristi totuuden ja teki siitä subjektiivisen. Oli silti yksityiskohtia, jotka Amy oli myöhemmin saanut selville. Lääkärinlausunnosta ja poliisiraportista oli ilmennyt, että Bobin käyttämä aine oli ollut rikkihappoa. Bobin hyökätessä Amy oli kohottanut käsivartensa silmiensä eteen. Se oli säästänyt hänet sokeutumiselta, mutta ei ollut riittänyt pelastamaan hänen kasvojaan. Vaikka lukuisat leikkaukset olivat kohentaneet hänen tilaansa, Amy oli pysyvästi vammautunut. Edes saaren parhaat plastiikkakirurgit eivät pystyisi korjaamaan häntä entiselleen. Menetettyä viattomuutta ei koskaan saanut takaisin.

Entä Bob-setä? Hän joutui psykiatriseen vankisairaalaan ja menehtyi siellä oman kätensä kautta. Bob haudattiin vankilan hautausmaalle, ja vain harvat muistivat enää tuon pimeyteen vajonneen miehen. Mutta Amy ja Rowena muistivat. He eivät voineet unohtaa. Bob kulki ikuisesti heidän kanssaan.

22

Poliisiaseman kokoushuoneessa oli miellyttävän vilpoisaa. Ulkona paistavan auringon säteet eivät kyenneet tunkeutumaan ikkunattomaan tilaan ja lämmittämään sen sisuksia. Mutta huoneessa vallitseva tunnelma oli kaikkea muuta kuin viileä. Vilkkaasti polveileva keskustelu peitti keskusilmastoinnin tasaisen huminan. Martha kuunteli ääneti pormestarin, poliisipäällikön, syyttäjän ja oikeuslääkärin kinastelua.

"Käsitinkö minä oikein? Te olette löytäneet DNA-todisteita, ettekä silti ole edenneet herra Raphaelin tapauksen tutkinnassa?" pormestari pauhasi. Läsnäolijat tiesivät, että pormestari viittasi samalla Christinan kuolemaan ja Evieen kohdistuneisiin murhayrityksiin.

"Ei se ole niin yksinkertaista", oikeuslääkäri selitti. "Rikospaikalta keräämissämme hiuksissa ei ole hiustupen juurisolukkoa, joten voimme tehdä niille vain mitokondriaalisen DNA-testin."

"Minkä?"

"Sitä kutsutaan myös mtDNA:ksi. Se periytyy äidiltä ja..."

"Periytyköön vaikka Putte Possulta. Sillä ei ole hitonkaan väliä. Mutta mitä se käytännössä tarkoittaa?"

"Että mtDNA ei ole yhtä tarkka kuin ydin-DNA", oikeuslääkäri valisti kansantajuisesti. "Sen avulla kykenemme enintään karsimaan epäiltyjä. Vaikka saisimme vastaavuuden, emme pysty sataprosenttisesti varmentamaan rikoksen tekijän henkilöllisyyttä."

"Se tulee tuottamaan vaikeuksia oikeudessa", poliisipäällikkö arveli.

"Eikä se ole ainoa ongelmamme", syyttäjä totesi. "Korkeimman oikeuden päätöksen mukaan voimme ottaa pakotetun DNA-näytteen vasta pidätyksen jälkeen."

"Pidättäkää sitten joku!" pormestari kivahti.

"Kenet sinä tahdot meidän pidättävän?" poliisipäällikkö kysyi tuijottaen pormestaria tuimasti.

"Kenet tahansa! Kunhan hoidatte jonkun telkien taakse!"

"Sovitaan, että minä en kuullut tuota."

Läksytetty pormestari mulkaisi poliisipäällikköä. Martha tunnisti katseeseen kätketyn uhkauksen. Hän kiirehti tyynnyttämään riitakumppaneita.

"Entä jos ihmiset suostuvat DNA-testiin vapaaehtoisesti?"

Miehet hätkähtivät kuin olisivat vasta tajunneet Marthan olevan huoneessa. He vilkaisivat syyttäjää, joka risti sormensa ja painoi leukansa niitä vasten.

"Tietysti se helpottaisi tilannettamme."

"Siinä tapauksessa haluan teidän testaavan minut."

"Kiitos", syyttäjä sanoi. "Hiukset ovat kuitenkin aihetodisteita. Ne eivät ole suoraan yhteydessä tehtyyn rikokseen. Me tarvitsemme konkreettisempaa näyttöä."

"Me tarvitsemme vihjeen tai johtolangan, joka johdattaa meidät vihdoinkin murhaajan jäljille", poliisipäällikkö lisäsi.

"*Deus ex machina*", syyttäjä sihahti.

"Ehkä meillä on jo sellainen", Ethan virkkoi poliisipäällikölle. Muiden puhuessa hän oli tutkinut toista erämökistä löydettyä todistetta: kreikankielisen Raamatun aukeaman marginaaleihin kreikaksi kirjoitettua tekstiä ja viranomaisten siitä tekemää käännöstä.

"Mitä sinä höpiset?" pormestari älähti turhautuneena.

"Malttakaahan hetki ja kuunnelkaa tätä", Ethan tokaisi asettaen älypuhelimensa pöydälle ja kumartuen käännöksen puoleen.

Elämä on pelkkää unta
mielenvikaisen jumalan lumousta
Unohduksen puutarha
Mutta yön demoni ohjaa askeleitani
ja näyttää minulle tien
Kuollessani irtaudun kahleistani
herätessäni lennän
vankina olen vapaa

Yksityisetsivän vaietessa hän kohtasi ihmettelevien ilmeiden kvartetin. Vain Martha hymyili hänelle.

"En ymmärrä, mitä sinä ajat takaa", syyttäjä mutisi.

"En minäkään", pormestari tunnusti. "Jason Raphael oli kajahtanut. Mitä se kohta demonistakin oikein merkitsi?"

"Se onkin kiinnostava säe. Kreikan kielen sana *daímōn* voi demonin lisäksi tarkoittaa myös kaksoisolentoa tai suojelushenkeä", Ethan vastasi.

"Entä sitten?"

Ethan kulmat rypistyivät.

"Luulen, että Jason tiesi hänen vieraansa aikovan ampua hänet ja myöntyi siihen vastustelematta."

"Tuohan on täysin absurdia!" pormestari huudahti.

"Anna hänen puhua", poliisipäällikkö murahti.

"Mutta..."

"Mitä menetettävää meillä on?"

Pormestari silmäili Ethania. Lyhytkasvuinen yksityisetsivä vaikutti istuessaan kookkaammalta kuin todellisuudessa oli. Mitättömästä ulkomuodostaan huolimatta hän henki hiljaista arvokkuutta. Pormestari levitti kätensä.

"Olkoon. Mitä sinä haluat kertoa meille?"

Vilkaistuaan avoinna olevaa muistikirjaansa Ethan antoi katseensa viivähtää kokoushuoneeseen kerääntyneiden herrojen odottavissa kasvoissa. Hän tunsi Marthan sormien puristavan kyynärvarttaan. Kosketus valoi häneen itseluottamusta.

"Käsiala-asiantuntijanne mukaan teksti on siis todettu Jasonin kirjoittamaksi, eikö niin?"

"Kyllä", poliisipäällikkö sanoi.

"Hyvä. Sattuiko kukaan teistä huomaamaan, millä sivulla runo on?"

Miehet pudistivat päätään. Ainoastaan poliisipäällikkö ei näyttänyt nolostuneelta.

"Minä tarkistin asian. Se on Jesajan kirjan kohdalla."

"Olet aivan oikeassa", Ethan hymähti kannustavasti. "Ja Jasonin tekstissä mainittu 'yön demoni' viittaa Jesajan kirjan 34:nnen luvun neljänteentoista jakeeseen, joka puolestaan viittaa juutalaisessa perinnetietoudessa esiintyvään Aatamin ensimmäiseen puolisoon."

"Ensimmäiseen?" Martha kummasteli. "Mutta minä luulin, että hän oli Eeva."

Ethan virnisti.

"Eräissä vanhoissa kirjoituksissa kerrotaan, että Aatamilla oli kumppani jo ennen Eevaa."

"Se rietas pukki…"

"Seis!" pormestari ärähti keskeyttäen Marthan. "Nyt ei ole aikaa jaarittelulle ja teologiselle luennoinnille. Me yritämme selvittää henkirikosta."

"Minäkin tahtoisin tietää, mitä iloa löydöstäsi on", syyttäjä sanoi kohteliaammin.

"Ettekö käsitä? Kenties Jason paljasti runossaan tappajansa", Ethan myhäili. "Juutalaisessa mytologiassa Aatamin ensimmäinen puoliso oli Lilith. Kuka teille mahtaa tulla hänen nimestään mieleen?"

Martha kalpeni tajutessaan, mitä Ethan vihjasi. Miesten innostuneet äänet haipuivat taka-alalle. Äkkiä kaikki tuntui päivänselvältä.

Lilith.

Se oli melkein kuin Lily.

"Hänen on kuoltava!" Sean tuhahti. Dramaattinen lause ei saanut toivomaansa vastakaikua Rowenan keskittyessä lepertelemään kehdossa olevalle vauvalle.

"Sano Rowena. Sano äiti. Sano äi-ti."

Pienen lapsen silmät tuijottivat näyttelijätärtä unisesti. Pian ne alkoivat painua väkisin umpeen.

"Kuulitko sinä minua?" Sean tiukkasi.

"Kuulin, kuulin", Rowena huokaisi peitellessään vauvan. "Mutta et sinä tarkoita sitä."

"Tarkoitanpas. Voisimme lavastaa hänen kuolemansa onnettomuudeksi."

"Emme me ole murhaajia."

"Entä kiduttaminen?" Sean ehdotti. "Mitä mieltä sinä siitä olet? Peukaloruuveista, tikkujen työntämisestä kynsien alle, sähköiskuista munille..."

"Ei, Sean."

"Pahoinpitelykään ei varmaankaan tule kysymykseen..."

Rowena kihersi avustajansa ilveilylle, mutta hänen huolehtivainen katseensa palasi vauvaan. Ele ei jäänyt Seanilta huomaamatta.

"Sinä olet erilainen kuin ennen."

"Millä tavalla?"

"En tiedä", Sean vastasi, vaikka tietenkin hän tiesi. Muutos johtui Hopesta. Rowena oli saanut toisen tilaisuuden äitiyteen, eikä aikonut jättää sitä käyttämättä. Se ei kuitenkaan merkinnyt, että hän olisi unohtanut vanhemman tyttärensä.

"Onko Amy ollut sinuun yhteydessä?" Rowena uteli. Vasta silloin Sean muisti asian, jonka uutinen Amoksen suorittamasta kiristyksestä oli sysännyt hänen mielestään.

"Helkkari minä olen höperö! Juuri siitähän minä tulin sinulle puhumaan. Amy lähetti minulle tekstiviestin."

"Mitä siinä luki?" Rowena äyskähti kärsimättömästi.

"Että hän on valmis vierailemaan naamiaisissasi..."

"Todellako?"

"...mutta hänellä on kaksi ehtoa saapumiselleen."

"Niinpä tietysti", Rowena sihahti. "Mitkä hänen vaatimuksensa ovat?"

"Ensinnäkin Amy tahtoo tuoda muutaman ystävänsä mukanaan juhliin."

"Totta kai se sopii. Entä toinen ehto?"

Sean nielaisi vaivaantuneena.

"Tuota... sinä... sinun täytyy osallistua terapiaan hänen kanssaan."

Hetken Rowena tuijotti Seania hölmistyneenä. Sitten hän räjähti raikuvaan nauruun.

"Viekas tyttö! Hän haluaa testata, kuinka vakavissani minä olen. Hän on tosiaan minun lapseni."

"Mitä minä vastaan hänelle?" Sean kysyi.

"Minä suostun", Rowena totesi empimättä. "Ja kerro Amylle, että rakastan ja ajattelen häntä."

"Se on sanomattakin selvää", Sean virkkoi. Eikä hän puhunut Rowenalle enempää Amyn ystävistä, vaikka arveli tietävänsä, keitä he olivat. Aihe ei tuntunut enää tärkeältä Amoksen paljastuttua naamioiden lähettäjäksi. Hänen ja Rowenan oli keskityttävä Amoksen nujertamiseen.

"Rowena?" Sean jatkoi. "Miten me pääsemme Amoksesta eroon?"

"Minä mietin sitä huomenna", Rowena mutisi voipuneesti.

"Aivan. Onhan huomenna taas uusi päivä."

"Sean?"

"Niin, kultaseni?"

"Sinun on parasta jättää näyttelijänhommat minulle."

Amy tuuletti liikuttaessaan tornin hitaasti pelilaudan päätyyn. Hänen tuolista kohonnut takapuolensa keinahteli improvisoidun voitontanssin tahdissa. Viimein hän irrotti sormensa nappulasta ja vilkaisi ilkikurisesti kilpakumppaninsa jurottavia kasvoja.

"Shakkimatti."

"Sinä huijasit. Eivät naiset osaa pelata shakkia", Samuel valitti pirullisesti virnistäen.

"Sovinisti", Amy kikatti. Bikiniasuinen Miriamkin yhtyi häneen.

"Älä viitsi, Samuel. Amy pieksi sinut selvästi. Alahan stripata."

"Minä ja minun suuri suuni", Samuel murahti noustessaan pöytään tukeutuen seisaalleen. Hän oli päihittänyt Miriamin ja haastanut Amynkin leikkimieliseen shakkiotteluun. Koko juttu oli pelkkää pilaa. Ei hän olisi pakottanut vartaloaan ujostelevaa Amya tekemään mitään vasten tahtoaan. Mutta siitä huolimatta veto oli lyöty ja lupaus pidettävä. Samuel sadatteli aukoessaan lyhythihaisen kauluspaitansa nappeja. Naiset vislasivat ja hihkuivat hänen riisuutuessaan uimahousuisilleen. Jalan arpi erottui muuta ihoa vaaleampana. Amyn pulssi kiihtyi, vaikka hän oli nähnyt Samuelin aiemminkin yhtä vähissä vaatteissa. Silti omalla pihamaalla keikistelevä puolialaston mies ei ollut hänelle jokapäiväistä hupia. Amy nautti olostaan. Oli tavattoman miellyttävää viettää aikaa Samuelin ja Miriamin seurassa: seikkailla luonnossa, siemailla virvokkeita, pelata lautapelejä, käydä pitkiä ja kiehtovia keskusteluja… Toisinaan he vain ottivat aurinkoa tai lekottelivat raukeina Amyn talon kuistin varjossa. Elämä hymyili. Amy oli onnellinen, joskin hänen onneensa sekoittui aimo annos haikeutta. Hän ymmärsi, ettei vallitseva olotila voinut jatkua ikuisesti. Ennemmin tai myöhemmin heidän tiensä erkanisivat ja hän olisi taas yksin. Se oli vääjäämätöntä. Mutta kenties nuo siunatut ilon hetket valaisisivat tulevia synkkiä vuosia ja menneen ystävyyden muisto lohduttaisi häntä pimeyden keskellä.

"Minusta meidän pitäisi koettaa ottaa yhteys haamuun", Miriam tokaisi Amyn istahtaessa hänen viereensä.

"Minäkin olen pohtinut sitä", Amy myönsi. "En vain tiedä, mistä aloittaa. Onhan tietysti olemassa meedioita ja sen sellaisia, jotka väittävät kykenevänsä kommunikoimaan aaveiden kanssa."

"Petkuttajia kaikki tyynni", Samuel tuhahti.

"Eivät välttämättä", Miriam sanoi. "Meillä päin heidät tunnetaan nimellä *kahuna ninau 'uhane*. He ovat arvostettuja henkilöitä."

"Minä en edes yritä lausua tuota", Samuel mutisi.

"Luuletko heidän pystyvän auttamaan meitä?" Amy kysyi. Hän näytti vastahakoiselta.

"He tuskin ottaisivat meitä tosissaan", Miriam totesi. "Mutta mikä estää meitä tekemästä sitä itse? Voisimme ostaa *Ouija*-laudan ja järjestää kolmistaan spiritistisen istunnon."

"Mikäpä siinä. Ei meillä ole mitään pelättävää", Amy vastasi huojentuneena.

Samuel naurahti.

"Ja juuri noin alkaa joka toinen kauhuelokuva."

23

Poliisiviranomaiset saivat etsintäluvan Lily Robillardin hotellihuoneistoon ja työtiloihin. Siitä he joutuivat epäilemättä kiittämään pormestaria, joka oli ankarasti painostanut tuomaria myöntämään tarvittavan valtuutuksen. Tuomari oli lopulta taipunut, vaikka päätöksen juridisuus oli huterissa kantimissa. Se harmitti poliisipäällikköä. Oli väärin, että vallanpitäjät pystyivät manipuloimaan lakia tarkoitusperiensä mukaan. Lain kuului olla pyhä asia: tinkimätön, järkkymätön, lahjomaton. Koskematon kuin kaksitoistakesäinen neitsyt. Tai niin hän oli aikoinaan kuvitellut. Tuo harhaluulo oli karissut vuosien varrella ja muuttunut kyynisyydeksi. Hän oli osa koneistoa, halusi hän sitä tai ei.

Oikeuslaitoksesta oli tullut rahanvaihtajien temppeli.

Oli miten oli, kotietsintä osoittautui valtaisaksi menestykseksi. Fentanyylitabletteja sisältävä pussi löytyi Lilyn makuukamarista erään taulun taakse huolellisesti kätkettynä. Kuulusteluissa Lily väitti, ettei ollut nähnyt pillereitä koskaan aiemmin, mutta kukaan ei uskonut häntä. Liian moni muu seikka puhui häntä vastaan. Hän oli istunut Evien vieressä kabinetin juhlissa ja olisi hyvinkin voinut myrkyttää juoman, johon Evien Steffie-koira sattuman oikusta menehtyi. Hänen hiuksensa olivat tummat, kuten erämökistä todistusaineistoksi kerätyt hiuksetkin. Lisäksi Lilyllä oli Evien ystävänä ja hotellin työntekijänä ollut mahdollisuus laittaa fentanyylitabletteja Mannien asunnon kylpyhuoneessa olevien aspiriinien joukkoon. Useimmat noista yksityiskohdista eivät olleet varsinaisia todisteita, mutta yhdessä ne riittivät Lilyn pidättämiseen.

Myöhemmin tehdyn mtDNA-testin tulokset tukivat poliisin epäilyjä. Tilanne vaikutti Lilyn kannalta surkealta, vaikka Jason Raphaelin tappamiseen käytettyä asetta ei etsinnässä ollut ilmennyt. Lilyn asemaa eivät myöskään helpottaneet hänen kännykästään soitetut puhelut ja iltamyöhään lähetetyt viestit, jotka viittasivat intiimiin suhteeseen Amos Mannin kanssa.

Skandaali oli valmis.

Adrian Mercer ja Amos Mann läiskivät korttia The Reelin takahuoneessa. Ahtaasta lasiseinäisestä toimistosta oli vain muutaman metrin matka tavaran toimitukseen tarkoitetulle lastauslaiturille. Avonaisesta nosto-ovesta näkyi kuljetusramppi ja rivistö roska-astioita. Ravintola oli kuin ihminen. Koreimmankin julkisivun takaa paljastui kuonaa ja jätettä.

Amos hävisi käden toisensa perään. Hänen ajatuksensa eivät olleet pokerissa. Viimein hän paiskasi kortit sormistaan ja katseli tuohtuneena ympärilleen.

"Miksi me tapaamme täällä? Eikö salin puolella ole ainuttakaan pöytää vapaana?"

Amoksen kitkerä äänensävy ei jäänyt Adrianilta noteeraamatta. Lihava mies hymyili maireasti maistaessaan varovasti espressoaan.

"Arvelin, että haluat yhteistyökumppaninani tutustua ravintolaani tarkemmin."

"Paskanmarjat! Sinäkin luulet minun ja Lilyn yrittäneen murhata vaimoni!" Amos ärähti. Adrianin ilme ei muuttunut.

"Sinun ja vaimosi välit eivät kuulu minulle. Minun puolestani voit tehdä hänelle mitä tahdot. Mutta sinuun kohdistuvat huhut haittaavat liiketoimintaani. Siksi meidän on ikävä kyllä lähitulevaisuudessa pidettävä etäisyyttä toisiimme."

Kohteliaasta muotoilusta huolimatta Adrianin sanojen merkitys oli selvä. Amos kihisi suuttumuksesta. Hemmetin Lily! Mitä hän oli kuvitellut teoillaan saavuttavansa? Vaikka hän olisi onnistunutkin tappamaan Evien, ei se olisi muuttanut mitään. Ei Amos olisi silti voinut virallistaa heidän suhdettaan. Mitä siitä, että he olivat joskus höpisseet asiasta kiihkeän naimisen jälkeen. Se oli ollut pelkkää suunpieksentää, joutavaa haaveilua, orgasmin aiheuttamaa euforiaa. Eikö Lily ollut käsittänyt sitä? Avioliitto heidän välillään oli sula mahdottomuus. Miltä se olisi näyttänyt muiden silmissä? Amos oli varma, että Lily oli syyllinen kahden ihmisen kuolemaan. Hän ei aikonut antaa vetää itseään lokaan tämän mukana.

"Hyvä on, mikäli se on sinun mielestäsi parasta", Amos vastasi Adrianille. Toistaiseksi hänen oli tanssittava paksukaisen pillin mukaan. Mutta vain toistaiseksi. Kunhan hänen suunnitelmansa toteutuisivat, mokoma viiden dollarin gangsteri saisi katua. Kuten saisi jokainen, joka asettuisi hänen tielleen.

Ethan Solomonin hotellihuoneistossa leijui yrttien, ruskistetun voin ja paistetun lihan tuoksu. Lisukkeeksi tarkoitetut perunat höyrystyivät kattilassa parsojen kanssa, ja siivilöity liemi saostui korkeareunaisessa teräspannussa kermaisen sileäksi kastikkeeksi. Raikas salaattikin oli miltei valmis. Ainoastaan sipuli, kirsikkatomaatit ja vinegretti puuttuivat. Ethan myhäili tyytyväisenä jutellessaan keittiöjakkaralla istuvalle Marthalle. Heidän käytyään Christinan haudalla hän oli yllättänyt heidät molemmat kutsumalla Marthan luokseen päivälliselle. Marthasta se oli hellyttävää. Kukaan mies ei ollut aiemmin kokannut kotiruokaa hänelle.

"Oletpa sinä näppärä", Martha kehaisi katsellessaan Ethanin pilkkovan sipulia kuutioiksi.

"Se on aivan helppoa. Tarvitaan vain terävä veitsi ja…" Ethanin selitys katkesi hänen kyynärvartensa tönäistessä leikkuulaudan vieressä olevaa muovikulhoa. Martha älähti astian liukuessa tiskipöydän laidalle ja syöksyessä alas lattialle. Kirsikkatomaatit pyörivät pitkin laatoitusta kuin klovnien punaiset nenät.

"Voi ei!" Martha voivotteli.

"Se minun näppäryydestäni", Ethan murahti ja kyykistyi ähkäisten poimimaan pudonneita tomaatteja. Martha nousi tuoliltaan ja astui Ethanin luo.

"Anna minun auttaa."

"Pärjään kyllä itsekin. En minä ole mikään pikkulapsi."

"Kaikki miehet ovat pikkulapsia", Martha totesi häkeltymättä. "He eivät vain tajua sitä."

Ethan korjasi hankalaksi käynyttä asentoaan. Hän kuuli Marthan hengähtävän syvään.

"Aiotko sinä kosia minua?" hauras ääni uteli. Ethan vilkaisi ylöspäin. Vasta silloin hän ymmärsi olevansa polvillaan Marthan edessä. Naisen silmät lumosivat hänet.

"Äh, et sinä suostuisi kuitenkaan", Ethan naurahti kykenemättä kääntämään katsettaan pois Marthasta.

"Saattaisin suostuakin", Martha sanoi vakavana.

"Oletko sinä tosissasi?"

"Miksen olisi? Tiedän, että pidät minusta."

"Olen liian vanha sinulle."

"Eikö se ole minun päätettävissäni?"

"Mutta eihän minulla ole edes sormusta."

"Kuka siitä välittää? Voimme hankkia sen myöhemmin", Martha kuiskasi ja kumartui suutelemaan Ethania. Yksityisetsivä oli satimessa. Hänen vastaväitteensä ja perustelunsa olivat yhtä tyhjän kanssa. Rakkaus mursi hänen panssarinsa. Ethan vaihtoi poikamieselämänsä ja rauhalliset eläkepäivänsä yhteen ainoaan suudelmaan. Eikä hän enää empinyt sitä lainkaan.

24

Sade lankesi öiseltä taivaalta kuin vihollisen selustaan iskevä desanttipataljoona. Raskaat pisarat hakkasivat tiheinä tekolammen mustaa pintaa ja vanhan sairaala-alueen asumusten kattoja. Merellä jyrähti ukkonen. Mutta Amy ja Samuel eivät piitanneet lähestyvästä myrskystä. He olivat kahden Amyn talossa. Miriam oli yllättäen ilmoittanut joutuvansa Lilyn pidätyksen vuoksi jäämään avustamaan Evietä hotellissa pidettävän mainosalan konferenssin järjestelyissä. Hän oli kuitenkin kehottanut tovereitaan kokeilemaan *Ouija*-lautaa ilman häntä. Samuel ymmärsi Miriamia. Odottamatta ilmaantunut työtehtävä oli otollinen tämän urakehityksen kannalta. Moista tilaisuutta ei kannattanut heittää hukkaan.

Kello oli jo paljon, mutta Samuelia ei väsyttänyt. Hän oli edellisenä yönä tehnyt ensimmäisen työvuoronsa Grand Appletonissa ja nukkunut sen jälkeen sikeästi aina iltapäivään saakka. Hänellä oli miellyttävän rentoutunut olo. Amy ja hän olivat viettäneet rattoisan illan keskenään. He olivat syöneet, juoneet ja jutelleet. Amyn tilaamasta pizzasta ei ollut jäljellä muruakaan. Sen lytätty pahvinen kuljetuslaatikko lojui tyhjien viinipullojen vieressä kuin piispan hiippa.

"Minä taidan olla humalassa", Amy sammalsi.

"Hieno nainen ei milloinkaan ole juovuksissa", Samuel virnuili ja kaatoi Amylle lisää viiniä. "Hän on vain hiprakassa tai pienessä sievässä."

"Sitten minä en ole hieno nainen", Amy hihitti.

"Minusta sinä olet täydellinen juuri tuollaisena kuin olet."

Olohuoneen valot värähtivät. Amy ei edes huomannut sitä. Hän oli tottunut haamun metkuihin, ja hänen mielensä askarteli kiinnostavamman asian parissa. Samuelissa. Missäpä muussa. Miehen kauniit sanat koskettivat häntä. Tietenkin ne olivat valhetta. Amy ymmärsi sen päihtymyksestään huolimatta. Mutta joskus valhe oli totuutta parempi. Jokainen kaipasi toisinaan imartelua.

Hilpeä rupattelu jatkui. Samuel kertoi Amylle Ethanin ja Marthan kihlautumisesta ja pestistään Ethanin bestmanin virkaan. Vaikka Amy ei ollut tavannut Ethania tai Marthaa, hän oli hyvillään Samuelin ja pariskunnan puolesta. Oli romanttista ajatella, että koskaan ei ollut myöhäistä kuulla lemmen kutsua. Ehkä hänkin, keltaisen talon kummajainen, saisi joskus rakastaa ja olla rakastettuna. Oliko se muka liikaa vaadittu? Mutta katsoessaan Samuelia Amy käsitti menettäneensä jo sydämensä tuolle ärsyttävän valloittavalle miehelle, joka ei onneksi tajunnut hänen tunteidensa syvyyttä.

"Pitäisikö meidän vähitellen aloittaa?" Amy tiedusteli.

"Miksipä ei", Samuel mutisi. Hän seurasi vaitonaisena, kun Amy asetti laudan ja osoittimen pöydälle. Ne näyttivät vanhoilta ja kuluneilta.

"Mistä sinä nuo hankit?" hän uteli Amylta.

"Antiikkikaupasta. Oletko sinä valmis?" Amy supisi ja painoi sormensa osoittimelle.

"Enköhän", Samuel murahti epäröiden.

"Ei kai sinua pelota?"

"Ei, mutta…"

"Älä huoli. Minä suojelen sinua", Amy tirskahti.

"Minun sankarini", Samuel tuhahti ja laski sormensa Amyn sormien viereen. Heidän kätensä hipaisivat toisiaan. Kosketus sai Amyn ihon kihelmöimään. Hän puristi hampaansa tiukasti yhteen. Henkiä ei sopinut häiritä epäpuhtaiden aatosten vallassa.

"Mitä minä nyt teen?" Samuel kysyi.

"Hengitä rauhallisesti ja keskitä energiasi *planchetteen*."

"Mihin?"

"Tähän osoittimeen", Amy ärähti napauttaen kynnellään kolmion muotoista puukappaletta. "Etkö sinä ole yhtään perehtynyt spiritismiin?"

"Yritin kyllä", Samuel puolustautui. "Se vain tuntui niin…"

"Lapselliselta? Nololta? Typerältä?" Amy ehdotti närkästyneenä.

"…huijaukselta. Ahneiden puliveivareiden säälimättömältä manipuloinnilta."

Amy lauhtui kuullessaan Samuelin vastauksen.

"Luuletko, että minä en ole miettinyt samaa? En ole niin naiivi kuin kuvittelet. Mutta eikö uskonnollisissa ja poliittisissa ideologioissakin ole hyviä ja huonoja puolia? Täytyisikö koko niiden sisältö hylätä fanaatikkojen ja fundamentalistien takia? Haluan pitää mieleni avoimena ja antaa tälle mahdollisuuden."

"Hyvä on, hyvä on. Tiedätkö, sinusta tulisi mainio maallikkosaarnaaja."

"Haista paska, Samuel", Amy nauroi. "Eiköhän ruveta hommiin."

Puoli tuntia myöhemmin Samuel tuijotti pitkästyneenä *Ouija*-lautaa. Hänen ja Amyn ponnistelut olivat olleet tuloksettomia. Toki haamu oli äännellyt ja lamput olivat välkkyneet, mutta osoitin oli pysynyt itsepintaisesti paikallaan.

"Anna jo olla", hän tokaisi Amylle, joka koetti yhä esittää kysymyksiä aaveelle.

"En käsitä, miksei tämä toimi. Teimme kaiken ohjeiden mukaan."

"Ehkä Coral ei halua keskustella kanssamme." Session aikana he olivat alkaneet puhua haamusta nimellä.

"Miksi hän sitten vainoaa minua?" Amy sihahti.

"Kenties hän ei osaa lukea ja kirjoittaa", Samuel hymähti. "Sepä olisikin hupaisaa."

Amy työnsi osoittimen syrjään.

"Hemmetti vieköön. Saatat olla oikeassa. Eikö Roy Leland kertonut Coralin olleen hukkuessaan vasta pikkutyttö?"

"Se tosiaan selittäisi paljon", Samuel myönsi.

"Silti se on pelkkää arvailua. Enkä tiedä, miten voisimme hyötyä olettamuksestamme."

"Niinpä. Me olemme umpikujassa. Ei vieläkään valoa tunnelin päässä."

Amy hätkähti.

"Mitä sinä sanoit?"

"Että me olemme umpikujassa", Samuel toisti katsellen Amya kummastuneena.

"Ei, vaan sen jälkeen."

"Tuota..."

"Ettei vieläkään ole valoa tunnelin päässä", Amy puhahti innostuneesti.

"Miksi sinä kyselet, jos kerran muistat vastauksen itsekin?" Samuel marmatti. Mutta Amy ei kuunnellut. Hän läimäytti kädellään naamion peittämää otsaansa.

"Valot! Valot! Voi jumalauta! Mikä tomppeli minä olen ollutkaan!"

"Mitä sinä meuhkaat?"

"Etkö sinä tajua? Coral on koko ajan yrittänyt viestiä minulle valojen kautta."

Kattolamppu välähti.

"Huomasitko?" Amy totesi voitonriemuisesti.

"Tuo saattoi olla sattumaa", Samuel sanoi, vaikkei todellisuudessa uskonut siihen.

"Minun olisi pitänyt hoksata asia jo rutkasti aiemmin."

"No, sinä et ole koskaan ollut terävin kynä penaalissa", Samuel vitsaili.

"Paskiainen."

"Herjausvarastosikin kaipaa päivitystä."

Amy näytti Samuelille kieltä, mutta ei naljaillut miehelle takaisin. Heillä oli tärkeämpää tehtävää. Amy karisti kurkkuaan ja aloitti.

"Hei, Coral. Kuuletko sinä minua?"

Lamppu välkkyi taas.

"Hyvä. Minä olen Amy, ja tämä mukava mies seurassani on Samuel. Me tahtoisimme olla sinun ystäviäsi. Sopiiko se sinulle?"

Valot räpsyivät innokkaasti.

"Kiitos, riittää", Amy naurahti. "Haluaisimme leikkiä erästä

leikkiä kanssasi. Olisitko kiltti ja käynnistäisit television?"
Televisio kytkeytyi heti päälle. Kanavalla pyöri uutislähetys.
"Hienoa. Viitsisitkö vielä sulkea sen?"
Haamu totteli viivyttelemättä.
"Upeaa", Amy leperteli kuin päiväkodin satutäti. "Sinä pärjäät
mainiosti. Nyt seuraakin hankalampi osuus. Minä kysyn sinulta
kysymyksiä, joihin sinä vastaat joko 'kyllä' tai 'ei'. Yksi valojen
väläytys on 'kyllä' ja kaksi väläytystä on 'ei'. Ymmärrätkö?"
Lyhyen tauon jälkeen lamppu välähti kerran.
Kyllä.
"Sinä olet älykäs tyttö", Amy kehui ja vilkaisi Samuelia kuin
kehottaen tätäkin osallistumaan.
"Hauska tavata, Coral", Samuel virkkoi hämillään ja vaikeni.
Amy pudisti päätään ja otti ohjat takaisin itselleen.
"Osaatko sinä jo aakkoset?"
En. Kyllä. En.
"Et siis kovin hyvin. Ei se haittaa. Opetan ne sinulle myöhem-
min. Entä pidätkö sinä jäätelöstä?"
Kyllä.
"Niin minäkin", Amy hymyili ja ylläpiti leppoisen keveää
jutustelua. Samuel käsitti, mitä hänen toverinsa ajoi takaa. Amy
tutustui Coraliin. Hän vältteli vakavien aiheiden käsittelyä, eikä
udellut sanallakaan tytön perheestä tai tämän tapaturmaisesta
menehtymisestä. Se oli varmasti järkevä metodi. Vaikka Coral oli
kummitus, oli hän myös lapsi. Samuelin ja Amyn oli saatava hänet
tuntemaan olonsa turvalliseksi. He olivat vajavaisen tietämänsä
mukaan ainoa tukiverkosto, joka tytöllä oli. Haamuille ei ollut
tarjolla psykologeja, sosiaalityöntekijöitä tai lastenvalvojia. YK:n
yleismaailmallisessa julistuksessa jokaisella ihmisellä on oikeus
elämään. Mutta kuollessa tuo oikeus riistettiin pois. Ruumiit-
tomat sielut olivat lain silmissä *personae non gratae*, ei-toivottuja
henkilöitä.
Henkien yhteiskunnallinen asema oli olematon...
Samuel tarkkaili Coralille puhelevaa Amya ja häpesi omaa

passiivisuuttaan. Hänen oli ryhdistäydyttävä ja kannettava kortensa kekoon.

"Sinulla on kaunis nimi, Coral", hän hiiskahti kömpelösti. Haamu ei vastannut.

"Hän taitaa ujostella sinua", Amy sanoi.

"Olin itsekin ujo lapsena", Samuel totesi.

"Sinäkö?" Amy kysyi katsoen Samuelia hellästi. Hän yritti kuvitella Samuelia arkana pikkupoikana.

"Niin. Muistan, kun päiväkodissamme otettiin valokuvia ennen joululomaa. Minulla oli jalassa äidin ostamat upouudet farkut. Olin niistä hirveän ylpeä. Muilla lapsilla ei ollut yhtä hienoja housuja. Odotin kuvauksia malttamattomana. Mutta järjestelyt kestivät ja kestivät. Salissa oli kuuma, ja päiväkodin johtajatar tiuski ärtyneenä lapsille. Me kaikki pelkäsimme häntä, eritoten minä. Minulla oli kauhea vessahätä, mutta en tohtinut kertoa siitä kenellekään. Minun oli sinniteltävä. Minuutit tuntuivat ikuisuudelta."

"Samuel-parka", Amy mutisi.

"Vihdoin koitti minun vuoroni. Istuin tuolille, vaikka jokainen lihakseni kirkui vastaan. Kuvaaja pyysi minua hymyilemään. Tiesin, etten kykenisi siihen. Johtajatar suuttui. Hän riensi luokseni ja käski minua olemaan pelleilemättä. Tuskanhiki sotki huolellisesti kammatut hiukseni. Keräsin rohkeuteni ja anoin johtajatarta päästämään minut vessaan. Hän ei suostunut. Hän väitti, että minä pystyisin kyllä pidättelemään. Uskoin häntä. Hän oli aikuinen, minä en. Valokuvaajan painaessa kameran laukaisinta minä virnistin leveästi kuin Irvikissa."

"Mitä sitten tapahtui?"

"Johtajatar oli väärässä", Samuel tokaisi yksitotisesti.

"Lirahtiko sinulta pissa?"

"Ei. Minä pas... kakkasin housuuni. Väänsin tortut valokuvaajan, johtajattaren, opettajien ja saliin kokoontuneiden lasten edessä."

Amy tyrskähti. Samuel ei ollut kuitenkaan vielä lopettanut.

"Johtajatar raivostui minulle. Mutta se ei ollut pahinta. Se ei ollut läheskään pahinta. Lapset olivat paljon kekseliäämpiä. Ikävä kyllä meille oli sillä viikolla luettu Astrid Lindgrenin *Ronja, ryövärintytärtä*. Pirun tenavat antoivat minulle pilkkanimen, joka seurasi minua aina ala-asteelle saakka."

"Miksi he sinua kutsuivat?" Amy kähisi tukahtuneesti.

"Kakkiaiseksi. He haukkuivat minua Kakkiaiseksi."

Amy ei kestänyt enempää. Hän alkoi kikattaa kuin koulutyttö. Pian haamukin ulisi mukana. Atonaalisen ääntelyn saattoi mieltää nauruksi.

"Mukavaa, että traumaattinen lapsuuteni huvittaa teitä", Samuel murahti ja sai Amyn hörähtämään uudelleen.

Tragikoominen tarina päätti illan, joka oli edennyt jo pitkälle yöhön. Amy ja Samuel toivottivat Coralille hyvää yötä, vaikka he molemmat epäilivät, etteivät aaveet nukkuneet.

"Minunkin lienee syytä lähteä", Samuel haukotteli.

Amy aukaisi tuuletusikkunan ja kurkisti ulos. Puhuri vinkui vihaisesti, eikä rankkasade ollut laantunut.

"Sinun on parasta jäädä tänne yöksi. Minä petaan sinulle sängyn vierashuoneeseen."

Perisuomalaisen kursailun jälkeen Samuel myöntyi ehdotukseen. Amyn poistuttua Samuel riisuutui ja pujahti ohuen peiton alle. Autuas raukeus hiipi hänen jäseniinsä. Ei mennyt kauan, kun Samuel oli unessa.

Moottori ärjyi Porschen kiihdyttäessä sateisella tiellä. Sen viehkeä ulkomuoto ja sulavat linjat eivät hämänneet ketään. Auto oli renkailla kulkeva hauta-arkku, luita murskaava titaani, verta janoava hirviö. Ja sen oli nälkä.

Amyn silmät rävähtivät ammolleen. Hänen sydämensä jyskytti levotonta synkooppia. Tu-tum-tu-tum-tu-tum... Jokin oli hullusti. *Samuel.*

Hetkeäkään miettimättä Amy nousi vuoteesta ja sujautti naamion kasvoilleen. Hän sipsutti käytävään ja seisahtui vierashuoneen eteen. Hänen kätensä laskeutui ovenkahvalle.

Sinä olet sekaisin! Älä tee sitä! Vielä ei ole liian myöhäistä kääntyä!
Mielensä varoituksista huolimatta Amy työnsi oven auki. Il-mavirtaus heilutti valkoisen yöpaidan helmoja. Hän astui sisään huoneeseen.

"Oletko sinä valveilla?" Amy kysyi. Pimeästä kuului vaikerrus. Piinatun ihmisen ääni. Ansaan jääneen eläimen valitus. Se sai Amyn toimimaan. Hän tunnusteli seinää, löysi katkaisimen ja haparoi kattolampun päälle. Valo sokaisi hänet häätäessään varjot nurkkiin. Häikäistynyt Amy hoipersi sängyn luokse ja istui sen reunalle. Pehmeä patja antoi periksi hänen painonsa alla.

"Herää, Samuel", Amy sanoi koskettaen kainosti kädellään Samuelin otsaa. Hän vilkaisi miehen vartaloa. Samuelin yläruumis oli paljaana, ja peitto oli valahtanut vyötäisille. Rintakehä kohoili katkonaisen huohotuksen tahtiin. Navasta kapeana juovana laskeutuva karvoitus katosi bokserien uumeniin. Amy käänsi katseensa kiireesti siitä pois. Samuel oli hänen ystävänsä. Hänen oli turha kuvitella muuta.

"Herää", Amy toisti ravistaen Samuelia olkapäistä. Äkkiä Samuel nytkähti. Korahtava huudahdus karkasi hänen kurkustaan. Hän kavahti istualleen ja hamusi Amyn syliinsä. Amy antoi sen tapahtua ja kietoi kätensä Samuelin ympärille. Eleessä ei ollut mitään eroottista. Hän oli kuin lastaan lohduttava äiti, täynnä pyyteetöntä kiintymystä.

"Ei hätää. Minä olen tässä."

"Amy... sinä pelastit minut..."

"Rauhoitu. Se oli pelkkä painajainen."

"Minä tunsin sinut... Sinä vedit minut turvaan auton tiel-tä..." Samuel mumisi painaen kasvonsa Amyn kaulaa vasten. Amy jäykistyi aistiessaan Samuelin hengityksen ihollaan. Hän yritti irrottautua miehestä, mutta Samuel rutisti häntä tiukemmin.

"Älä mene", Samuel niiskahti. "En halua olla yksin."

Teeskentelemätön tunnustus liikutti Amya.

"Nuku vain. Minähän lupasin suojella sinua", Amy hyssytteli. Hän suukotti tyynnyttelevästi Samuelin hiuksia ja hymisi hiljaista tuutulaulua. Hetki oli platonisuudessaan herkkä ja ylevä. Kauniimpi kuin tenhoavinkaan runo. Mutta ihmisessä ei ollut säkeiden virheettömyyttä. Liha kaipasi, tahtoi ja himosi. Eikä se kuunnellut muita kuin itseään.

"Mitä sinä teet?" Amy kuiskasi Samuelin sormien kulkiessa selkärankaa pitkin pakaroille. Samuel vetäytyi kauemmas ja tuijotti Amya vakavana.

"Etkö pidä siitä?"

"En... en minä pysty..." Amy änkytti yrittäen ajatella Miriamia. Mutta Samuelin katse vaiensi hänet. Miehen silmissä näkyvä kiihko veti Amya vastustamattomasti puoleensa.

"Minusta sinä tarvitset kunnon suukon", Samuel sihahti. Amy nielaisi. Hän ei mahtanut tunteilleen mitään. Alkukantaisen voiman pakottamana hän nojautui lähemmäs Samuelia.

Miriam, Miriam, Miriam...

Huulten kohdatessa Amy unohti kaiken muun. Hän oli syntinen nainen, eikä välittänyt siitä. Hän ei voinut enää perääntyä. Samuelin lopettaessa suudelman hän ähkäisi pettyneenä.

"Etkö riisuisi naamiotasi?" Samuel pihisi. Amy kylmeni välittömästi.

"Sinä vannoit, ettet pyydä sitä minulta."

Samuel muisti hänen ja Amyn ensitapaamisella antamansa lupauksen.

"Ota sitten ainakin vaatteesi pois", hän sanoi sivellen kädellään Amyn reittä. Amy katsoi miestä säikähtäneenä. Mitä jos Samuel ei pitäisi hänen vartalostaan? Ehkä hänen ruumiinsa olisi Samuelista vastenmielinen.

Samuel ymmärsi Amyn epäröinnin.

"Minä voin riisua alushousuni ensin", hän virkkoi ja kiskoi bokserit jalastaan. Amy hengähti huomatessaan, kuinka kova Samuelin penis oli. Hän ei ollut koskaan nähnyt miehen seisovaa elintä muualla kuin pornoelokuvissa. Samuelin kalu ei ollut yhtä iso kuin useimmilla aikuisviihdealan näyttelijöillä, mutta silti sen koko pelotti Amya.

"Saanko... saanko minä koskea siihen?"

"Ole hyvä", Samuel vastasi huvittuneena.

Amy kumartui lähemmäs ja hipaisi elintä varovasti. Peniksen vavahtaessa hän nykäisi kätensä äkkiä kauemmas.

"Miksi se teki noin?" hän kysyi ihmetellen.

"Sekin on innostunut tapaamaan sinut", Samuel virnisti. "Kokeile uudestaan. Ei se suutu."

Amy totteli. Hän kiersi sormensa kalun ympärille ja hiveli sitä lumoutuneena.

"Onpa se lämmin", Amy totesi ja kiristi otettaan. Tutkittuaan tovin ilmielävää penistä hän alkoi hieroa sitä elokuvista oppimallaan tavalla. Samuel ynähti. Amyn kiihdyttäessä tahtia mies tarttui hänen käsivarteensa.

"Lopeta."

"Teinkö minä jotain väärin?" Amy pihahti huolestuneena.

"Et. Mutta jos olisit jatkanut pidempään, minä olisin sotkenut sinun lakanasi."

"Minä tahtoisin nähdä sen", Amy hihitti hämmästellen omaa rohkeuttaan.

"Joskus toiste", Samuel tokaisi hymyillen. "Nyt on sinun vuorosi riisuutua."

Lause iskeytyi Amyn tajuntaan kuin tuomarin nuija oikeussalin pöytään. Hän ei voinut tehdä sitä. Samuel nauraisi hänelle. Se oli varmaa. Ja silti hänen oli tehtävä se. Toista tilaisuutta ei tulisi kenties enää koskaan. Amy puristi silmänsä kiinni. Hän kohotti takapuoltaan, veti yöpaidan yltään ja odotti pilkkanaurun alkavan.

Hekottele nyt saatana! Käkätä niin, että kullisi putoaa!

Samuel ei nauranut. Hän ei äännähtänytkään. Hiljaisuuden pitkittyessä Amy ei kyennyt hillitsemään kiivasta luonnettaan.

"Sano se jo!" hän sihisi vihaisesti. Samuel hätkähti.

"Mitä minun pitäisi sanoa?"

"Että minä olen ruma!" Amy kivahti aukaisten silmänsä.

"Voi luoja, nainen! Etkö sinä tajua, kuinka seksikäs sinä olet?" Samuel vastasi ahmien katseellaan Amyn vartaloa.

"Sinä valehtelet…" Amy inahti.

"Anna minun todistaa sinun olevan väärässä", Samuel huokaisi ja painoi kämmenensä kuvuksi Amyn rinnalle. Suudeltuaan Amya Samuel näykkäisi naisen huulia ilkamoivasti. Hän hyväili Amyn kaulaa ja povea siirtyen vaivihkaa alemmas ja alemmas. Viimein hän saapui naisen jalkoväliin, nautinnon porteille, pyhimmästä pyhimpään. Samuelin kielen löytäessä nuppumaisen klitoriksen Amy voihki hurmioituneena. Hän valui ja hehkui, eikä enää epäillyt miehen vilpittömyyttä.

"Samuel… Aah… Samuel… Minä haluan sinua…"

"Pieni hetki", Samuel puhahti ja kaivoi viereisellä pöydällä olevasta lompakostaan kondomin. Asetettuaan ehkäisyvälineen paikoilleen hän rojahti takaisin sängylle ja vilkaisi Amyyn.

"Et kai sinä ole muuttanut mieltäsi?"

"En taatusti."

"Tule sitten minun päälleni."

Amy kömpi Samuelin syliin ja ohjasi miehen elimen kömpelösti oikealle kohdalle. Hän alkoi laskeutua hitaasti Samuelia vasten.

"Hemmetti sinä olet tiukka", Samuel urahti.

"Ole varovainen. En ole tehnyt tätä aiemmin", Amy pyysi tuntiessaan Samuelin täyttävän hänet ääriään myöten.

"Oletko sinä neitsyt?" Samuel ähkäisi ja yritti epätoivoisesti olla työntämättä vastaan.

"En enää", Amy parkaisi painautuessaan kiinni mieheen. "Ole kiltti, äläkä liiku."

"Tahdotko jättää tämän tähän?" Samuel kysyi, vaikka ei ollut varma, olisiko kyennyt siihen.

"En!" Amy ärähti hammasta purren. "Pysy nyt vain aloillasi."

Samuelin ei auttanut kuin noudattaa Amyn komentoa. Piinaavan ihanat sekunnit kuluivat Amyn totutellessa sisällään sykkivään elimeen. Viimein hän tokeni. Hiukset Samuelin kasvoilla roikkuen hän nosti lanteitaan ja valahti verkkaisesti alas. Keinuva liike toistui ja muuttui uskaliaammaksi. Jyske yltyi. Pian Amy ratsasti Samuelilla kuin villiintyneellä orilla. Kliimaksi läheni lähenemistään. He ohittivat pisteen, josta ei ollut paluuta.

"Minä tulen kohta", Samuel varoitti.

"Odota... Ooh... odota..." Amy ynisi huumaantuneena. Äkkiä hänen ruumiinsa jännittyi ja pää retkahti taaksepäin. Hän kiljahti haltioituneena ja hervahti veltoksi. Tajutessaan Amyn lauenneen Samuel antoi itselleen luvan seurata perässä. Hän tarttui naisen takamukseen ja survaisi kalunsa kostean onkalon syvyyksiin. Hekuma vyöryi hänen lävitseen ja purkautui kuin ilotulitusraketti. Hän ei ollut milloinkaan kokenut samanlaista riemua, ei edes Miriamin kanssa. Tunne oli sanoin kuvaamaton. Samuel oli palannut kotiin.

Oli jo keskipäivä, mutta Amy makasi yhä vuoteessa. Hänen ruumistaan särki ja kivisti, mutta kipu tuntui suloiselta. Hän hymyili haistaessaan vartalostaan huokuvan Samuelin tuoksun. Hän ja Samuel olivat naineet vielä kahdesti, kunnes väsymys oli vallannut heidät ja pakottanut heidät uneen. Aamulla Amy oli livahtanut takaisin omaan huoneeseensa jätettyään Samuelin lompakon alle lyhyen ruutupaperille raapustetun viestin. Sen sanoma oli selvä.

Samuel,
Kiitos, että olit ensimmäiseni. Minä en unohda sitä koskaan. Älä puhu tapahtuneesta Miriamille.

Amy ei ollut lisännyt lopputervehdystä tai allekirjoittanut viestiä. Siihen ei ollut tarvetta. Ja mitä hän olisi voinut kirjoittaa? "Rakkaudella". Ei hitossa, vaikka se olikin totta. Sillä vihdoinkin Amy oli varma. Hän rakasti Samuelia. Mitä siitä, että tuo rakkaus oli ahnetta, petollista ja yksipuolista. Se oli silti hänen, ei kenenkään muun. Kukaan ei voisi viedä sitä häneltä pois.

Samuel. S-a-m-u-e-l. Amy maisteli nimeä, ja lämpö levisi hänen vatsaansa. Tuona taivaallisena hetkenä hän ei miettinyt leikkausta, äitiään tai Miriamia. Eikä edes sitä, kenen kasvot

Samuel oli heidän lemmiskellessään kuvitellut hänen naamionsa tilalle. Ne olivat maallisia asioita. Amyn ajatukset liisivät tähtien parissa, kaukana todellisuuden ulottumattomissa.

Hän rakasti, siinä oli kylliksi.

25

Martha katseli lehteä selaavaa Ethania ja pudisti kärttyisenä päätään. Tämä peli ei vedellyt. Ethan salasi häneltä jotakin. Vaikka hänen tuleva aviopuolisonsa käyttäytyi päällisin puolin moitteettomasti, Martha ei mennyt lankaan. Ethan oli muuttunut heidän kihlauksensa jälkeen. Hän oli tavallista hajamielisempi ja tuijotti toisinaan pitkään poissaolevana kaukaisuuteen. Martha ei kuvitellutkaan ymmärtävänsä kaikkia Ethanin aivoituksia, mutta aiemmista parisuhteistaan hän oli oppinut erään kallisarvoisen prinsiipin. Mitättömiltäkin vaikuttavista huolista oli keskusteltava ennen kuin ne kasautuivat ja kasvoivat ylitsepääsemättömiksi ongelmiksi.

"Oletko sinä tullut katumapäälle?" Martha kysyi suorasukaisesti.

"Anteeksi, mitä?"

"Kuulit kyllä. Etkö sinä haluakaan mennä naimisiin kanssani?"

Ethan havahtui ajatuksistaan.

"Tietysti haluan. Sinä olet parasta, mitä minulle on koskaan tapahtunut."

"Tuo oli oikea vastaus", Martha sanoi hymyillen. "Mutta jokin selvästi vaivaa sinua."

"Ei se ole mitään tärkeää."

"Onpas. Sinun murheesi ovat minunkin murheitani. Jos tahdomme suhteemme toimivan, meidän on oltava rehellisiä toisillemme."

Ethan päätti uskoutua kihlatulleen.

"Hyvä on. Olen pohdiskellut Lilyn pidättämiseen johtanutta tapahtumavyyhteä."

Martha tiesi, mistä Ethan puhui. Evie Manniin kohdistuneista murhayrityksistä, joiden seurauksena kaksi ihmistä ja yksi kääpiövillakoira oli kuollut.

"Eikö se ole jo setvitty?"

"Ehkäpä", Ethan totesi vastahakoisesti.

"Mutta sinä et ole tyytyväinen?"

"En niin."

"Miksi et?" Martha uteli.

"Koska mitä enemmän minä asiaa pähkäilen, sitä vähemmän se käy järkeen. Mutta sinä olet tuntenut Lilyn kauemmin kuin minä. Onko hän sinusta älykäs nainen?"

"On", Martha myönsi. "Hän on huomattavasti fiksumpi kuin monet luulevat.

"Miksi hän sitten koetti myrkyttää Evien tavoilla, joista hän joutui väistämättä epäilyksenalaiseksi? Ja miksi hän säilytti fentanyyliä asunnossaan?"

"Älykkäimmätkin ihmiset sortuvat paineen alla virheisiin."

"Se on eittämättä totta. Haluaisin silti jutella hänen kanssaan vielä kerran."

"Riittäisikö se sinulle? Pystyisitkö sinä sen jälkeen keskittymään meihin?" Martha kysyi puristaen Ethanin kättä.

"Tahdon vain varmistaa, että oikeus toteutuu", Ethan sanoi.

"Sitten meidän on käytävä vierailemassa hänen luonaan."

"Mikäli saamme luvan siihen."

"Kyllä me saamme. Poliisipäällikkö ja pormestari palvovat sinua. Mutta entä jos Lily kuitenkin on syyllinen?"

Ethan katsoi Marthaa totisena.

"Minä tosiaan toivon niin, sillä toinen vaihtoehto on paljon pelottavampi. Jos hän on syytön, Christinan ja Jasonin tappaja on yhä keskuudessamme."

"Minä en ole murhannut ketään! Sinun on uskottava minua!" Lily Robillard niiskutti kyynelkarpaloiden noruessa hänen poskilleen. Takkuisista hiuksista ja tummista silmänalusista huolimatta hän oli vaikuttava ilmestys. Itkevän naisen kauneus olisi herkistänyt paatuneimmankin kyynikon mielen.

"Lopeta. Tuo ei tepsi minuun", Ethan murahti. Valitus katkesi heti. Tutkintavankeudessa oleva Lily istahti sellinsä laverille, nojautui seinää vasten ja veti polvensa koukkuun.

"Olihan minun yritettävä", hän sanoi vilkaisten oven vieressä seisovaa Marthaa. "Ei kummallakaan teistä sattuisi olemaan tupakkaa?"

"Ei. Me jouduimme jättämään tavaramme säilöön", Martha vastasi.

"Eipä tietenkään", Lily sihahti nyrpeästi. "No, miksi te olette täällä?"

Ethanin selittäessä Martha tarkasteli selliä. Saaren vankila oli vaatimaton laitos, jossa oli ainoastaan tusinan verran vankeja. Suurin osa heistä oli tutkintavankeja, jotka odottivat tapauksensa käsittelyä oikeudessa. Langettavan tuomion saaneet häkkilinnut pyrittiin mahdollisimman nopeasti siirtämään isommilla saarilla tai mantereella sijaitseviin vankiloihin. Epäortodoksinen metodi oli toiminut kelvollisesti, eivätkä useimmat turistit tienneet koko vankilan olemassaolosta lainkaan.

Lilyn selli oli ahdas koppi, jonka sisustuksena oli metallijalkaisen sängyn lisäksi vain vessanpönttö, lavuaari ja lattiaan pultattu pöytä. Kaidasta kalteroidusta ikkunasta lankeava päivänvalo ei kohentanut huoneen ankeaa ulkonäköä. Martha mietti, miltä tuntuisi joka ikinen aamu herätä muhkuraiselta patjalta ja tuijottaa samoja harmaita seiniä. Häntä värisytti. Mutta jos Lily oli aiheuttanut Christinan kuoleman, hän oli ansainnut rangaistuksensa. Syvällä Marthan sisimmässä kituutti pesunkestävä republikaani.

"...ja haluamme kuulla, mitä sinulla on sanottavaa puolustukseksesi."

Ethanin monologia vaitonaisena seurannut Lily näytti myrtyneeltä.

"Vai sinä se johdatit poliisin minun perääni. Olisihan se pitänyt arvata."

"Minun oli kerrottava heille havainnostani. Eikä sinua pidätetty runossa olleen viittauksen vuoksi, vaan viranomaisten hankkiman todistusaineiston perusteella."

"Sinä tarkoitat sitä kotietsinnässä löytynyttä huumepussia."

"Sekä Jasonin murhapaikalta kerättyjä hiuksia. Mutta olet oikeassa. Huoneistoosi piilotetut fentanyylitabletit ovat painavin todiste sinua vastaan."

"Eivät ne olleet minun!" Lily älähti.

"Kenen sitten?"

"Mistä minä sen tietäisin?"

Martha oli saanut tarpeekseen. Selliosastolla kiertelevästä vartijasta välittämättä hän astui Lilyn eteen ja tarttui tämän olkapäähän pihtimäisellä otteella.

"Yrititkö sinä myrkyttää Evien? Menehtyikö Christina sinun takiasi?"

"Sinä satutat minua!" Lily vinkaisi häkeltyneenä.

"Martha…" Ethan aloitti, mutta Martha ei piitannut kihlattunsa rauhoittelusta. Hänen kätensä kietoutui Lilyn hiusten ympärille. Luja nykäisy pakotti Lilyn kallistamaan päätään ylöspäin.

"Vastaa minulle!"

Naisten katseet kohtasivat. Lilyn huulet vapisivat hänen tuijottaessaan Marthan tuimina loimuaviin silmiin.

"Vastaa minulle", Martha vaati uudestaan. Lily pillahti itkuun. Nyt hänen kyyneleensä olivat aitoja.

"En minä tehnyt sitä! Auttakaa minua! Olkaa kilttejä ja auttakaa minua…"

Martha tutkaili Lilyn kasvoja etsien niistä merkkejä vilpillisyydestä. Sitten hänen nyrkkinsä avautui ja puristus heltisi. Hän kääntyi Ethania kohti.

"Minä uskon häntä."

Ethan nyökkäsi, vaikka käsitti, ettei intuitiolla ollut todistusarvoa oikeudessa.

"Silti hän ei kerro meille kaikkea", Ethan virkkoi. "Sinä epäilet jotakuta, Lily. Taidan tietää, kenestä on kyse."

"Hän rakastaa minua…" Lily soperси.

"Eikä rakasta. Amos ei välitä sinusta enempää kuin sataman huorista. Hän ei puolustanut sinua sanallakaan poliisikuulustelussa. Sinä olit hänelle pelkkää ajanvietettä."

"Mutta hän… Amos…"

"Puhuiko hän sinulle teidän yhteisestä tulevaisuudestanne?"

"Hän aikoi jättää Evien."

"Hän valehteli. Voi Lily, luulin sinua älykkäämmäksi. Evie on hänen timanttikaivoksensa. Miksi hän vaihtaisi sen katinkultaan?"

Ethanin tyly toteamus mursi padon. Lilyn ilme vääristyi. Hän painoi leuan polviinsa ja syleili jalkojaan. Hiljaiset nyyhkäykset vavisuttivat hänen viehkeää vartaloaan. Totuus teki kipeää.

"Miksi sinä epäilet Amoksen yrittäneen tappaa vaimonsa?" Ethan kysyi ja tarjosi Lilylle nenäliinaa. Martha tunnisti eleen. Juuri samoin Ethan oli tehnyt haastatellessaan häntä. Mokomakin manipuloiva konnanretale!

Martha oli ylpeä miehestään.

"Ihastuin Amokseen heti ensi näkemältä", Lily mutisi kaihoisasti. "Hän oli mies, josta äidit varoittivat tyttäriään. Se vetosi minuun. Olin mennyttä naista."

"Vaara viehätti sinua", Martha sanoi yllyttäen Lilyä jatkamaan.

"Niin kai. En ollut aiemmin kohdannut hänenlaistaan miestä. Ymmärsin kyllä, ettei hän ollut hyvä ihminen. Se ei estänyt minua hullaantumasta häneen. Amos huomasi sen. Hänen ei tarvinnut edes vietellä minua. Antauduin hänelle pyytämättä mitään vastalahjaksi. Sydämeni, ruumiini ja sieluni olivat hänen."

"Entä Evie? Etkö sinä ajatellut häntä?"

"En vielä silloin", Lily myönsi. "Amos ei kyennyt pysymään poissa luotani, ja se riitti minulle. Evie oli hänen vaimonsa, mutta Amos rakasti vain minua. Tai ainakin kuvittelin niin…"

"Jokin kuitenkin muuttui", Ethan johdatteli.

"Vähitellen Amoksen todellinen luonne paljastui. Tavallinen seksi ei enää kiihottanut häntä. Väkivalta ja alistaminen alkoivat muodostaa yhä olennaisemman osan leikeistämme."

"Satuttiko hän sinua?" Martha kuiskasi. Hän ei tajunnut, että oli tuokio sitten itse kovistellut Lilyä.

"Toisinaan. Mutta huomattavasti useammin minä satutin häntä. Monen menestyneen miehen tavoin hän nautti siitä. Riskien ottamisesta. Elämisestä äärirajoilla. Flirttailusta kuolemalle."

"Flirttailusta kuolemalle?"

"Amos piti eroottisesta asfyksiasta."

"Mistä?"

Martha kalpeni Lilyn sivistäessä häntä.

"Ja sinä suostuit kuristamaan Amosta?"

"Ehkä minäkin nautin siitä", Lily myhäili. "Silti suosikkihetkeni koitti vasta seksin jälkeen, kun makasimme sängyssä ja juttelimme vapautuneesti toisillemme. Joskus me juhlistimme tapaamistamme kokaiinilla ja viinalla ja hekottelimme kuin hullut. Kerran Amos jopa kertoi minulle eräästä saarella asuvasta liikemiehestä, jota hän petkutti oikein kunnolla. Hän rehvasteli huijauksella, jonka oli suorittanut tekaistujen laskujen ja väärennetyn kirjanpidon avulla."

"Muistatko sinä tuon miehen nimeä?" Ethan uteli.

"Amos ei koskaan maininnut sitä. Minun kuulteni hän kutsui bisneskumppaniaan vain Paksukaiseksi."

Adrian Mercer, Ethan ajatteli ja tallensi tiedonmurusen mieleensä.

"Hän siis luotti sinuun", Martha totesi.

Lily ravisti päätään.

"Kyse ei ollut luottamuksesta. Amos ei ymmärtänyt sen sanan merkitystä."

"Mutta hän kuitenkin paljasti sinulle salaisuuksiaan", Martha intti.

"Se johtui päihtymyksestä", Lily vastasi. "Enkä usko, että hän myöhemmin edes muisti lörpötelleensä minulle koko asiasta."

"Puhuiko hän jonain tuollaisena hetkenä Evien murhaamisesta?" Ethan kysyi ohjaten keskustelun takaisin uomiinsa.

Lilyn silmät räpsyivät tiheästi. Hän vilkaisi neuvottomana Ethania.

"En halua Amokselle pahaa."

"Sinulla on yhä tunteita häntä kohtaan", Ethan myötäili. "Mutta jos olet viaton, joku lavasti sinut syylliseksi."

"Amos olisi helposti voinut kätkeä huumeet huoneistoosi",

Martha vihjaili.

Kuten kuka tahansa muukin hotellin työntekijä, Ethan mietti katsellessaan Lilyä. Ristiriitaiset emootiot velloivat naisen ilmeikkäillä kasvoilla. Marthan lause oli osunut maaliinsa.

"Me tahdomme ainoastaan selvittää totuuden", Ethan virkkoi. "Kerro meille, mitä Amos sanoi."

Epäluulon kipinä leimahti liekiksi. Lily taipui painostuksen edessä. Hänen äänensä oli tuskin kuiskausta kovempi.

"Amos haaveili vaimonsa kuolemasta, vaikka ei milloinkaan myöntänyt sitä suoraan. Hän käytti kiertoilmauksia, kuten 'Jos Evietä ei olisi' tai 'Päästyäni vaimostani eroon'. Niiden tarkoitus oli silti ilmiselvä."

"Niinkö?" Ethan mutisi.

"Tietysti. Amos himoitsi Evien omaisuutta ja oli valmis tappamaan sen vuoksi. Ja minä olin vain yksi hänen huoristaan. Sen pituinen se."

Lohduttomat sanat leijuivat ilmassa. Sellin ulkopuolelta kaikuivat vanginvartijan kiireettömät askeleet.

Ethan ja Martha eivät saaneet Lilystä enempää irti. Martha murjotti heidän kävellessään tuttua rantabulevardia pitkin.

"Piristy, kultaseni", Ethan hymähti. "Nyt se on ohi."

"Onko?"

"Sinähän halusit minun keskittyvän meihin."

"Mutta kuulithan sinä, mitä Lily puhui Amoksesta. Emmehän me voi antaa asian olla!" Martha ärähti.

"Kaikesta draamasta huolimatta saimme kovin vähän uutta informaatiota", Ethan vastasi jättäen mainitsematta Adrian Merceriä koskeneen keskustelun.

"Miten niin? Lilyhän kertoi Amoksen suunnitelleen Evien murhaamista."

"Eipäs. Hän sanoi Amoksen haaveilleen vaimonsa kuolemasta. Se ei ole laitonta. Sitä paitsi meillä ei ole kuin Lilyn versio tapahtuneesta."

"Sinä saivartelet."

"Kenties. Meidän on kuitenkin tukeuduttava faktoihin. Muistanet myös, että poliisin Lilystä tekemässä henkilöprofiilissa todettiin Lilyn toimineen opiskeluaikanaan näyttelijänä."

Martha pysähtyi keskelle katua.

"Samperi, minä unohdin sen kokonaan. Luuletko hänen valehdelleen meille?"

"Se on mahdollista."

"Ethan!" Martha kivahti. "Minä kysyn sinun mielipidettäsi, enkä valaehtoista todistajanlausuntoa!"

Ethan tukahdutti huulilleen pyrkivän virnistyksen. Rouvan pelko oli viisauden alku. Se oli tärkeä oppia jo ennen avioliittoa.

"Olkoon, kun pyydät noin kauniisti. Uskon Lilyn olleen rehellinen, vaikken pysty järkiperäisesti perustelemaan näkemystäni."

"Sitten sinä olet väärässä. Se ei ole vielä ohi. Meidän on jatkettava tutkimuksiamme", Martha sihahti tuijottaen Ethania haastavasti. Ethan huokaisi syvään.

"Tällä kertaa poliisi ei auta meitä."

"Eli me olemme omillamme."

"Emme välttämättä", Ethan sanoi halaten kihlattuaan. "Meillä on lojaaleja tovereita, ja joskus vihollisesi vihollinen on ystäväsi."

26

Rowena tarkasteli laakealle kivipöydälle asetettuja kutsukorttimalle-ja ja valitsi viimein kultaisilla kohokirjaimilla painetun luonnoksen.

"Minusta tämä on sievin."

"En pane vastaan", Sean säesti.

"Sepä harvinaista", Rowena naljaili. "Entä pidätkö sinä Evie siitä?"

"Se... se on oikein tyylikäs", näyttelijättären kysymyksen yl-lättämä Evie takelteli.

"Sitten päätös on selvä", Rowena totesi hymyillen. Evie nyökkäsi ja kirjasi näytteen tunnuksen ylös.

"Hienoa. Voinko olla jotenkin muuten avuksi?" hän tiedusteli kohteliaasti.

Taatusti. Käske miehesi jättää minut rauhaan, Rowena mietti. Mutta hän ei sanonut sitä ääneen. Herkkäuskoisesta ja hyvää tarkoittavasta Eviestä ei olisi vastusta lujatahtoiselle ja häikäilemät-tömälle Amokselle. Rowenan oli oltava äärimmäisen varovainen. Pelissä oli Amya koskevan salaisuuden lisäksi Hopen adoption onnistuminen. Hänen oli nöyrryttävä tyttäriensä vuoksi. Amos oli niskan päällä. Siitä ei päässyt yli eikä ympäri.

"Tämä riittää tällä erää. Kiitos vielä kerran, että saan järjestää naamiaiset Grand Appletonissa."

Vaikka Amos ei antanut minulle vaihtoehtoja.

"Eipä kestä. Kunhan toimitatte minulle lopullisen vieraslistan, voimme painattaa kutsukortit", Evie virkkoi ja hyvästeli Rowenan ja Seanin. Heti hänen poistuttuaan Rowenan hymy katosi.

"En tiedä, miten kauan pystyn tähän", hän puuskahti pingot-tuneena.

"Sinä suoriuduit erinomaisesti", Sean kehaisi. Hän huomasi, kuinka kireällä Rowenan hermot olivat. "Mene vain lepäämään. Minä pärjään kyllä yksinkin."

"Mutta minä en pärjäisi ilman sinua. Kunpa sinä olisit hetero…" Rowena pihahti katsoen Seania lempeästi.

"Jos mummolla olisi munat, hän olisi vaari."

"Ymmärrän", näyttelijätär sanoi haukotellen ja laahusti makuuhuonettaan kohti. Seanin teki pahaa nähdä, kuinka uupunut ja masentunut hänen työnantajansa oli. Rowena oli luhistumassa, eikä Sean aikonut sallia sitä. Hänen oli keskusteltava Ethan Solomonin kanssa, vaikka Rowena oli jyrkästi kieltänyt häntä ärsyttämästä Amosta ja kärjistämästä tilannetta entisestään. Mutta eikö Ethanilla ollut tapana käydä kävelylenkillä aamiaisen jälkeen? Mikä estäisi Seania törmäämästä vanhukseen vahingossa? Entä jos siitä seuraisikin lyhyt turinatuokio tuttavien kesken. Kuka sellaisesta välittäisi? Se olisi aivan viatonta ja luonnollista, eikä Rowenan tarvitsisi tietää siitä mitään. Eihän? Mutta miten hyvänsä Sean yritti selitellä aiettaan itselleen, hän tajusi pettävänsä Rowenan luottamuksen. Hänen ainoa puolustuksensa oli, että se tapahtui hänen Rowenaa kohtaan tuntemasta kiintymyksestä, ei ahneudesta tai oman edun tavoittelusta.

Sean oli valmis menettämään työpaikkansa pelastaakseen Rowenan.

Jos satunnainen ohikulkija olisi kurkistanut Amyn talon olohuoneen ikkunaverhojen raosta sisään, hän olisi saattanut ihmetellä huoneessa toistuvasti välkkyvää valoa. Sitäkin enemmän häntä olisi varmasti kummastuttanut kolme nuorehkoa ihmistä, jotka tuijottivat kattolampun syttymistä ja sammumista keskittyneesti. Ja jos kutsumaton tunkeilija olisi tohtinut kysyä syytä kolmikon outoon käytökseen, hän olisi vastauksen saatuaan epäilemättä pitänyt heitä mielenvikaisina ja rientänyt ripeästi tiehensä.

Herranen aika sentään! He väittivät opettavansa haamulle aakkosia ja sanastoa!

Mutta kukaan ei häirinnyt Amya, Samuelia ja Miriamia heidän pedagogisessa tehtävässään, ei edes Irene. Amyn holhoojalle riitti, kunhan hän kuuli Amysta säännöllisesti ja tiesi suojattinsa olevan kunnossa. Muu ei kiinnostanut Ireneä. Hän sai palkkansa ja Amy vapautensa. Uusi järjestely sopi heille molemmille mainiosti.

M-I-M-I.

Miriam taputti Coralin tavatessa hänen lempinimensä. Vaikka viestintä aaveen kanssa oli hidasta, hän ei turhautunut. Päinvastoin. Hän oli innoissaan kuin tuntemattoman taivaankappaleen löytänyt tähtitieteilijä.

"Kokeillaanko seuraavaksi Amya?" Miriam kujersi Coralille. Haamun aloittaessa Samuel vilkaisi Amyyn, mutta naamioon sonnustautunut nainen ei ollut näkevinäänkään häntä, vaan tuijotti tiukasti eteensä. Vasta Miriamin käydessä vessassa Samuel lähestyi Amya.

"Meidän on puhuttava", hän supisi Coralista piittaamatta.

"Ei nyt."

"Milloin sitten?"

"Kun helvetti jäätyy. Miksi sinä haluat pilata meidän ystävyytemme?" Amy sihahti vihaisesti.

"Koska minäkään en pysty unohtamaan sitä", Samuel mutisi. Amyn silmät laajenivat hämmästyksestä.

"Et saa sanoa noin. Sinä ja Miriam seurustelette. Se, mitä meidän välillämme tapahtui, ei voi tapahtua enää uudestaan."

Samuel vaikeni yrittämättäkään kiistää Amyn argumenttia. Kuinka hän olisi kyennyt selittämään Amylle sisällään myllertäviä sekavia ajatuksia ja tuntemuksia, joita ei ymmärtänyt itsekään. Ja tietysti Amy oli oikeassa. Miriam ansaitsi parempaa kuin uskottoman miehen.

"Tiedän", Samuel hiiskahti. Hänen kuiskauksensa sekoittui vedetyn vessan kohinaan.

Miriam Kalawai'a valeli kylmää vettä kasvoilleen ja mietti, miten kertoisi uutisensa Samuelille ja Amylle. Eritoten Samuelin reaktio jännitti häntä. Mitä tämä sanoisi kuullessaan, että Miriam oli Evien kontakteilla ja taloudellisella tuella saanut paikan New Yorkilaisessa collegessa järjestettävään hotelli- ja matkailualan koulutukseen?

Suostuisiko Samuel jättämään Unohduksen puutarhan ja muuttamaan hänen seuranaan mantereelle? Miriam todella toivoi niin. Se olisi kirsikka kakun päälle. Mutta mitä ikinä Samuel vastaisikin, Miriam ei aikonut luopua unelmastaan parisuhteen takia. Evien yllättäen tarjoama mahdollisuus oli liian hyvä jäädäkseen käyttämättä. Miriamin perhekin oli samaa mieltä.

Me olemme ylpeitä sinusta, Mimi!

Vessasta poistuessaan Miriam teki päätöksen. Hän ilmoittaisi asiasta Samuelille ja Amylle vasta naamiaisissa, joihin heidät kaikki oli kuin ihmeen kaupalla kutsuttu mukaan. Siihen asti he olisivat niin kuin ennenkin: Kolme muskettisoturia, Kolme etsivää, Haamujengi. Hänen toverinsa eivät aavistaisi mitään.

Olihan naisella oltava salaisuuksia.

27

Siivouskärry eteni verkkaisesti hotellikäytävien sokkeloissa. Sen kumipinnoitteiset pyörät nitkuivat vaimeasti rullatessaan kokolattiamattoa pitkin. Välillä kärryä työntävä lakkipäinen mies seisahtui tarkistamaan huonekartasta sijaintinsa. Sitten hän jatkoi yksinäistä taivaltaan kuin kivenlohkaretta vierittävä Sisyfos.

Viimein mies saapui kohteeseensa. Hän luki ovessa olevan tekstin. AMOS D. MANN, HOTELLINJOHTAJA. Bingo. Mutta mies ei pysähtynyt, vaan kulki eteenpäin ja kätki siivouskärryn seuraavaan huoneeseen. Vasta sen jälkeen hän palasi oven luo ja avasi sen mukanaan tuomallaan avaimella. Asteltuaan sihteerin pöydän ohitse hän käytti avainta uudelleen ja pujahti hotellinjohtajan toimistoon.

Oli myöhäinen ilta, ja hallintosiipi oli tyhjillään. Silti mies ei sytyttänyt kattovalaisimia. Hän painoi taskulampun päälle ja alkoi tutkia huonetta sen valossa. Toimisto näytti vieraalta, vaikka mies oli käynyt siellä kerran aiemmin. Mutta silloin oli ollut päivä ja Martha oli ollut opastamassa häntä.

Tuo mies oli Ethan Solomon, kukapa muukaan. Juteltuaan Seanin kanssa hän oli käsittänyt, ettei Amosta voinut voittaa pelaamalla reilusti. Oli uskallettava mennä pidemmälle ja rikottava lakia yhteisen hyvän nimissä. Mutta hän ei kyennyt siihen yksin. Ethan oli vihdoinkin kertonut Marthalle Rowenan ahdingosta. Kihlattunsa ja Miriamin avulla hän oli saanut vaivattomasti haltuunsa Amoksen toimiston avaimet ja kulkukortit. Myöskään siivoojan työvaatteet ja välineet eivät olleet aiheuttaneet ongelmia. Naamiaisjärjestelyjen keskellä kukaan ei ollut huomannut niiden luvatonta lainaamista. Siivoojaksi pukeutuneena Ethan pystyi liikkumaan hotellin asiakkailta suljetuilla alueilla. Heidän suunnitelmansa oli yksinkertainen, mutta toimiva. Se oli johdattanut Ethanin pedon luolaan. Ei tietenkään ollut mitään takeita, että hänen seikkailunsa tuottaisi tulosta. Oli kuitenkin yritettävä, ja Amoksen toimisto tuntui loogisimmalta paikalta aloittaa. Ethan ei uskonut Amoksen säilyttävän arkaluontoista materiaalia kotonaan. Jo pelkästään Evien vuoksi se vaikutti epätodennäköiseltä. Silti sekin mahdollisuus oli otettava huomioon. Jos tämäniltainen ekskursio ei kantaisi hedelmää, olisi hänen jatkettava rikollista uraansa.

Ethan eteni systemaattisesti. Koluttuaan toimiston yhteydessä olevan käymälän hän siirtyi työhuoneen hyllyjen kimppuun. Perattuaan niiden sisällön hän hypisteli hyllyjen välisiä saumoja hansikkaiden suojaamilla käsillään. Pian hän löysi etsimänsä. Yksi hyllyistä liikkui sivuttain ja paljasti taakseen piilotetun vahvistetusta teräksestä valmistetun kassakaapin. Ethan ei koettanutkaan aukaista sitä. Se olisi vaatinut ammattimaista murtovarasta. Kuvattuaan kännykkäkamerallaan kassakaapin ulkopuolen hän työnsi hyllyn takaisin kohdalleen.

Jäljellä oli enää Amoksen työpöytä ja sillä majaileva tietokone. Ethan ei viivytellyt, vaan kiersi pöydän ja kokeili vetolaatikkoja. Vain ylin niistä oli lukittu. Tutkittuaan muut laatikot hän asetti taskulampun tuolille ja kaivoi tiirikointivälineet siivoojan univormunsa kätköistä. Siitä alkoi illan haastavin osuus. Ethan ahersi kärsivällisesti lukon parissa, kunnes vihdoin kuuli huojentavan napsahduksen. Hänen aikoinaan harjoittelemallaan taidolla oli yhä käyttöä. Saavutukseensa tyytyväinen Ethan nappasi taskulampun sormiinsa ja suuntasi sen keilan laatikon sisuksiin. Ensimmäiseksi hänen silmiinsä pisti Evien ja Amoksen kehystetty hääkuva. Aviomiehensä lumoissa oleva Evie hymyili siinä niin perin juurin onnellisena, että Ethanin teki ilkeää. Epäilemättä Amos nosti kuvan nähtäville ainoastaan vierailijoita varten. Muulloin hääpari joutui asumaan pimeässä loukossaan hylättynä ja unohdettuna. Kaikki, mihin Amos koski, muuttui tuhkaksi. Hänen vallanhimonsa aiheutti vain surua ja kärsimystä. Mutta Ethan ei aikonut sietää sitä enää. Hän nitistäisi Amoksen, vaikka se olisi hänen viimeinen tekonsa. Pahan oli saatava palkkansa.

Ethan siirsi kehyksen pöydälle ja veti laatikon kokonaan auki. Sen perällä oli kaksi esinettä. Hopeinen, jalokivin koristeltu solmioneula ja muovinen putkilo, joka oli puolillaan valkoista jauhetta. Jos se olisi fentanyyliä, Amos olisi pulassa. Mutta Ethan oli miltei varma, että putkilo sisälsi kokaiinia. Silti hän otti aineesta näytteen ennen kuin laittoi tavarat entisille paikoilleen ja lukitsi laatikon.

Urakka oli loppusuoralla. Tärkein tehtävä oli kuitenkin vielä edessä. Ethan käynnisti tietokoneen. Monitori heräsi eloon. Parikymmentä sekuntia raksutettuaan tietokone kysyi kirjautumiseen vaadittavaa salasanaa. Aivan kuten Ethan oli arvellutkin. Hän sulki koneen, polvistui lattialle ja ryömi pöydän alle. Hetken ponnisteltuaan hän onnistui kytkemään sormenpään kokoisen muistitikun tietokoneen keskusyksikön taakse. Kun Amos seuraavan kerran työskentelisi koneella, Ethan tovereineen pystyisi tikulle asennettujen vakoiluohjelmien avulla valvomaan tietokoneen käyttöä, tarkastelemaan sen tiedostoja ja selvittämään Amoksen tunnukset ja salasanat.

Ikääntynyt etsivä ähisi kömpiessään ulos ahtaasta sopesta. Hänen vartaloaan kolotti. Martha oli balsamia hänen sydämelleen, mutta Ethanin nivelet kaipasivat lepoa, linimenttiä ja hierontaa. Konjakkilasillista ja kuumaa kylpyä. Naisen hellää kosketusta.

Ethan kohottautui pystyyn ja antoi katseensa kiertää toimiston sisustuksessa. Hän murahti hyväksyvästi. Huone näytti samalta kuin aiemminkin. Enää oli suoritettava tyylikäs poistuminen, ja hän voisi rentoutua. Helppo homma. Ethan tunsi olonsa itsevarmaksi. Mutta hänen, sananlaskuja viljelevän miehen, olisi pitänyt muistaa niiden opetukset liiallisesta ylimielisyydestä, kuten "Ylpeys käy lankeemuksen edellä" ja "Ei kannata nuolaista ennen kuin tipahtaa". Sillä juuri silloin käytävältä kuului melua ja sihteerin huoneeseen syttyivät valot. Ethan oli saada paskahalvauksen, vaikka oli varautunut tilanteeseen tutkiessaan Amoksen toimistoa. Hän sammutti taskulamppunsa. Oli toimittava kylmäverisesti ja nopeasti. Huoneessa oli ainoastaan muutama piilopaikka. Vessa tuntui houkuttelevimmalta vaihtoehdolta, mutta Ethan hylkäsi sen. Jos toimistoon tulija päättäisi käväistä luonnollisilla tarpeillaan, käymälään kätkeytyjä olisi satimessa. Pöydän alla lymyäminen oli ymmärrettävistä syistä vielä huonompi idea. Ei, Ethanilla oli parempi suunnitelma. Hän kiiruhti maisemaikkunan luokse ja sujahti raskaiden, lattiaan asti yltävien verhojen suojaan. Ne olivat jäänne Evien isän ajoilta, ja Amos oli säästänyt ne miellyttääkseen vaimoaan. Nyt tuo laskelmointi koitui Ethanin eduksi. Oven rämähtäessä ammolleen hän nousi kapealle, noin puoli metriä korkealle ikkunasyvennykselle ja painoi selkänsä ikkunaa vasten. Asento oli hankala, mutta hänellä ei ollut valinnanvaraa. Oli vain toivottava, ettei tulija haluaisi avata verhoja ja tiirailla taivaalla kimmeltäviä tähtiä.

Pimeys väistyi. Toimisto tulvi täyteen valoa. Mies mumisi itsekseen. Ethan tunnisti äänen.

Amos.

Askeleet lähestyivät. Ethan uskalsi tuskin hengittää. Hänen pulssinsa tykytti vimmatusti. Hän oli varma, että Amoskin kuuli sen.

Miten kukaan olisi voinut olla kuulematta?

Tuolin narahtaessa Ethan oli nauraa helpotuksesta. Hän puristi käden suulleen. Kämmenen iho oli nihkeä kuin nuorukaisella ensimmäisillä treffeillä. Lastenlaulun säkeet kaikuivat järjettöminä hänen mielessään.

> *Oi katsohan, vaari, pientä hauvaa,*
> *mi ikkunasta kurkistavi.*
> *Jospa kysyisit, vaari, tuota hauvaa;*
> *sen ostaisin mielelläni.*

Ethan irvisti. Hänen oli rauhoituttava. Muuten Amos huomaisi hänet. Hän tyhjensi ajatuksensa ja keskittyi kehoonsa, niin vaikeaa kuin se olikin. Vähitellen hänen sydämensä syke hidastui. Ethan oli jälleen oman ruumiinsa herra.

Odottavan aika oli pitkä. Ethan ei tohtinut hivuttautua sivummalle ja vilkaista verhojen välisestä raosta, mitä Amos oli tekemässä.

Se olisi ollut liian riskialtista. Hänen oli konstruoitava toimiston tapahtumat kuuloaistinsa ja mielikuvituksensa avulla. Sielunsa silmin hän näki Amoksen avaavan työpöytänsä suljetun laatikon. Kaadettuaan itselleen paukun Amos alkoi nuuskata kokaiinia. Niiskaus, ryyppy, niiskaus, ryyppy… Epäpyhä toimitus tuntui jatkuvan loputtomiin. Säikähdyksen nostattaman adrenaliinin kaikottua Ethania väsytti. Puutuneita raajoja kihelmöi ja pisteli. Hän käsitti, ettei kestäisi enää kauaa. Vain Marthan ja hänen aamulla käymä keskustelu piti hänet aloillaan.

"Ei sinun tarvitse tehdä sitä."

"Tarvitseepas. Muuten en voisi katsoa itseäni peilistä."

"Ethan Solomon, sinä olet urhoollisin mies, jonka tiedän."

"Urhoollisempi kuin Zorro?"

"Peijakkaan naamiopelle! Hän ei ole mitään sinuun verrattuna…"

Särkyneen lasin helinä havahdutti Ethanin karvaaseen todellisuuteen. Hän kuuli Amoksen nousevan tuoliltaan ja hörähtävän ilottomasti. Huumehöyryinen hotellinjohtaja suunnisti vessaa kohti. Virtsan loristessa pönttöön Ethan ymmärsi tilaisuutensa tulleen. Hän laskeutui kömpelösti alas ikkunasyvennykseltä, etsi aukon verhojen lomasta ja kurkisti käymälän suuntaan. Vessan ovi oli kiinni. Se oli suotuisa enne. Ethan hiipi toimiston ovelle varoen astumasta lasinsirujen päälle. Saatuaan oven aukaistua hän katsoi viimeisen kerran taakseen. Lattialla lojuva rikkoutunut kehys todisti hänen olleen väärässä. Amos oli kuin olikin ottanut hääkuvansa esille, vaikka luuli olleensa yksin. Sirpaleet välkehtivät kattolamppujen valossa kuin jäätyneet kyyneleet.

Amykin tuijotti valokuvaa. Mutta Amoksesta poiketen hän ei tuntenut vihaa ja ärtymystä, vaan raskasmielistä apeutta. Ihmisen elämän väistämätöntä haikeutta. Melankoliaa. Kuva naisesta ja lapsesta muistutti Amya hänen omasta lapsuudestaan. Ajasta ennen Bob-setää.

Veronica Flynn oli ystävällisesti postittanut Amylle joukon vanhalla sairaala-alueella otettuja kuvia. Niiden etsimisessä oli varmasti ollut rutkasti työtä, sillä tuoreinkin niistä oli ainakin kahden vuosikymmenen takaa. Amy oli lähettänyt kirjakaupan omistajalle kiitosviestin ja pyytänyt tätä osallistumaan Rowenan järjestämiin naamiaisiin. Samanlainen kutsu oli toimitettu myös Nathaniel Oswaldille sekä Roy ja Regina Lelandille. Amya hykerrytti ajatella kumpana persoonanaan Roy saapuisi juhliin. Naamiaisissa ei taatusti olisi pitkäveteistä.

Paketin purettuaan Amy oli jakanut kuvat pinoihin ja alkanut tutkia niitä. Oli ollut kiinnostavaa nähdä, miltä tutut paikat olivat näyttäneet menneisyydessä. Jotkut niistä olivat pysyneet lähes ennallaan, toiset taas muuttuneet miltei tunnistamattomiksi. Olipa eräässä kuvassa vilahtanut Roy Lelandkin, tosin paljon nykyistä nuorempana ja vetreämpänä. Silti vasta kolmanneksi viimeisessä pinossa oli ollut otos, joka oli saanut Amyn kiihtymään innostuksesta. Silmäiltyään jäljellä olleet kuvat pikaisesti läpi hän oli palannut löytönsä pariin ja tarkastellut sitä useiden minuuttien ajan.

Lopulta Amy laski valokuvan pöydälle ja suki mietteliäänä hiuksiaan. Ei epäilystäkään. Pihalla poseeraavan kaksikon takana oli hänen keltainen puutalonsa. Mutta oliko kuvassa Coral äitinsä kanssa? Amy arveli niin, vaikka haalistuneesta otoksesta oli vaikea määritellä edes lippalakkipäisen, lyhyeen kesähaalariin pukeutuneen lapsen sukupuolta. Hänen oli pohdittava, miten tiedustelisi asiaa Coralilta. Hän ei halunnut järkyttää tyttöä. Amy tiesi omakohtaisesta kokemuksesta, kuinka aikuisten tungettelevat kysymykset saattoivat saada lapsen pelästymään ja sulkeutumaan itseensä. Sitä oli vältettävä parhaansa mukaan. Haamulle kommunikointi oli jo muutenkin tarpeeksi haastavaa. Amy päätti odottaa sopivaa hetkeä. Lapsen etu, oli tämä sitten elävä tai kuollut, oli arvoituksen ratkaisemista tärkeämpää.

28

Festivaalisesonki päättyi, ja Kanaloa hiljeni takaisin uneliaaksi pikkukyläksi. Remuavien turistien kaikottua useimmat kylän miehet vetäytyivät aikaisin koteihinsa lepäämään ja lähtivät alkuyöstä veneineen merelle. He olivat kalastajia ja seurasivat tarkasti luontoäidin lahjomatonta kelloa: nousuvettä ja laskuvettä. Naiset saivat nukkua pidempään, mutta olivat vastuussa kylän elämän jouhevasta kulusta. Jokaisella oli paikkansa yhteisössä, lapsillakin. Koulunkäyntinsä lisäksi he auttoivat vanhempiaan lukuisissa askareissa: kotitöissä, kalojen käsittelyssä, verkkojen setvimisessä ja niin edespäin. Samalla he harjoittelivat tulevaa varten. Jonain päivänä hekin lähtisivät merelle tai odottaisivat huolestuneina aviopuolisoidensa paluuta kylän nimikkojumalan tyrskyävistä aalloista. Monet pitivät kanaloalaisia vanhanaikaisina ja sivistymättöminä, ja ehkä he olivatkin sitä. Mutta he olivat myös rehellisiä ja sisukkaita ihmisiä, joiden lupauksiin saattoi luottaa. Kenties juuri siksi Samuel arvosti heitä. Erilaisesta ulkomuodostaan huolimatta he toivat mieleen suomalaiset.

Oli aamuyö. Samuel Thomas makasi sängyssä kuunnellen Miriamin tasaisena toistuvaa tuhinaa. Hän ei tohtinut enää nukahtaa. He olivat vierailulla Miriamin vanhempien luona, eikä Samuel aikonut herättää koko huushollia kiusallisella painajaisongelmallaan. Vaikka hän tiesi, että Kalawai'at olisivat olleet ymmärtäväisiä, hän ei halunnut olla häiriöksi. Varsinkin pienemmät lapset olisivat varmasti pelästyneet oudon valkolaisen omituista käytöstä. Oli parempi valvoa kiltisti aamuun saakka. Tuskin hän muutenkaan olisi saanut enää unen päästä kiinni.

Miriam ja Samuel majailivat Salomen huoneessa, jonka tuo sorja neito oli ystävällisesti antanut vanhemman siskonsa ja tämän poikaystävän käyttöön. Samuel oli kiitollinen Salomen uhrauksesta, mutta vuode oli aivan liian ahdas kahdelle. Samuelin oli tukala olla. Hän kaipasi tilaa ja viileämpää ilmaa. Happea ja tupakkaa, niin vastakkaisilta kuin nuo kaksi asiaa vaikuttivatkin. Hän nousi varovasti sängystä, puki vaatteet ylleen, otti keppinsä ja hiipi ulos huoneesta suunnaten takapihan puutarhaa kohti.

Hän ei koskaan päässyt perille.

Astellessaan keittiön poikki Samuel säpsähti huomatessaan Miriamin äidin istuvan ruokapöydän ääressä. Samuelista tuntui kuin Ana olisi odottanut häntä. Öljylampun lepattava valo värjyi naisen kasvoilla.

"Huomenta", Samuel supatti.

"Huomenta. Ole hyvä ja liity seuraani. Haluaisin keskustella kanssasi."

Samuel totteli. Kohteliaisuudestaan huolimatta Anan äänessä oli vastaan panematonta auktoriteettia. Hän työnsi lasin Samuelin eteen. Samuel haistoi sen sisältöä. Jayn pontikkaa. Kuutamoviskiä, korpirojua, perkeleen tulilientä.

"Eikö nyt ole hieman aikaista tälle?"

"Juo se minun mielikseni."

Samuel nielaisi ryypyn ja vilkaisi Miriamin äitiä. Ana hymyili hänelle.

"Sinä olet kunnon mies, Samuel."

"Kiitos", Samuel vastasi. Hän aavisti, mitä oli tulossa.

"Mitkä ovat sinun aikomuksesi Miriamin suhteen?"

"Minä..."

"Tämä ei ole hänen maailmansa. Mimi lähtee New Yorkiin opiskelemaan. Aiotko sinä seurata häntä?"

Samuel ajatteli Miriamia. Kuinka upea nainen tämä olikaan! He voisivat asua yhdessä Greenwich Villagessa, käydä Broadwaylla ja Times Squarella, vierailla Central Parkissa ja Brooklyn Bridgellä. Nähdä Vapaudenpatsaan. Mutta hän käsitti, että se oli vain fantasiaa. Unohduksen puutarha oli hänen kotinsa, eikä hän pystyisi jättämään Amya oman onnensa nojaan.

"Minä välitän Miriamista valtavasti, mutta..." Samuel aloitti ja vaikeni osaamatta jatkaa pidemmälle.

"…mutta et tarpeeksi", Ana totesi.

"Niin."

"Minä ymmärrän. Mutta sinun ja Miriamin täytyy selvittää välinne."

"Olet oikeassa. Puhun hänelle asiasta heti aamulla."

"Ei maksa vaivaa. Minä kuulin jo riittävästi", ääni sihahti hämärästä. Samuel käännähti tuolillaan ja näki Miriamin seisovan oven suussa. Hän kohottautui pystyyn ja liikahti lähemmäs Miriamia.

"Mimi…"

"Älä mimittele minua! Sinulla ei ole enää oikeutta siihen!" Miriam tiuskaisi.

"Minä en halunnut satuttaa sinua."

"Mutta satutit silti!"

"Anna hänen sanoa sanottavansa", Ana yritti.

"Enkä anna!" Miriam niiskahti ja astui Samuelin eteen. "Luuletko, etten tajua, miksi tahdot jäädä Unohduksen puutarhaan! Se johtuu Amysta! Huomasin kyllä, miten te viimeksi välttelitte toisianne! Sinä olet käyttänyt sitä tyttöraukkaa häpeilemättä hyväksesi!"

"Ei se mennyt niin!" Samuel suutahti.

"Miten sitten?"

"Hän tarvitsee minua, ja minä…"

"Sinä nautit siitä", Miriam tuhahti. "Saako se sinut tuntemaan itsesi mieheksi, senkin rampa kusipää!"

Ana kurtisti kulmiaan.

"Pyydä häneltä anteeksi, Miriam. Minä ja isäsi olemme kasvattaneet sinut paremmin."

Mutta Miriamilla ei ollut aikomustaan totella äitiään. Hän nosti kätensä läimäyttääkseen Samuelia.

"Lyö vain, jos se helpottaa oloasi", Samuel ynähti koettamattakaan puolustautua loukatun naisen raivolta. Hän tiesi ansainneensa sen.

Miriam tuijotti Samuelia suu irvistykseen auenneena. Hänen huulensa tärisivät ja ruskeat poskensa hohkasivat kiihtymyksestä.

"Olen pahoillani", Samuel kuiskasi. Kyyneleet tulvahtivat Miriamin silmiin. Hänen kätensä herpaantui ja valahti voimattomana alas.

"Painu helvettiin", Miriam pihahti. Samuelin vastausta odottamatta hän kiepsahti ympäri, riensi makuuhuoneeseen ja paiskasi oven kiinni. Samuelin ottaessa empivän askeleen Miriamin perään Ana pysäytti hänet.

"Ei. Sinun on aika lähteä."

Samuel katsoi Miriamin äitiä.

"Sinä et taida enää pitää minua kunnon miehenä", hän sanoi hiljaa.

Anan karaistunut työnaisen kämmen painautui lohduttavasti Samuelin ohimolle.

"Hyvätkin ihmiset tekevät joskus pahoja tekoja. Mutta niiden ei tarvitse vainota heitä ikuisesti."

Lempeä kosketus oli kuin siunaus. Puristus Samuelin rinnassa hellitti. Ana Kalawai'assa, kalastajan vaimossa, oli enemmän laupeutta kuin bussilastillisessa kardinaaleja.

Naamiaispäivän aattona Ethan Solomon suoritti laittoman tutkimusretken Mannien sviittiin. Hän oli oppinut edelliskertaisesta virheestään. Nyt Martha istui tarkkailijana aulassa ja Sean oli vahdissa huoneistoon johtavalla käytävällä. Lisäksi Ethan oli jälleen naamioitunut siivoojaksi ja liimannut jopa tuuheat tekoviikset kasvoilleen. Strategia toimi moitteettomasti, eikä hankaluuksia ilmennyt. Ethanilla oli aikaa tutkia sviitti perinpohjaisesti. Siitä huolimatta etsinnän anti jäi kovin laihaksi. Asunnosta ei löytynyt mitään, mitä he olisivat voineet käyttää Amosta vastaan. Mannien yhteistä tietokonetta ei ollut edes suojattu salasanalla. Syy moiseen holtittomuuteen selvisi Ethanin, Marthan ja Seanin myöhemmin selaillessa laitteesta muistitikulle tallennetun levykuvan tiedostoja.

"Tarkoitatko sinä, että teimme kaiken turhaan?" Sean ärähti kuultuaan Ethanin yhteenvedon.

"Ei se ole hänen vikansa", Martha totesi.

181

"Ei… ei tietenkään… Toivoin vain muuta kuin leivontareseptejä, koirankoulutusvideoita ja kristalliterapian alkeita."

"Ymmärrän pettymyksesi", Ethan sanoi. "Mutta minä varoitin sinua odottamasta liikoja."

"No niin varoitit. Pitääkö sinun aina olla noin hemmetin rauhallinen?" Sean motkotti.

"Tyyneys on rohkeutta levossa."

"Taas noita sinun iänikuisia sananlaskujasi", Martha naurahti.

"Entä heidän sähköpostinsa, onko niissä jotain huomionarvoista?"

"Eipä juuri. Useimmat niistä ovat Evien lähettämiä ja hyvin arkipäiväisiä. Amos käyttää ilmeisesti toimistonsa konetta ja kännykkäänsä henkilökohtaiseen viestintäänsä."

"Vitun vitun vittu!" Sean kiroili.

"Älähän nyt. Peli ei ole menetetty. Minulla on vielä ässä hihassani", Ethan virkkoi. Sitten hän kertoi Seanille, mitä halusi tämän tekevän. Martha kuunteli miehiä vaiteliaana ja hymyili seesteisesti. Hän alkoi tottua kihlattunsa kujeiluihin.

Evie Vivian Mann seisoi Grand Appletonin suuressa salissa ja katseli ylpeänä ympärilleen. Hotellin työntekijät ja juhlasuunnittelutoimiston väki olivat suoriutuneet haastavasta urakasta mainiosti. Sali ei ollut koskaan ollut niin upea, ei edes Evien isän aikana. Eikä siinä ollut kaikki. Henkilökunnan tiloja lukuun ottamatta koko hotellin sisääntulokerros toisti samaa teemaa: Yhdysvaltain sisällissodan ja ensimmäisen maailmansodan välistä Amerikan kullattua aikakautta. Mutta sali olisi eittämättä juhlan keskipiste, sen napa, sen sydän ja sielu. Leijonanosan valtavan huoneen pinta-alasta veivät kymmenet pyöreät, valkoisilla pöytäliinoilla katetut pöydät, joihin jokaiseen mahtui kuusi ihmistä. Ne oli somistettu värikkäin kukkakranssein ja hopeisin kynttilänjaloin, jotka sointuivat saumattomasti tyylikkäisiin seinävaatteisiin ja salin hienostuneeseen koristeluun. Pöytien ja karmiininpunaisella esiripulla suljetun esiintymislavan välissä oli avara tanssilattia. Estradin viereiseen kulmaukseen oli viritetty valkokangas, jolle saattoi heijastaa kuvia tai videoita. Tilan tunnelman viimeistelivät yläseiniin ja kattorakenteisiin asennetut valaisimet, joiden toimintaa ohjasi hotellin palkkalistoilla oleva valomies.

Evie myhäili itsekseen. Vaikka vielä oli runsaasti tarkistettavaa ja viilaamista vaativia yksityiskohtia, eräs asia oli varma. Grand Appletonissa olisi huomenna tarjolla helkkarinmoiset pirskeet.

29

Amy ähkäisi Irenen kiristäessä suojattinsa yllä olevaa korsettia yhä tiukemmalle.

"Riittää jo. Kohta minä en pysty enää hengittämään."

Irene höllensi asusteen nyörejä ja sitoi ne rusetille. Amy huokaisi huojentuneena. Pahin oli ohi. Onneksi modernit korsetit eivät olleet yhtä epämukavia kuin edeltäjänsä. Amy värähti ajatellessaan noita valaanluista ja tukevasta kankaasta valmistettuja kidutusvälineitä, joita naiset olivat ennen pukeneet päälleen.

Aiemmasta jahkailustaan huolimatta Amy oli alkanut odottaa naamiaisia malttamattomana. Hän hyräili vaimeasti Irenen auttaessa häntä sonnustautumaan juhlaa varten. Rowena oli tarjoutunut lähettämään kauneussalongin ammattilaisia palvelemaan Amya, mutta Amy ei ollut suostunut siihen. Hän ei kaivannut ventovieraita ihmisiä hipelöimään uutta maskiaan, jonka käyttöä itsekin vielä arasteli. Irene sai luvan kelvata. Vaikka Irene oli olemukseltaan vanhoillinen ja tanttamainen, hän osasi meikata ja kammata hämmästyttävän taidokkaasti. Silti Amy jännitti ehostuksen lopputulosta.

"Miltä minä näytän?" hän kysyi Irenen saatua työnsä päätökseen.

"Oikein sievältä", Irene vastasi kuivasti. Amy tuhahti puolittain ärtyneenä, puolittain huvittuneena. Mokomakin hapannaama! Oliko muutama hyvin valittu kohteliaisuus liikaa vaadittu? Amy oli hetken kahden vaiheilla, kunnes uteliaisuus voitti. Hän asteli pukeutumispöydän luokse ja aukaisi sen peitelevyt. Katsoessaan peiliin hän ei ollut tunnistaa kuvastimesta takaisin tuijottavaa naista. Irenen huolellisesti meikkaama 3D-tulostettu naamio vaikutti miltei oikeilta kasvoilta. Kiharat hiukset oli kammattu otsalta päälaelle, josta ne laskeutuivat korvien taakse jättäen niskan paljaaksi. Vartaloa hyväilevä smaragdinvärinen, kimaltein koristeltu tanssiaispuku oli tavattoman kaunis, mutta turhankin uskalias paljastaessaan poven yläosan houkuttelevan pyöreyden. Amy nosti hansikkaan peittämän

184

kätensä rinnalleen ja sormeili kaulassaan roikkuvaa riipusta.

"Nuo eivät taatusti jää huomaamatta", Irene tokaisi vilkaistessaan Amya.

"Ehkä minä haluankin, että ne huomataan", Amy kivahti röyhistäen ryhtiään.

"Puhuin kyllä korvakoruistasi."

"Ai... hmm... niin minäkin..." Amy takelteli ja tyrskähti nauruun. Tilanne oli hilpeä ja Irenen vakavuus ainoastaan korosti sen koomisuutta. Ihmetyksekseen Amy näki Irenenkin virnistävän. Hänen holhoojallaan oli kuin olikin huumorintajua. Se oli hellyttävää ja hivenen pelottavaakin. Amyn teki mieli halata Ireneä, mutta puhelimen merkkiääni pelasti hänet vaivaannuttavalta kohtaukselta. Amy avasi kiireesti kännykkänsä ja luki saamansa viestin.

"Limusiini on pian pihalla", hän ilmoitti Irenelle.

"Taidan mennä sitä vastaan", Irene murahti.

"Asia selvä. Minä tulen kohta perässä", Amy huikkasi holhoojansa leveälle selälle. Ulko-oven sulkeuduttua hän kohotti katseensa kattolamppuun.

"Coral? Oletko sinä paikalla?" Valon välkkyessä Amy hymyili.

Hei, Amy.

"Hei, Coral. Tahdoin vain hyvästellä sinut ennen lähtöäni."

Amy erillinen.

"Mitä?" Amy kysyi. Sitten hän tajusi. "Tarkoitatko sinä erilainen?"

Kyllä. Amy nätti. Amy tosi nätti.

"Olipa se huomaavaisesti sanottu", Amy kehaisi.

Amy kiva. Coral tykkää Amysta.

"Minäkin tykkään sinusta", Amy lausui lempeästi. Coral vaikutti olevan hyvällä tuulella. Se oli rohkaisevaa. Amy sai päähänpiston. Hän päätti kokeilla onneaan.

"Coral?"

Niin.

"Haluaisin näyttää sinulle erään valokuvan. Sopiiko se sinulle?"

Kyllä.

Amy ei vitkastellut. Hän kaivoi Veronican postittaman otoksen esiin. Mutta hän oli tuskin ehtinyt laskea sitä pukeutumispöydälle, kun Coral riehaantui. Valot alkoivat räpsyä kiivaasti, ja huoneen täytti sydäntäsärkevä ulina.

Ei. Paha. Paha.

"Rauhoitu. Minä en anna kenenkään vahingoittaa sinua", Amy totesi, vaikka oli äkkiä vuorenvarma, että joku oli jo vahingoittanut viatonta pikkutyttöä. Kuten minuakin, hän mietti raapustaessaan Coralin purkauksen ylös.

Vesi. Punainen pallo. Painaa alle. Sattuu. Pimeä.

"Tarkoitatko, että hän hukutti sinut? Sinun oma äitisi?" Amy huudahti kauhuissaan.

Ei. Äiti. Ei. Paha.

"Coral!"

Mutta Coral ei vastannut. Kattolamppu sammui räsähtäen. Sähkön haju. Hiljaisuus. Yksinäisen huoneen lohduton hämärä. Lukuisista yrityksistä huolimatta Amy ei saanut enää yhteyttä Coraliin. Viimein, matkapuhelimen piipittäessä vaativana kuin nälkäinen linnunpoikanen, hänen oli luovutettava. Ennen poistumistaan hän otti valokuvan ja Coralin kanssa käymästään keskustelusta kirjoittamansa muistiinpanot mukaansa. Hänen oli näytettävä niitä Samuelille ja Miriamille. Heidän kolmen oli autettava Coralia päästämään irti menneestä. Vapautettava hänet. Johdatettava hänet polulle, jonka määränpäätä kukaan ei tiennyt.

Cocktailbaarin pianistin sormet lipuivat flyygelin koskettimilla vuosien harjoittelun suomalla vaivattomuudella. Vaikka Martha ei ollut klassisen musiikin asiantuntija, hän huomasi tunnistavansa sävellyksen.

"Kuutamosonaatti."

"Aivan. Beethoven omisti teoksen nuorelle oppilaalleen, johon oli palavasti hullaantunut."

"Kuinka nuorelle?"

"Kreivitär Guicciardi taisi olla tuolloin 16-vuotias."

"Entä Beethoven?"

"Kolmekymppinen."

"Saksalainen pervo", Martha puhahti.

"Meillä kahdella on enemmän ikäeroa", Ethan huomautti.

"Mutta me kumpikin olemme sentään aikuisia."

Ethan ei väittänyt vastaan. Oli turha kiistellä 1800-luvun alun ja nykypäivän siveellisyyskäsitysten eroista. Jokaisella aikakaudella oli omat tapansa ja käytäntönsä, jotka kummastuttivat ja pahastuttivat myöhempiä sukupolvia.

"Oi aikoja, oi tapoja", Ethan hymähti.

"Niin kai", Martha mutisi ja vaihtoi sujuvasti puheenaihetta. "Olen muuten miettinyt Christinan ja Jasonin kuolemia."

"Ahaa. Oletko sinä keksinyt mitään uutta?"

"En. Ja juuri se onkin ongelma. Kenties meidän on sittenkin myönnettävä, että Lily tappoi heidät."

"Vankilassa vierailumme jälkeen sinä uskoit hänen syyttömyyteensä", Ethan tokaisi.

"Kuten sinäkin. Mutta entä jos hän huiputti meitä? Ehkä me aliarvioimme hänen näyttelijänkykynsä."

"Mainitsin siitä jo aikaisemmin. Emme voi luottaa pelkästään hänen sanaansa", Ethan muistutti ja kehotti Marthaa jatkamaan.

"Tosiasiat eivät ole muuttuneet", Martha luennoi. "Lilyllä oli tilaisuus tehdä molemmat rikokset, ja todisteet puhuvat vakaasti häntä vastaan. Lisäksi vain hän ja Amos olisivat hyötyneet Evien menehtymisestä. Kenelläkään muulla ei ollut motiivia yrittää murhata Evietä."

"Ei ainakaan motiivia, jonka me tunnemme. Christinan kuolema oli siis vahinko. Jason taas piti tappaa, koska hän tiesi liikaa. Sekö on sinun tulkintasi tapahtuneesta?"

"Kaikki faktat tukevat sitä", Martha sanoi kihlattuaan matkien.

"Joten Amos pääsee pälkähästä."

"Hän on huijari, varas ja kiristäjä, mutta meillä ei ole näyttöä hänen osallisuudestaan henkirikoksiin. Hän on syytön, kunnes toisin todistetaan."

"Oletpa sinä vakuuttava", Ethan totesi ja tarkoitti sitä. Hän ja Martha olivat tehneet voitavansa. Eläkepäivät vartoivat. Häät ja avioliitto odottivat. Ethan vaiensi sisimmässään kuiskivan epäilyksen äänen ja tarttui Marthan käteen. "Mennään pukeutumaan naamiaisasuihimme. Haluan nähdä sinut siinä tyköistuvassa mekossasi."

"Sinä olet yhtä pervo kuin Beethoven", Martha kikatti onnellisena. Vaikka rakkaus ei ollut tullut siinä muodossa, missä hän oli kuvitellut sen tulevan, hän ei katunut. Ethan oli hänen ja hän Ethanin. Kumpikaan heistä ei ollut täydellinen, mutta he olivat täydellisiä toisilleen.

Amos Mann siveli kuva-aihein koristellun rintahaarniskansa sileää pintaa. Se korosti hänen maskuliinisuuttaan ja jäntevän lihaksikkaita käsivarsiaan. Kokonaisuuden viimeistelivät nahkaiset sandaalit, polvien yläpuolelle loppuva tunika ja keisarillinen purppuraviitta. Amos oli tyytyväinen. Asu sopi hänelle erinomaisesti, eikä hänen vaimonsakaan näyttänyt hullummalta. Evien hiukset oli nostettu mehiläispesämäiselle nutturalle ja kasvot puuteroitu valkoisiksi. Hänen yllään oli ylellinen stola, joka kätki hänen rehevän vartalonsa kurvit. Käsilaukun virkaa hoiti asusteeseen viehättävästi sointuva naruhihnainen kukkaropussi. Evie muistutti hyveellistä roomalaista matroonaa, jonka tehtävänä oli seistä nöyränä ja säädyllisenä miehensä vierellä.

Augustukseksi ja Scriboniaksi sonnustautuminen oli ollut Amoksen idea, joskin Evie varmasti luuli esittävänsä Livia Drusillaa, Augustuksen kolmatta vaimoa. Amos ei ollut korjannut väärinkäsitystä. Evie sai olettaa mitä lystäsi, jos edes tiesi, keitä Augustus, Scribonia ja Livia olivat. Se ei muuttanut mitään. Amos oli päättänyt heidän pukuvalintansa kuultuaan Rowenan pynttäytyvän Kleopatraksi. Asetelmassa oli herkullista historiallista analogiaa, sillä olihan juuri Augustus kukistanut Kleopatran.

Kuten Amoskin oli kukistanut Rowenan.

30

Hotellin sali kuhisi ihmispaljoudesta. Väkijoukon tauottoman hyrinän kontrapunkti liikahteli lavalla esiintyvän big band -orkesterin soiton alla. Värikylläiset asut kahisivat. Hajuvedet tuoksuivat. Puhe sorisi livreepukuisten palvelijoiden ohjatessa vieraat pöytiin. Hälinä laantui vasta tarjoilijoiden tuotua tervetuliaismaljat. Tunnelma oli odottava. Monet etsivät katseellaan illan emäntää. Turhaan, autiolla parvella piileksivä Sean tiesi ja virnisti itsekseen. Kaikelle oli aikansa. Oli varrottava sopivaa hetkeä. Vasta vieraiden saatua samppanjansa hän antoi yhtyeen kapellimestarille merkin. Tovia myöhemmin musiikki katkesi kuin seinään. Ainoastaan patarumpu jäi kumisemaan matalana ja jännittyneenä. Sali himmeni, kunnes vain pöytien kynttilät valaisivat pimeyttä. Se oli toinen merkki. Äkkiä orkesterista kajahti fanfaari. Kohdevalot syttyivät ja piirsivät keilan salin sisäänkäynnin luokse.

"Nyt!" Sean murahti pantamikrofoniinsa. Leveiden pariovien avautuessa ihmiset nousivat pystyyn nähdäkseen paremmin. Rowena Blythe saapui huoneeseen. Kuului ihastelevia huudahduksia. Näyttelijätär makasi kantotuolissa, jonka aisoja neljä lannevaatteisiin pukeutunutta miestä kannattelivat vantterilla harteillaan. Hänen päässään oli korkea Isis-jumalattaren kruunu, joka peitti hänen omat hiuksensa. Kullanhohtoinen asu säkenöi ja kimalteli Rowenan huiskuttaessa hurraavalle yleisölleen. Amykin taputti. Minun äitini, hän ajatteli kantotuolin kulkiessa hänen ohitseen. Rowena saattoi olla huomionkipeä ja turhamainen, mutta se ei vähentänyt hänen vetovoimaansa.

"Hän on kuin Elisabeth Taylor *Kleopatrassa*", Amyn takana oleva nainen supisi. Amya hymyilytti. Hän oli ylpeä Rowenasta. Kaiken kokemansa jälkeenkin Amy rakasti yhä äitiään.

Hitaasti edennyt kantotuoli pysähtyi tanssilattian eteen. Parvelta permannolle kiiruhtanut Sean auttoi työnantajansa alas jyhkeästä kulkuvälineestä. Rowenan hävitessä vieraiden sekaan Amy istui takaisin paikalleen ja tarkasteli vaivihkaa pöytäseuruettaan. Kaksi heistä hän tunsi jo entuudestaan, Samuelin ja psykiatrinsa Nathaniel Oswaldin. Hän oli myös vihdoinkin tutustunut Samuelin tovereihin Ethaniin ja Marthaan. He vaikuttivat mukavalta pariskunnalta. Mutta pöydässä oli vain viisi ihmistä. Yksi puuttui joukosta.

"Missä Miriam on?" Amy kysyi Samuelilta. Ethanin ja Nathanielin kanssa jutellut Samuel kääntyi Amyn puoleen. Hänen sydämensä sykähti. Hän ei vieläkään voinut uskoa, miten erilaiselta Amy näytti. Kypsemmältä ja vanhemmalta. Elegantilta aikuiselta naiselta. Uusi naamio ja koreat vaatteet saivat Amyn kukoistamaan. Silti suurin muutos oli tapahtunut Amyn asenteessa. Hän oli avoimempi ja itsevarmempi kuin ennen. Oli kuin lasikupuun vangittu perhonen olisi päästetty vapauteen.

"En tiedä", Samuel vastasi totuudenmukaisesti.

"Miten niin et tiedä? Hänhän on sinun tyttöystäväsi."

"Tuota… minun on kerrottava sinulle jotakin…"

Amy ei kuunnellut.

"Hei, tuollahan hän onkin", hän hihkaisi ja ponnahti seisaalleen. "Käyn hakemassa hänet. Minulla on teille molemmille tärkeää asiaa."

"Odota, Amy!" Samuel älähti, mutta Amy oli jo mennyt. Samuel ei lähtenyt perään. Hänen suunsa vetäytyi mutrulle.

"Oletko sinä kunnossa?" Martha uteli huolestuneena.

"En. Olen korviani myöten kusessa…"

Martha katsoi Samuelia.

"Voimmeko me auttaa jotenkin?"

"Tuskinpa, mutta kiitos kuitenkin tarjouksesta", Samuel sanoi alakuloisesti.

"Niin kauan kuin on elämää, on toivoakin", Ethan lohdutti välittämättä silmiään pyörittelevästä Marthasta.

"Ja jokaisella pilvellä on hopeareunus", Nathaniel Oswald totesi. Vanhemmat miehet vilkaisivat toisiaan yhteisymmärryksen vallassa. Samuel pudisti päätään.

"Te ette tiedä, mitä minä olen tehnyt. Pelkään, että minulla ei pian ole enää yhtään ystävää."

"Onpas. Sinulla on meidät", Ethan virkkoi. "Selitähän nyt, mikä sinua vaivaa."

Juhlat jatkuivat. Rowenan ylvästä sisäänmarssia seurasi pormestarin avajaispuhe ja paikallisten lasten suorittama vieraiden kukitus. Nauru raikasi nousuhumalaisten ihmisten vertaillessa ja vaihdellessa seppeleitään. Amoskin hymyili nuoren tytön pujottaessa *lein* hänen kaulaansa. Mutta se oli pelkkää teeskentelyä. Hilpeän julkisivunsa takana hän pihisi kiukusta. Rowena oli pettänyt hänet. Näyttelijättären lupauksesta huolimatta hän ja Evie eivät olleet päässeet samaan pöytään Rowenan ja pormestarin kanssa, vaan joutuivat tyytymään kaupunginvaltuuston puheenjohtajan ja Caroline Albrightin sekä heidän puolisoidensa seuraan. Vaikka lammasmainen Evie tuskin tajusi kokemaansa nöyryytystä, Amos oli toista maata. Hänen ylpeyttään oli loukattu, eikä Amos aikonut sietää sitä. Rowena saisi maksaa teostaan. Oli aika muistuttaa näyttelijättärelle, kuka piteli ohjaksia hyppysissään.

"Käväisen tervehtimässä Rowenaa", Amos ilmoitti vaimolleen, joka kuunteli totisena rouva Albrightin juoruilua.

"Minäkin voisin tulla", Evie ehdotti.

"Älä suotta. Teillähän on juttu kesken. Ei minulla mene kauaa", Amos toppuutteli ja virnisti valloittavasti seurueelleen. Evie ei vastustellut, mutta katseli kaihoisasti Amoksen poistumista.

"Kylläpä hän on komea!" kaupunginvaltuuston puheenjohtaja huokaisi Amoksen lähdettyä, eivätkä edes pöydän miehet tohtineet olla eri mieltä.

Amos ei viivytellyt. Hän kiersi tanssilattian laitaa pitkin Rowenan taakse ja laski kursailematta kätensä tämän tuolin selkänojalle.

"Iltaa kaikille", Amos lausahti syvällä rintaäänellä ja kumartui hipaisemaan huulillaan Rowenan poskea. Rowena värähti Amoksen koskettaessa häntä, mutta kätki vastenmielisyytensä taitavasti.

"Ai hei, Amos. Mitä sinulle kuuluu?"

"Oikein hyvää, Rowena, ja onnittelut upeista naamiaisista."

"Niiden järjestäminen ei olisi onnistunut ilman sinun vaimoasi."

"Evie on varmasti otettu kehuistasi", Amos tokaisi lipevästi kuin ei olisi huomannut Rowenan hienovaraista piikittelyä. "Ikävä kyllä joudun riistämään sinut hetkeksi ystäviesi seurasta."

"Nytkö? Onko se välttämätöntä?" Rowena tiedusteli.

"Luulenpa niin", Amos virkkoi nyökäten pormestarille ja muille Rowenan pöydän arvovieraille. "Olkaa huoleti. Palautan hänet aivan pian."

"Haluatko minut mukaasi?" Sean kysyi Rowenalta.

Totta kai haluan, Rowena oli huutaa, mutta Amoksen ote hänen kyynärvarrestaan kertoi, että se ei ollut vaihtoehto.

"En. Pysy sinä täällä ja pidä juhlat käynnissä."

Oscar Wildeksi pukeutunut Sean puri hammasta hallitakseen tunteensa. Sitten hän ei voinut itselleen mitään. Hän tarttui Rowenan vapaaseen käteen ja painoi suudelman työnantajansa sormille.

"Sinä tulet aina olemaan minun kuningattareni", hän sanoi karheasti.

"Niin sinäkin minun", Rowena vastasi liikuttuneena. Heidän molempien silmät loistivat kosteina. Rowena tukahdutti esiin pyrkivät kyyneleet. Amos ei saanut nähdä hänen itkevän. Hän ei aikonut suoda sitä nautintoa tuolle julmalle ja inhottavalle miehelle. Ei enää toiste. Ei enää koskaan toiste. Yhdessä kerrassa oli ollut tarpeeksi. Rowena kohotti uhmakkaasti leukaansa ja antoi hyväntahtoisesti myhäilevän Amoksen johdattaa hänet parvelle vieviin portaisiin. Amos hyräili orkesterin soittamaa sävelmää. Hän nosti rappuset naamiaisten ajaksi sulkevan samettipäällysteisen ketjun pois tieltä ja laittoi sen heidän perässään takaisin paikoilleen. Mutta heti kun he olivat päässeet portaat ylös ja ihmisten katseilta piiloon, hänen käytöksensä muuttui. Amoksen puristus tiukkeni. Hän viittasi Rowenaa kulkemaan edellään ja työnsi näyttelijättären aitioiden läheisyydessä sijaitsevaan salonkiin, jossa saattoi esitysten väliajalla nauttia virvokkeita. Nyt se oli tyhjillään, kuten koko aitiokerroskin. Se sopi Amokselle mainiosti.

"Istu alas", hän tokaisi irrottaessaan otteensa Rowenasta.

"Minä seison mieluummin", Rowena puhahti ja hieroi aristavaa kättään.

"Se ei ollut pyyntö", Amos murahti ja tuuppasi Rowenan seinää vasten. Törmäys oli kova. Ilma karkasi Rowenan keuhkoista. Hän kyyristyi haukkomaan henkeä. Amos tuijotti Rowenaa kuin ärsyttävää hyönteistä. Hänen äänensä oli miltei hellä.

"En tehnyt tuota mielelläni. Miksi sinun täytyy kapinoida minua vastaan?"

"Minä... minä..." Rowena huohotti vaivalloisesti.

"Niin, Rowena? Mitä sinä uikutat?" Amos pilkkasi. "Sinähän lupasit olla tottelevainen narttu."

"Minä seison mieluummin", Rowena toisti ähkäisten ja pakotti itsensä suoristumaan. Amos ravisti päätään ja naurahti synkästi.

"Tee kuten tahdot. Ei sillä ole merkitystä."

"Minkä takia sinä toit minut tänne?" Rowena kysyi hivuttautuen kauemmas Amoksesta.

"Ihan kuin et tietäisi", Amos totesi.

"Kerro se silti."

"Oletko sinä täydellinen typerys? Meidänhän piti tehdä yhteistyötä. Miksi sinä kuitenkin muutit istumajärjestystä ilman minun suostumustani?"

Rowena tirskahti.

"Siitäkö tässä on kyse? Onko pikku Amos suuttunut, kun ei päässyt aikuisten pöytään?"

"Suu kiinni, hemmetin lumppu!" Amos ärähti vimmastuneena ja astui Rowenaa kohti. Rowena ei perääntynyt. Hän ajatteli tyttäriään. Se valoi häneen rohkeutta.

"Haista vittu, Amos. Minä en pelkää sinua", Rowena kivahti. "Enkä aio koskaan tehdä yhteistyötä kanssasi. Olen kuullut, miten sinä kohtelet liikekumppaneitasi."

"Mitä sinä höpiset?" Amos puuskahti hapuillen kädellään Rowenan asun kangasta.

"Adrian Mercer. Sanooko nimi sinulle mitään?"

Amoksen silmät välähtivät.

"Minulla ei ole aavistustakaan, kenestä sinä puhut."

"Niinkö? Et siis muista miestä, jolta olet huijannut sievoisia summia rahaa?"

"Tuo on silkkaa ilkeämielistä panettelua. Et voi todistaa väitteitäsi mitenkään."

"Mutta minä voin", tyyni ääni virkkoi. Adrian Mercer lyllersi käytävästä salonkiin. Hänen vieressään oli kaksi lasta. Heidän takanaan näkyi neljä vähäpukeista raavasta miestä. Rowenan kantotuolin kantajat, jotka tietenkin olivat herra Mercerin palkollisia.

"Adrian..." Amos aloitti. Adrian Mercer nosti etusormensa pystyyn ja vaiensi Amoksen.

"Odota hetki", hän tokaisi ja ojensi lapsille tukun seteleitä. "Te suoriuduitte tehtävästänne hienosti. Menkäähän nyt pitämään hauskaa."

Iloisesti hihkuvien lähettien kirmatessa tiehensä Adrian Mercer käänsi huomionsa Amokseen.

"Mihin me jäimmekään..." hän mutisi tallustellessaan Rowenan ja Amoksen luokse. Adrianin alaiset seurasivat mykkinä hänen perässään. He ympäröivät Amoksen ja sulkivat Rowenan kehän ulkopuolelle. "Aivan. Sinä olit sanomassa jotakin, Amos, etkö vain?"

"Adrian hyvä..." Amos koetti uudestaan.

"Tiedän kyllä, mikä minun nimeni on!" Adrian ärjäisi saaden Amoksen kavahtamaan taaksepäin. Väkevät kädet sysäsivät hänet takaisin kutistuvan piirin keskelle.

"En ole tehnyt mitään väärää! Hän valehtelee sinulle! Rowena valehtelee sinulle!" Amos pulisi vauhkoontuneena.

"Shh, rauhoitu", Adrian Mercer sihahti ja vaappui Amoksen eteen. Amos haistoi lihavan miehen partaveden tuoksun. Hänen vatsassaan muljahti.

"Kuuntele minua. Pystyn selittämään kaiken", Amos soperси.

"Sepä ystävällistä. Kerrohan sitten, milloin päätit alkaa petkuttaa minua."

"Enhän minä…"

"Älä yritä, Amos", Rowena keskeytti. "Sinä olet jäänyt kiinni. Ole kerrankin mies ja myönnä syyllisyytesi."

Mutta Amos ei luovuttanut helpolla. Hän sylkäisi lattialle ja katsoi vetoavasti Adrianiin.

"Uskotko sinä ennemmin tuohon huoraan kuin minuun?"

Adrian liikahti elopainoonsa nähden hämmästyttävän ketterästi. Hän riuhtaisi Amoksen syleilyynsä ja rutisti paksulla kourallaan hotellijohtajan kiveksiä. Amos korahti kivusta ja säikähdyksestä.

"Sinun on kohdeltava neiti Blythea kunnioittavammin", Adrian supisi Amoksen korvaan.

"Anteeksi, Rowena!" Amos voihkaisi. Se ei riittänyt Rowenalle.

"Etkö sinä kykene parempaan? Muistatko, mitä sinä pakotit minut sanomaan? Haluan kuulla sen."

"Saatanan ämmä!"

"Ei se mennyt noin", Rowena korjasi. Adrian Mercer kiersi rannettaan myötäpäivään. Amos ei kestänyt enempää.

"MINÄ OLEN TOTTELEVAINEN NARTTU! MINÄ OLEN TOTTELEVAINEN NARTTU!" hän parkui.

"Kelpaako tuo sinulle?" Adrian kysyi Rowenalta.

"Kelpaa."

Adrian tyrkkäsi Amoksen alaistensa hoivaan ja saattoi Rowenan käytävään.

"Sinun on syytä lähteä."

"Mitä sinä aiot tehdä hänelle?"

"Sinä et halua tietää sitä."

"Et kai… ethän sinä tapa häntä?" Rowena takelteli. Adrian virnisti.

"En minä mikään hirviö ole. Mutta takaan, ettei hän tule enää vaivaamaan sinua."

"Kiitos, Adrian", Rowena sanoi ja halasi pulskaa miestä.

"Eipä kestä. Olet aina ollut minun suosikkinäyttelijäni", Adrian vastasi hymyillen leveästi. "Ja kiitä herra Solomonia puolestani."

Rowena lupasi välittää terveiset. Hän oli tosiaan Ethanille paljosta velkaa. Mutta niin oli Adrian Mercerkin. Adrian oli pitkälti yksityisetsivän ansiosta päässyt selville häneen kohdistuneesta huijauksesta. Amoksen tietokoneelta ilmi tulleiden todisteiden lisäksi eräs Adrianin tuntema alamaailman ammattilainen oli naamiaisia edeltävänä yönä murtautunut Amoksen toimiston kassakaappiin ja saanut haltuunsa aineistoa, joka riitti viimeiseksi naulaksi Amoksen arkkuun. Rowena oli huojentunut. Mutta samalla hän käsitti, ettei hänen saavuttamansa voitto ollut täydellinen. Ennemmin tai myöhemmin joku muukin tajuaisi hänen ja Amyn välisen yhteyden ja vääristelisi heidän suhteensa tunnistamattomaksi. Se oli väistämätöntä, ja silloin heidän elämänsä revittäisiin riekaleiksi. Rowena ei voinut sallia sitä. Salailun oli loputtava. Oli vain yksi keino, jolla hän ja Amy pystyisivät pitämään langat omissa käsissään. Rowena rukoili, että Amy hyväksyisi hänen ratkaisunsa.

31

Ethan, Martha ja Nathaniel kuuntelivat keskittyneinä, kun Samuel kertoi erittäin karsitun ja subjektiivisen tarinan saarelle saapumisensa jälkeisistä seikkailuistaan. Hänen lopetettuaan kolmikko tuijotti häntä vaiteliaana.

"No, sanokaa nyt joku edes jotakin", Samuel äyskähti hermostuneena.

"Vai olette te kommunikoineet kummitusten kanssa. Sepä mielenkiintoista", Nathaniel totesi.

"Ainoastaan yhden", Samuel oikaisi muistaessaan Nathaniel Oswaldin olevan Amyn psykiatri. "Ethän sinä käytä sitä Amya vastaan?"

"En tietenkään. Minusta on hienoa, että Amylla on aktiviteetteja", Nathaniel vastasi ja hymyili huvittuneena. "Olkoonkin, että ne ovat melko erikoislaatuisia."

"Paranormaali on uusi normaali", Ethan tölväisi.

"Sinä taidat pitää Amysta kovasti", Martha hengähti kihlatustaan piittaamatta ja vilkaisi Samuelia merkitsevästi. Samuel punastui. Se paljasti Marthalle enemmän kuin painokkaimmatkaan vakuuttelut. Hän tahtoi tietää lisää, mutta ei saanut siihen mahdollisuutta. Keskustelu tyrehtyi Amyn palatessa takaisin pöytään. Eikä hän ollut yksin. Amyn mukana saapuivat Reginaksi sonnustautunut Roy Leland, Veronica Flynn ja Miriam Kalawai'a. Samuelin teki mieli vajota maan alle, mutta Miriam ei ollut huomaavinaankaan hänen ahdinkoaan, vaan istui muitta mutkitta Samuelin viereen. Amyn käydessä pyytämässä henkilökunnalta lisätuoleja Miriam nojautui Samuelin puoleen.

"Ei sinun tarvitse olla huolissasi. En maininnut hänelle tietäväni teistä kahdesta", saaren perinneasussa hemaisevalta näyttävä Miriam kuiskasi.

"Mistä te sitten juttelitte?" Samuel pihahti. Hän oli häkeltynyt

Miriamin ystävällisyydestä.

"Kerroin hänelle sinun ja minun päättäneen yhteistuumin lopettaa parisuhteemme, koska minä olen muuttamassa New Yorkiin."

Samuelin suu loksahti raolleen. Hän halusi ilmaista Miriamille, kuinka tärkeä tämä oli hänelle ollut, miten Miriam oli auttanut häntä avaamaan sydämensä ja havaitsemaan maailmassa piilevän kauneuden. Mutta ei sellaiseen ollut sanoja.

"Minä en koskaan ansainnut sinua", Samuel mutisi kömpelösti.

"Et niin", Miriam hymähti. "En kuitenkaan aio tuhlata elämääni vihaan ja katkeruuteen."

Samuel oli samaa mieltä. Hän kosketti arasti Miriamin olkapäätä.

"Minun tulee sinua ikävä."

"Niin minunkin sinua", Miriam vastasi ja kietoi käsivartensa Samuelin ympärille. "Tee hänet onnelliseksi."

Samuelin ei tarvinnut kysyä, ketä Miriam tarkoitti. Heidän irtautuessaan toisistaan hän näki Amyn katselevan heitä.

"Mitä te oikein supisette?" Amy uteli ahtautuessaan pöydän ääreen. Miriam reagoi salamannopeasti.

"Puhuimme sinusta ja siitä, kuinka sinä suorastaan säkenöit tänään."

"Höpsistä", Amy tuhahti.

"Älä vähättele omaa naisellisuuttasi", Miriam kujersi. "Eikö hän olekin viehättävä, Samuel?"

Samuel huomasi Amyn ja Miriamin tarkkailevan häntä kiinteästi.

"On. Te molemmat olette", hän tokaisi diplomaattisesti.

"Ja?"

"Ja mitä?" Samuel ihmetteli. Miriam mulkaisi Samuelia moittivasti.

"Oliko tuossa tosiaan kaikki? Olisit voinut kehua kampauksiamme, ylistää pukujamme ja runoilla jumalaisesta sulokkuudestamme."

"Miksi? Sinähän teit sen jo itse", Samuel sanoi.

"Samuel, Samuel… Sinulla on vielä paljon opittavaa naisista", Miriam huokaisi.

"Jotkut eivät opi koskaan", rupattelua sivusta seurannut Martha kihersi ja viittasi päällään Ethaniin. Amy ja Miriam purskahtivat hersyvään nauruun. Se sai Veronicaa kuuntelevan Ethanin havahtumaan. Hän vilkaisi Marthaan, joka kohautti teennäisen viattomasti harteitaan. Mutta väkisin ylöspäin pyrkivät suupielet kavalsivat Marthan.

"Mille he kikattavat?" Ethan kysyi Samuelilta.

"Meille. Sinulle ja minulle. Koko samperin mieskunnalle", Samuel virkkoi suopeasti. Ethan nyökkäsi.

"Sitä minä pelkäsinkin", hän lausui värisevällä äänellä. "He ovat haistaneet veren. Oli kunnia tuntea sinut, Samuel Thomas."

"Kuten myös, herra Solomon", Samuel murahti ja veti käden lippaan. Ethan vastasi eleeseen. Miesten pelleily aiheutti kahlitsemattoman ilonpurkauksen seurueen keskuudessa. Samuelkin osallistui siihen. Hän oli riemuissaan. Miriam oli armahtanut hänet. Se oli enemmän kuin hän oli uskaltanut toivoakaan.

Viimein naurunpuuska laantui. Mutta se oli jättänyt jälkensä heihin. Puhe aaltoili, ja pöydän ihmiset juttelivat vapautuneesti keskenään. Miriam vitsaili Regina Lelandin ja Nathaniel Oswaldin kanssa ja esitteli heille pukunsa yksityiskohtia. Vasta palvelusväen ilmoittaessa puolen tunnin kuluttua alkavasta ruokatarjoilusta hän tajusi unohtaneensa jotakin.

"Amy-kulta, sanoit aikaisemmin, että sinulla on meille tärkeää asiaa."

Amy vakavoitui.

"Se koskee pientä ystäväämme", hän kuiskutti. Samuel kumartui lähemmäs kuullakseen paremmin.

"Coraliako?"

"Niin."

"Oletko sinä saanut jotain uutta selville?" Miriam kysyi kiinnostuneena.

"Kyllä vain. Mutta kenties tämä ei ole sopiva paikka sille keskustelulle", Amy sihahti ja silmäili epäröiden Nathanielia, Marthaa ja Ethania. Samuel ymmärsi Amyn varautuneisuuden.

"Sinun ei tarvitse kainostella heidän vuoksensa. He tietävät Coralista jo."

"Voi ei, Samuel!" Amy tulistui. "Lavertelitko sinä hänestä heille?"

"Minusta se oli reilua", Samuel puolustautui. "Jokainen heistä on tavalla tai toisella auttanut ja tukenut meitä."

"Mutta Nathaniel on minun psykiatrini", Amy purnasi.

"Hän on meidän puolellamme, usko pois."

"Ehkä Samuel on oikeassa. Sitä paitsi heistä saattaa olla meille hyötyä", Miriam totesi. Amy käsitti olevansa alakynnessä.

"Olkoon!" hän ärähti alistuneesti. "Mitä me nyt teemme?"

"Kerrotaan heille koko Coralin tarina", Samuel möläytti empimättä.

"Mitään lisäämättä ja mitään poistamatta", Miriam komppasi. "Ja minun mielestäni se on Amyn tehtävä."

"En minä osaa", Amy vastusteli.

"Osaatpas. Sillä se on myös sinun tarinasi", Samuel kannusti.

Amy nielaisi.

"Hyvä on sitten. Mutta antakaa minulle hetki aikaa", hän sanoi ja painoi katseensa syliinsä. Amyn kootessa ajatuksiaan Samuel ja Miriam pyysivät pöydässään istuvia ihmisiä vaikenemaan ja kuuntelemaan Amya. Seurueen hiljennyttyä Amy kohotti päätään. Hän huomasi seitsemän silmäparin tuijottavan häntä. Jännitys ja epävarmuus velloivat hänessä, mutta hän hätisti ne loitommalle kuin pullanmurujen ympärillä pörisevät kärpäset. Amy ei sallinut menneisyytensä enää hallita häntä.

"Jotta ymmärtäisitte minua, on minun palattava kertomuksessani päivään, jolloin talossani alkoi kummitella..."

Amy puhui miltei ruokailuun saakka. Päästyään selontekonsa viimeiseen osioon hän ojensi mukanaan tuomansa valokuvan ja Coralin kanssa käymänsä keskustelun muistiinpanot Samuelille, joka tovin niitä tutkittuaan laittoi ne kiertämään eteenpäin.

"Luoja", Regina Leland hengähti Amyn lopettaessa. Hän näytti järkyttyneeltä. "Meidän on löydettävä tuo perhe."

"Onko se todella tarpeen?" Samuel kysyi. "Tapahtuneesta on jo parikymmentä vuotta. Emme pysty mitenkään todistamaan Coralin äidin hukuttaneen tytärtään."

"Sinä et tajua. Coral ei ollut ainoa lapsi."

Sanat saivat Amyn vavahtamaan.

"Mitä?" hän älähti. "Mitä sinä tarkoitat?"

"Perheellä oli toinenkin jälkeläinen", Regina tähdensi.

"Mikset sinä maininnut asiasta vieraillessamme luonasi?" Amy tiukkasi.

"En muistanut sitä silloin, eikä se myöhemmin tuntunut tärkeältä. Olen pahoillani. Minä en ole enää nuori nainen", Regina selitti.

Sinä et ole nainen ensinkään, Amyn teki mieli huutaa, mutta hän hillitsi kielensä. Hän ei voinut syyttää Reginaa. Tämä eli kahden ihmisen elämää.

"Ei sinun tarvitse pyydellä anteeksi", hän mutisi ja kurotti puristamaan Reginan sormia.

"Minä tunnen itseni totaaliseksi pölkkypääksi", Regina Leland puuskahti.

"Älä turhaan. Minä unohdan välillä jopa hotellihuoneeni numeron", Ethan tyynnytteli Reginaa. "Oleellisinta on nyt selvittää, mitä Coralin perheelle on tapahtunut hänen kuolemansa jälkeen."

"Aivan", Veronica virkkoi ja katsoi Reginaan. "Onko sinun mieleesi muistunut mitään muuta heistä?"

Regina levitti neuvottomana käsiään. Veronica ei lannistunut.

"Meitä on kahdeksan terävä-älyistä ihmistä", hän sanoi. "Emmeköhän me yhdessä onnistu ratkaisemaan tämän ongelman."

Kaikki nyökyttelivät myöntymisen merkiksi.

"Tänään me kuitenkin juhlimme emmekä huolehdi huomisesta", Martha totesi ja luovutti valokuvan takaisin Amylle. "Ja siitä puheen ollen, Ethan saa luvan viedä minut tanssimaan."

"Mutta illallinenhan tarjoillaan kohta", Ethan murahti.

"Äh, kyllä me kerkeämme", Martha vakuutti, eikä Ethanin auttanut kuin suostua.

"Meidänkin on aika palata omaan pöytäämme", Veronica tokaisi Reginalle. He lähtivät yhtä matkaa Ethanin ja Marthan kanssa. Vain Nathaniel Oswald jäi nuorten seuraan. Hän tarkasteli Amya hyväntahtoisesti.

"Aiotko sinä nyt soittaa valkotakkiset miehet hakemaan minut?" Amy kysyi.

"Enpä taida, sillä he joutuisivat kantamaan minutkin mukanaan", Nathaniel sanoi. Amy huokaisi helpottuneena.

"Sinä siis uskot, että Coral on oikea kummitus?"

"En ole varma. Mutta minä uskon sinuun", Nathaniel vastasi ja virnisti kujeilevasti. "Tiedätkö muuten, miksi joulupukki meni psykiatrille?"

"En tosiaankaan."

"Koska hän ei enää uskonut itseensä."

Amy hymyili. Hän ymmärsi, mitä Nathaniel vihjasi. Kehnossakin vitsissä saattoi piillä totuuden siemen.

32

Kolmen ruokalajin illallismenu oli huikea osoitus Grand Appletonin keittiömestarin taidoista, vaikka Samuelista Ana Kalawai'an tarjoomukset olivat olleet vielä herkullisempia. Mutta hän oli puolueellinen, eikä makuasioista kannattanut kiistellä. Miriam oli silti mielissään Samuelin kehusta.

"Äitini olisi taatusti häkeltynyt moisesta vertailusta", hän myhäili lusikoidessaan paahtovanukkaan rippeet suuhunsa. "Mutta tämä *crème brûlée* on kyllä erinomaista."

"Kuten muutkin annokset olivat", Samuel myönsi. "Vahinko vain, että Ethan ei päässyt nauttimaan niistä."

Se oli totta. Ethan oli ollut poissa koko ruokailun ajan. Marthan kanssa tanssittuaan hän oli hävinnyt kuin tuhka tuuleen. Samuelin udellessa asiasta Martha kertoi Ethanin saaneen jonkin päähänpiston ja lähteneen selvittämään sitä. Vastaus oli salamyhkäinen, mutta Samuel ei ollut huolissaan. Hän tunsi ystävänsä erikoisen luonteenlaadun.

"Sinusta tulee sitten yksityisetsivän vaimo", Samuel virkkoi Marthalle tarjoilijoiden korjatessa jälkiruoka-astiat pöydästä.

"Eipä tulekaan. Ethan jää eläkkeelle ennen häitämme."

"Oletko varma?"

"Hän sanoi niin."

"Aiotteko te muka vetäytyä viettämään hiljaiseloa?" Samuel sihahti epäilevästi.

"Miksi sinä sellaista kuvittelet? Meidän seikkailummehan ovat vasta alkamassa. Ja toivon, että sinäkin osallistut niihin."

"Se olisi mahtavaa. Minussa on ainesta komeaksi ja nöyrän ritarilliseksi sankariksi."

"Hah. Sinä sopisit paremmin koomiseksi sivuhenkilöksi", Amy tirskahti.

"Tai lojaaliksi, mutta hiukan yksinkertaiseksi apuriksi", Miriam lisäsi. Samuel irvisti ja kohotti kätensä teatraalisesti otsalleen.

"Ah, kuinka julmia ja häilyväisiä naiset ovatkaan. Te loukkaatte minun herkkää runoilijansieluani."

"Ritarillisuus on hyve, jonka mies ja nainen käsittävät eri tavalla", Nathaniel totesi rauhallisesti.

"Kuka noin sanoi?" Martha kysyi. "Joku kuuluisa filosofiko?"

"Ei, vaan minun vaimoni."

"Hän on älykäs ihminen", Samuel hörähti.

"Niin on, eikä hän koskaan anna minun unohtaa sitä."

Äänekäs lasin kilistys keskeytti leikinlaskun. Rowena Blythe seisoi tuolinsa vieressä ja piteli langatonta mikrofonia sormissaan.

"Jaaha, nyt on juhlapuheen vuoro", Miriam kommentoi Amylle. Mutta Amy ei kuunnellut toveriaan, vaan tuijotti herkeämättömästi äitiään.

"Hyvät ystävät", Rowena aloitti. "Olen otettu ja iloinen, että olette saapuneet näin runsaslukuisina pienimuotoiseen illanviettooni. Haluan vielä kerran toivottaa teidät lämpimästi tervetulleiksi, vaikka en tunne puoliakaan teistä niin hyvin kuin pitäisi, enkä pidä puolistakaan niin paljon kuin ansaitsisitte..."

"Tuo oli lainaus *Taru sormusten herrasta*", Samuel supisi Rowenan jatkaessa.

"Tiedän", Amy pihahti ärtyneesti ja keskitti huomionsa takaisin äitiinsä.

Rowenan puhe kesti muutaman minuutin. Yleisö nauroi hänen kertoessaan huvittavan anekdootin pahamaineisesta elokuvatuottajasta ja matkiessaan sen jälkeen taitavasti muuatta Hollywoodissa työskentelevää kilpasisartaan. Monologi oli hauska ja sujuvasti rytmitetty. Mutta vasta ehtoopuolella se muuttui omakohtaiseksi.

"Lopuksi tahdon esitellä teille erään minulle tavattoman rakkaan henkilön, jonka kunniaksi päätin järjestää nämä naamiaisjuhlat. Olen ikuisesti kiitollinen siitä, että virheistäni huolimatta hän antoi minulle uuden mahdollisuuden. Hän on aina ollut minua parempi ihminen. Kohottakaamme malja minun upealle tyttärelleni Amylle!"

Vieraat nostivat lasinsa ja seurasivat katseillaan Rowenaa, joka puikkelehti pöytien lomitse arvokkuudestaan piittaamatta. Amy istui paikalleen kivettyneenä. Hänen sydämensä takoi kuin pajavasara. Ei hän pystyisi kohtaamaan äitiään. Ei kymmenien ja taas kymmenien ihmisten edessä. Ei Samuelin ja Miriamin nähden. Mutta syvällä sisimmässään hänen oli myönnettävä, että juuri tätä hän oli salaa haikaillut. Sovintoa. Äidin hyväksyntää. Avointa tunnustusta. Amy pakottautui pystyyn. Hän ei tohtinut vilkaistakaan ystäviään. Jalat tuntuivat huterilta ja olo epätodelliselta. Miten ihmeessä hän kykenisi liikkumaan korkeakorkoisilla kengillään? Hänhän vain kaatuisi ja saattaisi itsensä naurunalaiseksi.

"Salli minun auttaa", Nathaniel Oswald lausui ja tarjosi Amylle käsivarttaan. Amy tarttui siihen huojentuneena. Psykiatrin tukemana hän astui Rowenan eteen.

Salissa oli hiirenhiljaista. Amy oli kuvitellut tuon kohtaamisen tuhanteen kertaan, vaikka hänen mielessään se ei koskaan ollut tapahtunut näin julkisesti. Hän oli miettinyt, mitä tekisi ja sanoisi. Mutta katsoessaan Rowenaa hänen suunnitelmansa ja aikomuksensa raukesivat. Oli ainoastaan äiti ja hän. Ei ketään muuta. Ja äidin silmissä loisti pohjaton hellyys.

"Amy…" Rowena henkäisi ja levitti kätensä.

"Äiti!" Amy niiskahti ja sukelsi Rowenan syliin. Äiti ja tytär halasivat toisiaan. Hetken kaikki oli niin kuin pitikin. Sitten aplodit alkoivat ja lumous särkyi. Amy ja Rowena pälyilivät hämmentyneinä ympärilleen.

"Mennään muualle juttelemaan", Rowena ehdotti autuaasti hymyillen.

"Mutta entä sinun vieraasi? Ethän sinä voi noin vain häipyä omista juhlistasi."

"Vähät heistä." Sanojensa vakuudeksi Rowena rutisti Amyn kainaloonsa. He lähtivät kulkemaan salin uloskäyntiä kohti. Ihmiset väistyivät heidän tieltään kuin tietäen, ettei heitä kannattanut estellä. Martha tuijotti heidän peräänsä. Hän muisti viime aikoina ahkerasti ajattelemastaan vihkivalasta virkkeen, joka sopi tilanteeseen oudon hyvin.

"Ja minkä Jumala on yhdistänyt, sitä älköön ihminen erottako."

Pian Rowenan ja Amyn poistumisen jälkeen maineikas pop-artisti pelmahti lavalle ja esitti kimaran tunnetuimpia kappaleitaan. Lavan edusta täyttyi basson jytkeen tahtiin tanssivista vieraista, joista monet laulaa hoilottivat hittien kertosäkeitä kuin hullaantuneet teinit. Tunnelma oli katossa. Rowenan juhlista ei käänteitä ja yllätyksiä puuttunut.

Touhun ja temmellyksen keskellä vain harva huomasi Ethanin palanneen kekkereihin. Eikä hän viipynyt pitkään. Haettuaan Evie Mannin mukaansa hän katosi uudestaan. Salista päästyään hän johdatti Evien aulan kulmauksessa sijaitsevalle penkille.

"Mikä nyt on niin tärkeää, että se ei voinut odottaa huomiseen?" Evie myhäili istuttuaan alas.

"Haluan varoittaa sinua." Ethanin totisuus hyydytti Evien virnistyksen.

"Onko jokin vialla?" Evie kysyi huolestuneena.

"Ehkä on, ehkä ei", Ethan vastasi. "Mutta oli miten oli, asianosaisena sinulla on oikeus kuulla tuorein uutinen ensimmäisten joukossa."

"Mikä uutinen? Mistä sinä puhut?"

Ethan selvitti kurkkuaan.

"Keskustelin puhelimessa syyttäjän kanssa. Hänen mukaansa he eivät aio nostaa murhasyytettä Lily Robillardia vastaan."

"Minä en ymmärrä. Mitä se käytännössä tarkoittaa?"

"Lily joutuu oikeuteen ainoastaan huumausaineen hallussapidosta. Ensikertalaisena hän saattaa välttää vankeusrangaistuksen."

"Kenties hän on sittenkin syytön", Evie huokaisi. Ethan pudisti päätään.

"Syyttäjänvirasto ei usko niin. Mutta heillä ei ole raskauttavaa näyttöä Lilyn osallisuudesta vakavampiin rikoksiin", hän selitti Marthan aiemmin päivällä Amoksesta käyttämiä sanankäänteitä mukaillen. "Christinan kuoleman ja sinuun kohdistuneiden murhayritysten kohdalla Lilyn asunnossa olleet fentanyylitabletit eivät riitä osoittamaan Lilyä myrkyttäjäksi. Fentanyyli on suosittu huume. Pelkkä sen hallussapito ei kytke Lilyä aukottomasti muihin rikoksiin. Jasonin tapauksessa taas erämökistä löytyneet hiukset eivät ilmeisesti kelpaa todistusaineistoksi. Mitokondriaalinen DNA ei…"

"Lopeta. Minä en tajua sellaisesta höykäsen pöläystäkään", Evie puuskahti. "Lily siis pääsee piakkoin vapaaksi, oli hän syyllinen tai ei?"

"Se on hyvin todennäköistä."

Evien posket vapisivat.

"Minua pelottaa", hän inahti. "Eikö mitään ole tehtävissä? Täytyykö minun elää sama painajainen yhä uudelleen ja uudelleen?"

"Jos Lily on Jasonin murhaaja, oikeus tarvitsee langettavan todisteen tuomitakseen hänet."

"Minkä todisteen? Mihin sinä viittaat?"

"Aseeseen, jolla Jason ammuttiin", Ethan totesi yksikantaan.

"Mutta kai hän olisi hankkiutunut siitä myöhemmin eroon?" Evie arveli.

"Ei välttämättä. Jatkakaamme olettamaa Lilyn syyllisyydestä. Miksi hän ei hävittänyt fentanyylitabletteja, vaan kätki ne asuntoonsa?"

"No?"

"Koska hän tarvitsi niitä vielä. Sama saattaa päteä aseeseen."

"Mutta poliisihan tutki hänen huoneistonsa ja työtilansa."

"Sinä tunnet Grand Appletonin kuin omat taskusi. Ehkä hotellissa on muitakin paikkoja säilyttää henkilökohtaisia tavaroita."

"En ole varma, mitä ajat takaa. Onhan tietysti työntekijöiden ruokala ja heidän taukotilansa, mutta et taida tarkoittaa niitä."

"Ne ovat liian julkisia paikkoja", Ethan myönsi. "Entä Lilyn harrastukset? Hän näyttää hyväkuntoiselta. Treenasiko hän hotellilla?"

Kysymys sai Evien ilmeen kirkastumaan.

"Henkilökunnan kuntosali! Lily kävi siellä usein!"

"Oliko hänellä pukuhuoneessa oma kaappi?" Ethan tiedusteli.

Evie nyökkäsi.

"Haluan tarjota alaisilleni mahdollisuuden pitää huolta itsestään. Kuntosalilla on nimetyt lukittavat lokerikot työntekijöitä varten."

"Varrohan hetki", Ethan murahti ja selasi älypuhelimelleen tallennettuja poliisiraportteja. Kotvan kuluttua hän kohotti katseensa Evien kasvoihin. "En löydä mainintaa pukuhuoneen tutkinnasta. Tämä on pelkkää hakuammuntaa, mutta voisimmeko käydä vilkaisemassa Lilyn kaappia?"

"Nytkö?"

"Jos sinulle vain sopii."

Evie ei vastustellut, vaikka hän kaipasi takaisin aviomiehensä luo. Amos oli Rowenan kanssa juteltuaan ollut omituisen vaisu.

"Mikäpä siinä. Mutta minun on haettava tarvittavat avaimet ja selvitettävä Lilyn kaapin numero."

"Minä odotan sinua täällä", Ethan sanoi ja venytteli kylkeään. "En jaksa tässä iässä enää ravata pää kolmantena jalkana."

"Ota rennosti. En viivy kauaa."

"Ei minulla ole mihinkään kiire", Ethan haukotteli ja asettautui mukavammin penkille. Evie hymyili nähdessään yksityisetsivän silmien painuvan kiinni.

33

Amy nojasi näköalatasanteen suojakaiteeseen ja katseli tummana huokuvaa merta. Sen valtavuus ja romanttinen arvoituksellisuus kiehtoivat häntä. Merellä oli salaisuuksia, joista ihmisillä ei ollut aavistustakaan. Hetken mielijohteesta Amy kumartui kaiteen ylitse ja vilkaisi alaspäin. Portaat laskeutuivat hotellin yksityisrannalle, joka värjyi kellertävän kuun loisteessa. Nyt siellä ei ollut ketään. Aavalla tuulen tuudittamat laineet keinuivat merkkipoijuja vasten. Amy ajatteli äitiään. Ilma tuoksui suolalle ja lupauksille.

"Tuo ei ole turvallista", miesääni varoitti. Kävelykeppi kopsahti kiveykseen. Amy suoristautui ja kääntyi. Samuel seisoi hänen edessään. Miehen kasvot olivat peittyneet varjoihin. Äkkiä Amy tajusi olevansa ensimmäistä kertaa koko iltana Samuelin kanssa kahden.

"Miten sait selville, missä minä olen?"

"Rowena paljasti sen minulle", Samuel selitti. "Mikset kertonut, että hän on äitisi?"

"En minä voinut."

"Etkö sinä luottanut minuun?"

"Ei se siitä johtunut."

"Mistä sitten?" Samuel tivasi.

"Mitä sinä haluat kuulla?" Amy kivahti ja läimäytti naamiotaan kädellään. "Senkö, että äitini entinen poikaystävä turmeli kasvoni hapolla. Tekeekö se olosi paremmaksi?"

Samuel tuijotti Amya kauhistuneena.

"Voi Amy, minä en tiennyt", hän supisi yrittäessään halata Amya. "Anna minun..."

"Minä en kaipaa sääliäsi!" Amy huusi ja työnsi Samuelin luotaan.

"En minä sääli sinua", Samuel sanoi. Amy naurahti katkerasti. "Paskanmarjat! Miksi muuten sinä olisit maannut kanssani?"

"Amy...

"Hemmetin partiopoika! Oliko se sinun viikon hyvä työsi? Eikö mummojen saattaminen kadun yli enää riittänyt sinulle?"

"Kuuntele..."

"Vai tahdoitko sinä armahtaa kummajaista, joka ei ollut kyennyt edes pääsemään eroon neitsyydestään?"

"Minä..."

"Älä käsitä väärin. Olen otettu uhrauksestasi. Mutta en ymmärrä, miksi sinä yhä kiusaat minua?"

"Koska minä rakastan sinua!" Samuel ärähti. Totuus ryöpsähti hänestä yhtenä vastustamattomana purkauksena. Amy sävähti kuin häntä olisi poltettu. Hän katseli Samuelia epäuskoisena.

"Mitä sinä sanoit?"

"Minä rakastan sinua", Samuel toisti.

"Niin kuin ystävääkö?"

"Ei, vaan niin kuin naista."

Amy huumaantui tajutessaan, että mies oli tosissaan. Hänen sydämensä oli pakahtua. Ensin äiti ja nyt vielä Samuel. Saattoiko kukaan kestää sellaista onnea? Amy ei ollut varma, mutta halusi ottaa asiasta selvää.

"Tule", hän kuiskasi. Samuel ei tarvinnut toista kehotusta. Hän pudotti keppinsä maahan ja antautui tuolle suunnattomalle voimalle, joka sai sokeat näkemään ja rammat tanssimaan ripaskaa. Vartalot painautuivat vastakkain. Suut löysivät toisensa hätäisinä ja nälkäisinä. Pimeys kietoi heidät viittaansa ja kätki heidät maailmalta. Henki ja aine yhtyivät. Olisipa se voinut jatkua loputtomiin. Mutta tietenkään niin ei käynyt. Ihminen ei pystynyt pysäyttämään ajan armotonta pyörää.

"Entä Miriam?" Amy kysyi laskiessaan päänsä lepäämään Samuelin rinnalle. "Kuinka me selitämme tämän hänelle?"

"Miriam tietää, mitä meidän välillämme on tapahtunut. Mutta älä ole huolissasi. Hän antoi meille siunauksensa."

"Miten hitossa sinä onnistuit siinä?" Amy ihmetteli.

"Mennään kävelemään rannalla, niin minä kerron sinulle

kaiken", Samuel lupasi. Amy syleili miestä omistavasti. Hän tunsi itsensä lumotuksi. Se oli eittämättä hänen elämänsä paras päivä.

Henkilökunnan kuntosalin naisten pukuhuone oli miellyttävän kodikas. Hailakanturkoosit kaapit, vaaleat seinät ja harmaa laattalattia synnyttivät viehättävän yleisvaikutelman. Pastellisävyiset huonekalut toivat sisustukseen lämpöä ja väriä. Tilan päädyssä oli valtava peili ja meikkaustaso. Oli helppo kuvitella lauma suihkunraikkaita naisia istumassa ja juttelemassa sen ääressä.

Ethan ja Evie tuijottivat Lilyn lokerikkoa. Vesiautomaatin pulpahtaessa Evie hätkähti.

"Tarkista sinä se. Minä en uskalla", hän virkkoi ja ojensi avainnipun suojahansikkaat käsiinsä sujauttaneelle Ethanille. Yksityisetsivä tarttui toimeen. Pian lukko rapsahti auki. Ethan ei kursaillut, vaan riuhtaisi oven ammolleen ja mittaili kaapin sisältöä katseellaan.

"Löytyykö sieltä mitään?" Evie äyskähti.

"Vastahan minä aloitin", Ethan murahti ja nosti siististi viikatun jumppa-asun ulos lokerikosta. Sen perässä seurasi joukko muita tavaroita: shampoo, hoitoaine, alushousut, rintaliivit, paketillinen tamponeja… Viimein kaappi oli tyhjennetty miltei kokonaan. Ainoastaan kenkähylly oli tutkimatta.

"Tämä taisi olla hukkareissu", Evie tokaisi.

Ethan ei vastannut. Hän polvistui ja siirsi hyllyn etualalla olevat salitossut sivuun. Niiden takana oli mytty oranssia kangasta. Ethan veti sen esille.

"Pelkkä pyyhe!" Evie tuhahti silmäillessään Ethanin saalista.

"Sen sisällä on jotakin kovaa", Ethan sanoi ja rullasi pyyhkeen varovasti levälleen. Nähdessään pehmeän puuvillan kätkemän esineen hän tiesi, että tapaus oli ratkennut.

Poliisipäällikkö istui hotellin vastaanottotiskin läheisyydessä olevassa toimistossa ja katseli naamiaisasuihin sonnustautuneita Ethania ja Evietä. Hänen mukanaan oli nikotiinipurukumia jäystävä poliisietsivä, jonka takin vasen rinnus pullotti kainalo-kotelossa olevan pistoolin vuoksi. Vaikka kummallakaan heistä ei ollut poliisiunivormua yllään, olisi Ethan tunnistanut heidät poliiseiksi heti.

"Mainitsit puhelimessa teidän löytäneen hotellista aseen, joka saattaa liittyä Jason Raphaelin murhaan", poliisipäällikkö sanoi Ethanille.

"Jätimme sen löytöpaikalle ja lukitsimme tilaan johtavan oven", Ethan vastasi.

"Aivan oikein. Veisittekö meidät nyt aseen luokse?"

"Kaikki aikanaan. Ensin haluan teidän kuitenkin suorittavan erään ikävän, mutta välttämättömän toimenpiteen."

"Mitä me voimme tehdä hyväksesi?" poliisipäällikkö kysyi tuijottaen aprikoivasti Ethania. Yksityisetsivä näytti vanhalta ja väsyneeltä. Mieheltä, joka kantoi raskasta taakkaa harteillaan.

"Pidättäkää hänet", Ethan huokaisi osoittaen surullisena Evietä. "Pidättäkää Evie Vivian Mann."

34

Huoneessa vallitsi tyrmistynyt hiljaisuus. Mutta se oli vain tyyntä myrskyn edellä. Tuokio valheellista rauhaa. Seesteinen hetki ennen kaaosta.

"En välitä tuollaisesta pilailusta", Evie sihahti ja mulkaisi Ethania koleasti.

"Ei se ollut pilailua. Minä olen täysin tosissani", Ethan totesi.

"Oletko sinä tullut hulluksi?" Evie huusi.

"Minäkin mietin samaa", poliisipäällikkö jyrähti kulmakarvat yhteen kuroutuneina. "Syytätkö sinä todella rouva Mannia jostakin?"

"Syytän."

"Mitä minä muka olen tehnyt?" Evie kivahti.

"Rouva Mann..." poliisipäällikkö hyssytteli, mutta Evie ei kuunnellut.

"Ei! Antakaa hänen kertoa."

"Sinä murhasit Christinan ja Jasonin. Lisäksi sinä lavastit Lilyn noiden kammottavien rikosten tekijäksi", Ethan virkkoi. Eikä siinä ollut kaikki, hän ajatteli, muttei sanonut enempää.

"Huomaatteko nyt!" Evie tiuskaisi poliisiviranomaisille. "Hän on menettänyt järkensä! Ette kai te ota häntä vakavissanne?"

Poliisipäällikkö lepytteli kiihtynyttä hotellinomistajaa ja silmäili vaivihkaa Ethania. Hän oli oppinut kunnioittamaan yksityisetsivän älykkyyttä ja poikkeuksellista oivaltamiskykyä. Vaikka Ethanin väittämät olivat absurdeja, niitä ei voinut ohittaa pelkällä olankohautuksella.

"Sinun on parasta aloittaa alusta", hän murahti Ethanille. "Tajuat kuitenkin varmasti, että kävelet erittäin ohuella jäällä."

Sanonta ei sopinut trooppiselle paratiisisaarelle, mutta Ethan ei huomauttanut siitä. Hän ei halunnut ärsyttää poliisipäällikköä turhaan. Ethan nyökkäsi ymmärtävänsä ja nousi tuoliltaan. Asteltuaan muutaman askeleen ovea kohti hän kääntyi ja katsoi häntä tuijottavaa kolmikkoa.

"Juttelin tänään kihlattuni Marthan kanssa", Ethan tokaisi. "Hän esitti, ettei kellään muulla kuin Lilyllä ja Amoksella ollut motiivia koettaa murhata Evietä. Se oli uskottava ja rationaalinen päätelmä. Silti hänen sanansa jäivät vaivaamaan minua. Mutta vasta tanssiessamme naamiaisissa käsitin, että kenties olimme tarkastelleet tapahtunutta väärästä näkökulmasta. Entä jos murhaajan todellinen kohde ei koskaan ollutkaan Evie, vaan Lily?"

"Eihän Lilyä ole yritetty tappaa", poliisietsivä protestoi.

"Ei niin, mutta kahdesta murhasta tuomittuna hän olisi viettänyt loppuelämänsä vankilassa. Ja juuri se oli Evien tarkoituskin."

"Tämä on sietämätöntä", Evie valitti. Poliisipäällikkökään ei ollut vakuuttunut.

"Tuo vaikuttaa aivan liian monimutkaiselta. Miksei hän vain tappanut Lilyä?"

"Ei hän voinut", Ethan selitti. "Lilyn rakastajan puolisona häntä olisi heti epäilty murhasta."

"Miksi minä olisin tahtonut päästä eroon Lilystä? Hänhän oli minun ystäväni", Evie niiskahti.

"Amoksen vuoksi. Tiesit, että hän ei ollut uskollinen aviomies. Saatoit kestää Amoksen satunnaiset naisseikkailut, mutta hänen ja Lilyn suhde oli sinulle liikaa. Et aikonut antaa kenenkään tulla sinun ja Amoksen väliin. Ovela ja häikäilemätön suunnitelma alkoi muotoutua sinun mielessäsi. Panit sen ensimmäisen osan täytäntöön hotellin kabinetissa järjestämälläsi illallisella."

"Mutta silloinhan Evie yritettiin myrkyttää", poliisietsivä sanoi.

"Niin Evie halusi meidän luulevan, ja siksi hän sijoitti Lilyn istumaan viereensä. Se oli kuitenkin pelkkää teatteria. Evie oli harjoitellut kohtausta koiransa kanssa", Ethan lausui miettien Mannien tietokoneella olevia koirankoulutusvideoita. "Hän pudotti lasinsa tarkoituksella lattialle ja laski Steffien sylistään. Kuuliainen koira totteli emäntäänsä. Se sai maksaa siitä hengellään."

"Sinun mukaasi Evie siis laittoi fentanyylin muiden huomaamatta omaan lasiinsa?"

"Ei hän joutunut toimimaan niin vaikeasti. Hän myrkytti Steffien vasta kabinetista poistuttuaan."

"Minä rakastin Steffietä!" Evie purnasi. Kyyneleet valuivat pitkin hänen valkoisiksi puuteroituja kasvojaan.

"Ehkäpä. Mutta sinä rakastat Amosta vielä enemmän. Valinta oli selvä", Ethan vastasi ja palasi kertomukseensa. "Vietyään koiransa eläinlääkärille Evie auttoi Jason Raphaelia karkaamaan sairaalasta. En ole varma, miten hän toimi, mutta arvelen hänen lahjoneen tai uhkailleen jonkun päästämään Jasonin vapaaksi. Eikä Evien tarvinnut edes tehdä sitä itse. Hän käytti luultavasti jotakuta ahnetta ja siekailematonta palkollistaan välikätenä. Jotakuta, jonka saattoi myöhemmin raivata pois tieltään…"

"Miksi Jason oli niin tärkeä?" poliisipäällikkö kysyi, vaikka arvasi vastauksen.

"Koska huumekoukkuun ajautunut Jason oli antanut fentanyylitabletit Evielle. He suojelivat toinen toistaan. Mutta Jasonin psykoottisen kohtauksen jälkeen Evie ei voinut enää luottaa hotellilääkäriin. Hänen oli vaiennettava Jason pysyvästi."

"Joten Jason piilotettiin syrjäiseen erämökkiin."

"Aivan. Evie oli toimittanut sinne ruokaa, juomaa ja joitakin Jasonin tavaroita. Muutaman päivän kuluttua Evie vieraili erämökissä. Hän ja Jason ideoivat yhdessä kreikankielisen runon, jonka Jason kirjoitti Raamattuun. Niin Evie sai lisätodisteen Lilyä vastaan. Jasonin suoritettua tehtävän Evie ampui hänet ja jätti hotellin kauneussalongista hankkimiaan Lilyn hiuksia rikospaikalle. Mutta siinä hän teki pienen virheen. Hän ei tiennyt, että leikatuissa hiuksissa ei ole hiustupen juurisolukkoa."

"Entä ne seinän kaiverrukset?" poliisietsivä pukahti.

Ethan levitti käsiään.

"Jason raapusti ne varmasti aikansa kuluksi. En keksi niille muutakaan syytä."

"En minäkään", poliisipäällikkö tunnusti. "Jatka vain."

"Seuraava murha oli vielä inhottavampi, sillä Evie käytti uhrinsa kiltteyttä ja viattomuutta hyväkseen", Ethan sanoi kitkerästi. "Evie odotti tyttöjen iltana kärsivällisesti, kunnes Christina lähti vessaan. Hän seurasi Christinaa ja tarjosi tälle fentanyylillä terästetyn ryypyn. Christinan nieltyä myrkyn Evie väitti, että käytävän käymälä oli varattu ja vei Christinan päämakuuhuoneen kylpyhuoneeseen. Christinan mennessä vessaan Evie otti lasin Christinalta ja palasi juhlijoiden pariin. Sen jälkeen hänen ei tarvinnut kuin pestä lasi huolellisesti ja laittaa se takaisin kaappiin."

"Eivätkö Evien vieraat huomanneet hänen ja Christinan poissaoloa?"

"Tuskinpa. Evie oli poissa ainoastaan hetken. Ja vaikka he olisivatkin huomanneet, kukapa heistä olisi epäillyt illan emäntää murhaajaksi. Christinan kuolemaahan pidettiin aluksi itse aiheutettuna. Sitä paitsi Evie lavasti oman murhayrityksensä säilyttämällä fentanyylitabletteja sisältävää aspiriinipurkkia kylpyhuoneessaan. Hän tiesi, että se löydettäisiin ennemmin tai myöhemmin. Hänen oli hotellinomistajana myös helppo kätkeä fentanyylitabletit Lilyn hotellihuoneistoon. Vähitellen todisteet ja johtolangat alkoivat vääjäämättä osoittaa Lilyn suuntaan."

"Melkoinen teoria", poliisipäällikkö totesi varautuneesti.

"En minä ole erehtymätön. Myönnän joutuneeni tekemään päätelmiä ja otaksumia rikosten yksityiskohdista. Uskon silti osuneeni lähelle totuutta."

"Vai uskot sinä niin! Sepä hienoa!" Evie parahti. "Mitä siitä, että mielikuvituksellisessa tarinassasi ei ole mitään perää! Senkin seniili hölmö! Aion haastaa sinut oikeuteen kunnianloukkauksesta!"

"Rouva Mann on oikeassa", poliisipäällikkö mutisi Ethanille. "Ilman näyttöä sinun väittämäsi ovat pelkkää spekulointia."

"Evie on paljon älykkäämpi kuin ihmiset luulevat. Hän huijasi pitkään meitä kaikkia, minuakin. Epäilysteni herättyäkään en ollut varma hänen syyllisyydestään. Minun oli tehtävä koe."

Ethan kertoi poliiseille syyttäjältä saamistaan uusista tiedoista, keskustelustaan Evien kanssa, sen jälkeisestä kuntosalin pukuhuoneen tutkinnasta ja Lilyn kaapista löytyneestä aseesta. Ethanin lopetettua poliisiviranomaiset tuijottivat Evietä totisina.

"Miksi te katsotte minua noin?" Evie kysyi.

"Koska poliisi tarkasti Lilyn käyttämän pukuhuonelokerikon aiemman etsinnän yhteydessä."

"Mutta sinä sanoit, että..." Evie inahti. Sitten hän ymmärsi ja vaikeni. Hänen sormensa hakeutuivat olalla roikkuvassa kukkaropussissa olevalle avaimenperälle.

"Minä valehtelin", Ethan virkkoi. "Keksin koko jutun syyttäjän ja minun välisestä puhelusta ja Lilyn rauenneesta murhasyytteestä houkutellakseni sinut paljastamaan itsesi. Saatuani sinut pois tolaltasi johdattelin sinut piilottamaan aseen Lilyn kaappiin."

"Missä Evie säilytti asetta?" poliisietsivä uteli.

"Mahdollisuuksia on useita, mutta arvelen hänen pitäneen sitä toimistonsa kassakaapissa. Sieltä se oli kätevä noutaa tarvittaessa."

"Mikset kertonut epäilyksistäsi meille?"

"Minulla ei ollut todisteita. Lisäksi minun oli toimitettava nopeasti. Kauna Lilyä kohtaan sumensi Evien mielen. En voinut antaa hänelle tilaisuutta pohtia asiaa tarkemmin. Laitoin kaiken yhden kortin varaan."

"Ja sinä voitit", poliisipäällikkö tokaisi vaikuttuneena ja vilkaisi alaistaan. "Minä soitan teknisen tutkinnan ryhmän paikalle. Lue sillä välin rouva Mannille hänen oikeutensa."

Poliisietsivä aloitti tutun rimpsun.

"Sinulla on oikeus pysyä vaiti. Kaikkea sanomaasi voidaan käyttää sinua vastaan..."

Mutta Evie tuskin kuuli poliisietsivän tupakankarheaa selostusta. Hän tuijotti ilmekään värähtämättä seinällä raksuttavaa kelloa ja odotti.

Ethan Solomon. Pirun Ethan Solomon. Evie kirosi yksityisetsivän alimpaan helvettiin. Ilman tätä hän ja Amos olisivat voineet elää onnellisina elämänsä loppuun saakka. Hankkia lapsia, perustaa perheen, ostaa uuden koiran. Se olisi ollut täydellistä. Taivas maan päällä. Paratiisi. Unohduksen puutarha. Mutta Ethan oli pilannut hänen suunnitelmansa. Ja minkä vuoksi? Vapauttaakseen Lilyn, haureuden harjoittajan ja avionrikkojan. Babylonin porton. Naurettavaa! Hän, Evie, oli sentään merkittävä yhteiskunnan jäsen ja filantrooppi, joka työllisti ja avusti lukemattomia ihmisiä. Vaikka hän oli toisinaan joutunut tekemään vaikeita ja valitettavia ratkaisuja, olivat ne aina pohjautuneet rakkauteen. Isän menehdyttyä Amoksesta oli tullut Evien olemassaolon aurinko ja kiintopiste. Eikä hän aikonut luopua puolisostaan. Lily saisi Amoksen vain hänen kuolleen ruumiinsa ylitse.

Oveen kajahti terävien koputusten sarja. Evien iho nousi kananlihalle. Hän oli valmis.

"Oletteko kunnossa, rouva Mann?" oven takana oleva mies tiedusteli. "Vastaanotimme hätäsignaalin henkilöhälyttimestänne."

Evie virnisti. Naamiaisia valvoneet hotellin turvamiehet olivat tällä kertaa toimineet kiitettävän ripeästi.

"Apua! Auttakaa! He satuttavat minua!" Evie kirkaisi. Enempää ei tarvittu. Luja potku paiskasi oven auki. Liuta riuskoja vartijoita tunkeutui huoneeseen.

"Mitä täällä on meneillään?" turvamiesten johtaja tiukkasi. Poliisietsivä astui testosteronia huokuvan miesjoukon eteen.

"Tilanne on hallinnassa. Me olemme..." Poskiluuhun osunut nyrkinisku katkaisi hänen selityksensä. Hän tuupertui lattialle menettäessään tajuntansa. Keski-ikäisestä poliisietsivästä ei ollut vastusta taekwondoa harrastavalle vartijalle.

"Näytä heille virkamerkkisi", Ethan sopersi poliisipäällikölle. Mutta hän oli myöhässä.

"Nostakaa kätenne ylös!" turvamiesten johtaja ärähti hänen alaistensa saartaessa Ethanin ja poliisipäällikön. Alakynteen jäänyt kaksikko totteli.

"Te olette käsittäneet väärin..." poliisipäällikkö yritti, mutta turhaan.

"Turpa tukkoon! Minä esitän kysymykset!"

Tappelunhaluiset miehet kiihtyivät johtajansa sanoista. He sadattelivat äänekkäästi ja tuuppivat Ethania ja poliisipäällikköä.

Melskeen keskellä kukaan ei huomannut, kuinka Evie kömpi maassa makaavan poliisietsivän luokse ja otti pistoolin tämän kainalokotelosta. Tarkistettuaan, että ase oli ladattu, hän poisti sen varmistimen. Hetkeäkään empimättä hän riensi ovelle ja livahti ulos toimistosta. Hän ei suonut ajatustakaan Ethanille, poliisipäällikölle tai saarelta pakenemiselle. Evien riivattua mieltä hallitsi yksi ainoa pakottava, kaikennielevä tarve. Hänen oli löydettävä Amos. Millään muulla ei ollut väliä.

"Älkää päästäkö häntä menemään", kaltoin kohdeltu poliisipäällikkö pihisi. Läimäys hiljensi hänet. Ethan henkäisi syvään ja koetti puhua miehille järkeä.

"Uskokaa nyt, hän on poliisi."

"Niin taatusti, ja me olemme paikallinen laulukuoro", vartijoiden johtaja tuhahti saaden alaisensa hirnumaan.

"Tutkikaa meidän taskumme", Ethan pyysi. Tyyni ja arvokas käytös oli jyrkässä ristiriidassa hänen vaatimattoman ulkomuotonsa kanssa.

"Se ei ole hullumpi idea", eräs miehistä virkkoi. "Ehkä heillä on rahaa…"

"Aivan! Tarkastetaan heidät!" muutkin innostuivat.

"Hyvä on, hemmetin paskakärpäset", johtaja murahti. Turvamiehet alkoivat iloisesti naureskellen penkoa Ethanin, poliisipäällikön ja poliisietsivän taskuja. Mutta poliisipäällikön virkamerkin löytyessä heidän ilmeensä vakavoituivat.

"Tuo ei voi olla aito", joku inahti.

"On se. Onneksi olkoon. Te olette tyrmänneet poliisietsivän ja pahoinpidelleet poliisipäällikköä", Ethan sanoi jättäen itsensä mainitsematta. "Lisäksi teidän vuoksenne vaarallinen rikollinen on karkuteillä."

"Tälläkin on virkamerkki", silmänsä aukaisseen poliisietsivän kimpussa häärinyt vartija ilmoitti. Turvamiesten johtaja kalpeni tajutessaan, ettei vanhus ollut valehdellut.

"Me emme tienneet… Luulimme… Rouva Mann…"

"Selvitetään asia myöhemmin. Meillä on nyt tärkeämpää tehtävää", poliisipäällikkö tiuskaisi. Hän kumartui poliisietsivän viereen ja katsoi aisapariaan myötätuntoisesti. "Pärjäätkö sinä ambulanssin saapumiseen saakka?"

"Totta vitussa. Ottakaa se helkkarin ämmä kiinni", poliisietsivä sihahti. Poliisipäällikkö nyökkäsi. Hälytettyään apujoukkoja ja jaettuaan turvamiehille toimintaohjeet hän kääntyi Ethanin puoleen.

"Sinunkin kannattaisi jäädä tänne."

"Ei vitussa", Ethan sanoi ja virnisti poliisietsivälle. Poliisipäällikkö huokaisi.

"Arvelinkin, että vastaisit noin. Mutta jos tulet mukaani, sinun on pysyttävä taka-alalla."

"Niinhän minä aina teen", Ethan tokaisi viattomasti. Poliisipäällikön kasvoille piirtyi tuikea hymy. Kaikesta tapahtuneesta huolimatta hän piti Ethanista.

Kaksikko poistui toimistosta ja kiiruhti hotellin aulaan. Ethan kuunteli vaitonaisena, kun poliisipäällikkö jututti vastaanottotiskin virkailijaa.

"Onko rouva Mann kulkenut tästä ohitse?"

"On, mutta en saisi..."

"Minne hän meni?" poliisipäällikkö kysyi äkeänä. Säikähtäneen naisen osoittaessa juhlasalia Ethanin sydämessä muljahti. Salissa oli monia hänen ystäviään, tuttaviaan ja lähimmäisiään. Sekä tietysti Martha. Eikä kukaan heistä tiennyt Evie Mannin olevan säälimätön murhaaja.

35

Samuel Thomas oli juovuksissa. Humalassa, kännissä, hutikassa. Onnellisessa päihtymystilassa, jossa teki mieli halata koko luomakuntaa. Hekotella huonoille vitseille. Uskoa ihmisten perimmäiseen hyväntahtoisuuteen. Tai kuten Samuelin synnyinmaan runoilija oli ammoin kirjoittanut:

> *Ei paha ole kenkään ihminen,*
> *vaan toinen on heikompi toista.*
> *Paljon hyvää on rinnassa jokaisen,*
> *vaikk' ei aina esille loista.*

Muistoista kielelle hiipinyt säe sai Samuelin herkistymään. Sen kääntäminen englanniksi muille osoittautui kuitenkin toivottomaksi tehtäväksi. Sanat kuulostivat banaaleilta ja jähmeiltä ilman rytmiä ja mittaa. Viimein Samuel luovutti.

"Äh, ei tämä onnistu."

"Minusta siinä oli viehättävä ja eksoottinen poljento", Amy virkkoi kannustavasti.

"Psykiatrina minua taas kiehtoi lauseiden substanssi ja funktio", Nathaniel Oswald totesi. "Hyvyys ja pahuus eivät ole absoluuttisia määreitä. Jo utilitarismi ja Leibnizin teodikea…"

"Mitä mieltä sinä olet?" Samuel uteli Marthalta Nathanielin jatkaessa luennointiaan. Mutta Martha ei vastannut, vaan tuijotti hämmentyneenä salin poikki.

"Huhuu, Martha", Miriam kujersi ja puristi varttuneemman naisen rannetta. Äkkiä Martha havahtui ja räpytti yllättyneenä silmiään.

"Mitä nyt?"

"Taisit olla ajatuksissasi", Miriam hymähti. "Ketä sinä oikein katselit?"

"En ketään."

"Älä viitsi. Tuo ei mene minulle läpi", Miriam tuhahti. Martha antoi periksi.

"No, olin näkevinäni Ethanin erään poliisiviranomaisen seurassa."

"Entä sitten? Ehkä he vaihtoivat kuulumisia."

"Ehkäpä", Martha mutisi, vaikka hänen vaistonsa väittivät muuta. "Aion silti käydä keskustelemassa heidän kanssaan."

"Minä tulen mukaasi", Samuel sanoi.

"Ei sinun tarvitse."

"Mutta minä haluan. Olen sentään Ethanin bestman."

Martha myöntyi ehdotukseen. Ennen lähtöään Samuel vilkaisi kaihoisasti Amya. Kaipaus ja himo kohisivat hänen suonissaan. Ikävä oli autuasta tuskaa. Mutta hänellä ja Amylla ei ollut kiirettä. Heillä oli koko elämä edessään.

Poliisipäällikkö ja Ethan Solomon kulkivat peräkkäin kuin lumessa tarpovat sotilaat. He työntyivät ihmistungoksen halki äänettöminä ja totisina, suut tiukoiksi viivoiksi vetäytyneinä. Ethanin otsa kiilsi hiestä. Hänen hengityksensä vinkui ja kylkeä pisteli. Naamiaisvieraat näyttivät töksähtelevästi liikkuvilta paperinukeilta.

Ryhdistäydy, jumalauta!

"Tuolla!" poliisipäällikkö sihahti. Ethankin huomasi Evien. Hotellinomistaja ei ollut yrittänytkään piiloutua, vaan istui aviopuolisonsa ja Caroline Albrightin välissä. Pöytäseurue toljotti kiinteästi Evietä.

"Jokin ei ole kohdallaan", Ethan kähisi.

"Ei niin, minäkin tunnen sen. Mutta minun on joka tapauksessa hoidettava velvollisuuteni", poliisipäällikkö selitti ja lisäsi: "Pysy tässä."

Ethan noudatti käskyä.

"Ole varovainen."

Poliisipäällikkö ynähti yksityisetsivän sanoille. Kävellessään pöydän luokse hän toivoi, että olisi ottanut virka-aseen mukaansa.

Sen jättäminen kamarille oli ollut amatöörimäinen virhe. Mutta hän oli kuitenkin selvästi kookkaampi kuin Evie. Hän luotti pystyvänsä tarvittaessa pistämään hotellinomistajan aisoihin.

"Tämä hulluttelu saa luvan riittää, rouva Mann", poliisipäällikkö mörähti pöydän toisella puolella olevalle Evielle. "Lähdehän nyt kiltisti kanssani poliisiasemalle."

Evie vilkaisi poliisipäällikköä välinpitämättömänä. Sitten hän käänsi huomionsa takaisin Amokseen.

"Kuulitko, mitä minä sanoin?" poliisipäällikkö ärähti kovempaa.

"Kuulin", Evie vastasi ja nosti kätensä esille. Poliisipäällikön huulet avautuivat typertyneesti raollen hänen nähdessään Evien pitelemän aseen.

"Ei... ei näin..."

Pistooli jyrähti vastaväitteistä piittaamatta. Luodin osuessa poliisipäällikön vasempaan lonkkaan lainvalvoja voihkaisi tukahtuneesti ja rojahti polvilleen. Hänen kasvoillaan oli vauhko ja epäuskoinen ilme. Pitkästä urastaan huolimatta tämä oli ensimmäinen kerta, kun hän haavoittui työtehtävässä vakavasti.

"Luoja, luoja, luoja..." rouva Albright toisteli. Evie katsoi naista tuimasti.

"En pidä siitä, että minua häiritään."

Caroline Albright painoi kämmenen suulleen ja tuijotti Evietä kauhistuneena.

"Sinä... sinä ammuit häntä..." Amos änkytti.

"Tein sen meidän vuoksemme."

"Mutta..."

"Shh. Ei mitään hätää. Pian me olemme yhdessä ikuisesti", Evie hyssytteli ja kallisti päänsä Amoksen olkapäälle. Siinä oli ihana olla. Mutta poliisipäällikön vaikerrus pilasi Evien herkän hetken.

"Minähän sanoin, etten pidä häiriöstä", Evie kivahti. Hän kohotti pistoolin uudestaan ja tähtäsi aseella suojatonta poliisipäällikköä.

"Seis!" Huuto katkaisi Evien keskittymisen.

"Ethan Solomon", Evie hymähti yksityisetsivän saapastellessa poliisipäällikön eteen. "Kaikkien ongelmieni alku ja juuri."

"Tuo on liioittelua", Ethan vastasi. Rowenan pöydästä kuului remakkaa naurua. Ethan käsitti, ettei suurin osa naamiaisvieraista ollut edes huomannut ampumavälikohtausta. Ehkä se oli onni onnettomuudessa. Paniikki ja juopunut ihmismassa olivat huono yhdistelmä. Silti jo nyt yleisöä alkoi kerääntyä katselemaan selkkausta. Poliisin apujoukot olivat varmasti lähellä, mutta heidän saapumiseensa asti Ethanin oli yritettävä estää tilannetta eskaloitumasta.

Mitä täällä tapahtuu? Luultavasti jokin performanssi… Vuotaako hän verta? Eikö tuo ole se hotellinomistaja…

"Arvasin, että sinä tulisit", Evie totesi.

"Vanha koira ei opi uusia temppuja."

"Joskus tottelemattomat ja luonnevikaiset piskit täytyy lopettaa", Evie virnuili ja siveli hellästi peukalollaan pistoolin luistia.

"Niin kuin sinä lopetit Steffien? Vai kuten sinä tapoit Christinan ja Jasonin?" Ethan murahti kääntääkseen Evien ajatukset pois poliisipäälliköstä ja uteliaista juhlijoista.

"Et tiedä, mitä todellinen rakkaus on."

"Saatat hyvinkin olla oikeassa", Ethan peesasi. "Miksemme keskustelisi asiasta jossakin rauhallisemmassa paikassa?"

"Kahdestaanko?"

"Jos niin haluat. Minä voin auttaa sinua."

Evie tyrskähti huvittuneena.

"Luuletko, että olen samanlainen idiootti kuin Jason Raphael? Et sinä saa ylipuhuttua minua."

Ethan ei ollut yllättynyt.

"Entä Amos?" hän sivalsi aikomatta päästää Evietä niskan päälle.

"Mitä hänestä?"

"Mietitkö lainkaan, mitä mieltä hän on rikoksistasi?"

"Hän on minun puolellani."

"Oletko varma?"

"Tietysti", Evie vastasi aikailematta. Amos näytti pahoinvoivalta.

"Mikset sitten laske asettasi ja kysy sitä häneltä?"

"Minun ei tarvitse todistaa sinulle mitään", Evie tiuskaisi ja herisi pistoolia uhkaavasti. "Miten sinä kehtaat saarnata minulle parisuhteestani, vaikka olet yksinäsi ja kokonaan minun armoillani?"

"Ei Ethan ole yksin! Minä olen hänen kanssaan!" Martha huusi ja astui esiin kiivaasti supisevasta väkijoukosta.

"Ja minä", Samuel sanoi hiljempaa. Ethan hätkähti kuullessaan heidän äänensä.

"Älkää tulko tänne!" hän parahti tyrmistyneenä. Mutta käsky oli hyödytön. Martha riensi Ethanin luo ja asettui seisomaan kihlattunsa rinnalle. Silmänräpäyksen emmittyään Samuel seurasi Marthan esimerkkiä. Hän pinnisteli estääkseen kävelykeppiä puristavaa kättään vapisemasta.

"Kas, kas", Evie myhäili ja tarkasteli Ethania voitonriemuisesti. "Miksi sinä olet äkkiä noin vaitelias?"

"He eivät liity tähän mitenkään. Anna heidän mennä", Ethan pyysi. Evie nyrpisti nenäänsä.

"Enpä taida. Sinä ja Martha riistitte minulta kaiken. Teidän on kannettava vastuu teoistanne."

"Sinä siis todella murhasit Christinan!" Martha puuskahti. Ethan tajusi, että Martha ja Samuel olivat kuulleet hänen ja Evien aiemman sanaharkan.

"Turha sitä on enää kiistää", Evie tokaisi maireasti.

"Mutta miksi? Christina oli sinun ystäväsi."

"Se ei ollut henkilökohtaista. Hänet oli uhrattava, jotta sain pelastettua Amoksen Lilyn pauloista", Evie virkkoi kuin olisi todennut itsestäänselvyyden. Martha tuijotti Evietä silmät lasittuneina.

"Sinä olet psykopaatti."

"Martha yritti vain auttaa sinua, eikä Samuelilla ollut osaa eikä arpaa..." Ethan koetti epätoivoisesti vedota Evieen, mutta Evie oli heltymätön.

"Riittää. Minua ei kiinnosta teidän selittelynne", hän sihahti ja hymyili mielipuolisesti. "Olen kuitenkin armelias. Yksi teistä saa sovittaa muidenkin synnit."

Lause roikkui järkyttyneen kolmikon yllä kuin Damokleen miekka.

"Et voi olla tosissasi!" Martha inahti. Evie pudisti päätään ja hypisteli kärsimättömänä asettaan.

"Valitkaa."

Ethan, Samuel ja Martha katsoivat säikähtäneinä toisiaan. Ethan puhui ensimmäisenä.

"Sen on oltava minä."

"Minä en salli sitä", Martha ärähti. "Kuolen mieluummin itse."

Ainoastaan Samuel oli vaiti. Hän tiesi, mitä hänen pitäisi vastata, mutta sanat tukahtuivat hänen kurkkuunsa. Hän vihasi ja halveksui omaa raukkamaisuuttaan.

"Te ette ilmiselvästi saa ratkaisua aikaiseksi", Evie huokaisi. "Annetaan siis kohtalon päättää puolestanne."

"Odota!" Ethan älähti. Mutta Evie oli jo alkanut lasketella tuttua lorua. Pistoolin piippu hypähteli Ethanin, Marthan ja Samuelin välillä kuin jumalan sormi.

"Entten tentten teelikamentten..."

Martha rutisti Ethanin kättä. Tulevaisuus oli pimeä metsä. Ehkä häitä ei koskaan pidettäisi. Ehkä hän menehtyisi tänään. Ehkä taivasta ei ollut olemassa. Ehkä saattoi olla tavattoman kammottava sana. Silti hänen huulensa muodostivat äänettömän lupauksen.

Tahdon.

"...hissun kissun vaapula vissun..."

Samuel mietti, miltä luoti tuntuisi tunkeutuessaan häneen. Olisiko sen kosketus jäätä vai tulta? Kiljuisiko hän kuin pistetty sika? Hän ei halunnut Amyn näkevän sitä.

"...eelin keelin klot, viipula vaapula vot..."

Ethan yritti kuumeisesti keksiä keinon pelastaa kihlattunsa ja parhaan ystävänsä. Ja toki myös itsensä. Mutta ainakin Marthan ja Samuelin. He olivat paljon tärkeämpiä kuin hän, vanha mies. Jos loppu koittaisi, rakkaimmat ihmiset olisivat hänen lähellään. Ethan oli siitä suunnattoman kiitollinen.

"...puh pah pelistä pois!"

Ase pysähtyi Marthan kohdalle.

"Ei..." Ethan pihahti.

"Olen pahoillani", Evie sanoi Marthalle.

"Etkä ole!" Martha sähähti. "Ei sinun olisi ollut pakko tappaa Christinaa tai Jasonia, eikä sinun tarvitsisi surmata ketään meistäkään! Mutta sinä nautit siitä! Saatanan murhanhimoinen lunttu!"

"Teen vain, mitä minun täytyy tehdä", Evie totesi tunteettomasti. "Hyvästi, Martha."

Hätääntynyt Ethan tarttui viimeiseen oljenkorteensa. Hän muisti, mitä Martha oli kuiskannut hänelle heidän tanssiessaan Amyn haamusta kertoman tarinan jälkeen.

Ethan, minä tunnistin heidät. Siinä kuvassa oli Evie ja hänen äitinsä! Mutta luulin Evien olleen Appletonin perheen ainoa lapsi...

Se oli ollut melkoinen yllätys. Puhelinsoitto eräälle väestörekisteriin käsiksi pääsevälle Ethanin tutulle oli varmistanut asian. Edesmennyt Coral oli ollut Appletonin pariskunnan tytär. Silti vasta Evien paljastuttua Christinan ja Jasonin murhaajaksi Ethan oli tajunnut, että Amy oli saattanut käsittää Coralin vastauksen väärin.

Ei. Äiti. Ei. Paha.

Amyn kirjoittamiin muistiinpanoihin sisältyi karmiva mahdollisuus. Entä jos haamun vastaus viittasikin äidin sijasta perheen toiseen tyttäreen, Evieen?

"Sinä hukutit pikkusiskosi!" Ethan julisti osoittaen syyttävästi Evietä ja siirtyi samalla vaivihkaa kauemmas Marthasta. Evien katse seurasi Ethania. Hotellinomistajan tyrmistyneet kasvot todistivat Ethanin arvauksen osuneen oikeaan.

"Kuinka sinä voit tietää siitä?" Evie ulvahti ja käänsi pistoolin yksityisetsivää kohti. Ethanin takana olevat vieraat hajaantuivat kiireesti sivummalle. Kukaan ei nauranut enää. Leikki oli muuttunut todeksi. Ilma tuoksui ruudille ja pakokauhulle.

"Miksi sinä tapoit Coralin?" Ethan tivasi Evien kysymyksestä piittaamatta. Evie tuijotti häntä huumaantuneena. Sali oli kutistunut kahden ihmisen kokoiseksi. Ethan ei uskaltanut vilkaista ympärilleen ja puhkaista itse rakentamaansa kuplaa. Hän ei nähnyt kalpeaa Samuelia ja kiihtymyksestä punoittavaa Marthaa, sikiöasentoon kellahtanutta poliisipäällikköä tai yleisön seasta tilannetta pelästyneinä ja huolestuneina seuraavia tovereitaan. Ehkä niin oli parempi. Ethan ei voinut antaa valtaa tunteilleen.

"Coral oli sairaalloinen ja surkea rääpäle", Evie mumisi kuin hypnotisoituna. "Hänellä oli synnynnäinen kallon epämuodostuma ja neurologisen vamman aiheuttama puhehäiriö. Oli vaikea sietää hänen käsittämätöntä mongerrustaan ja tylsämielistä hymyään. Jo lapsena ymmärsin, miksi Coral ei asunut kanssamme. Isäni oli kuuluisa ja menestynyt liikemies. Hän ei aikonut sallia mokoman vaihdokkaan tahrata mainettaan. Coral kätkettiin syrjäisessä Unohduksen puutarhassa elelevien luotettavien sijaisvanhempien hoivaan."

"Tovin kaikki oli hyvin. Matkustimme paljon, ja Coral hälveni pelkäksi hailakaksi muistoksi, sukupuusta pudonneeksi mädäksi omenaksi. Isä oli tyytyväinen. Minäkin olin. Ainoastaan äitini ei kyennyt unohtamaan Coralia. Hän halusi lähemmäs nuorinta tytärtään. Äiti ja isä riitelivät asiasta ankarasti. Lopulta tavallisesti niin nöyrä ja mukautuvainen äitini sai tahtonsa läpi. Me muutimme Unohduksen puutarhaan."

Tarinan edetessä Evien ääni oli kohonnut korkeammaksi. Hän kuulosti uhmakkaalta lapselta.

"Äiti kiintyi Coraliin, vaikka isä yritti puhua hänelle järkeä. Isän ja äidin välit tulehtuivat, ja minä aloin vihata Coralia. Ilman häntä me olisimme olleet onnellinen perhe. Viimein äiti vaati, että Coral tulisi asumaan luoksemme Grand Appletoniin. Minun mittani täyttyi. Tiesin, mitä minun oli tehtävä."

"Se oli hämmästyttävän helppoa. Oli vain odotettava sopivaa hetkeä. Aikuisten vetäytyessä nauttimaan virvokkeita minä houkuttelin Coralin seurakseni tekolammelle. Meillä oli mukanamme Coralin uusi suosikkilelu: punainen pallo, jonka olin tuonut hänelle tuliaiseksi. Perille päästyämme heittelimme palloa toisillemme, kunnes viskasin sen tarkoituksella lampeen. Innokas Coral riensi hakemaan sitä. Kahlasin hänen peräänsä. Coralin kumartuessa noukkimaan vedessä kelluvaa leluaan painoin hänen päänsä pinnan alle. Olin häntä vahvempi. Hän ei pyristellyt kauaa."

Naamiaisvieraat tuijottivat Evietä mykistyneinä. Salissa olisi voinut kuulla nuppineulan putoavan.

"Mitä sitten tapahtui?" Ethan kysyi yllyttäen Evietä jatkamaan. Hän ymmärsi, ettei hänellä ollut paljon aikaa jäljellä.

"Siinä ei ole juurikaan kerrottavaa. Palasin parkuen takaisin talolle ja niiskutin aikuisille löytäneeni Coralin hukkuneena lammesta. Esitykseni meni heihin täydestä. Coralin sijaisvanhemmat jopa kehuivat minua, koska olin vetänyt Coralin rantaan ja noutanut nopeasti apua. Äidin tuudittaessa Coralin ruumista isä halasi minua. Minun oli vaikea olla hihittämättä. Olin isän tyttö."

Salin ovelta kaikui huojentunutta hälinää. Ethan näki silmäkulmastaan poliisin vihdoin saapuneen paikalle. Mutta Eviekin oli huomannut heidät.

"Entä sinun äitisi? Eikö hän epäillyt mitään?" Ethan yritti pitkittää keskustelua. Evie ravisti päätään ja virnisti pirullisesti.

"Olen paljastanut sinulle jo tarpeeksi. Nyt sinun on valmistauduttava kuolemaan. Saat kunnian toimia minun ja Amoksen airuena ja sanansaattajana."

"Älä... kulta... älä... Minä en halua..." Amos uikutti hysteerisesti.

"Sinä joudut helvettiin", Martha sähisi Evielle.

"Kenties. Mutta ainakin menen sinne yhdessä aviomieheni kanssa."

Evien sormi hipaisi aseen liipaisinta. Pistooli osoitti suoraan Ethaniin.

"Ethan... minä..." Martha ynähti kykenemättä sanomaan enempää. Hänen äänensä haipui särkyneiksi henkäyksiksi.

"Niin minäkin sinua", Ethan kuiskasi. Hän tajusi, että Evie oli ollut väärässä. Kyllä hän tiesi, mitä todellinen rakkaus on. Haikea hymy levisi Ethanin kasvoille.

Kyllä hän tiesi.

Kattolamput syttyivät. Sali kylpi kylmänkirkkaassa valossa. Hämmentyneet kutsuvieraat räpyttelivät silmiään kuin olisivat heränneet unesta. Kello oli ohittanut keskiyön ja musiikki vaiennut. Juhlat olivat päättyneet.

Samuel Thomas tuijotti ihaillen Ethania. Miten rohkea hänen ystävänsä olikaan! Lyhyen miehen hillitty olemus uhkui vankkumatonta tahdonlujuutta. Sankaruutta, johon verrattuna Samuelin omat teot tuntuivat mitättömiltä. Pölyhiukkasilta kaikkeuden peilissä. Ihmisen suuruutta ei määritellyt hänen fyysinen kokonsa, vaan hengen ylevyys ja sydämen jalous. Noilla määreillä mitattuna Ethan oli jättiläinen.

Samuelia pelotti. Pistoolin kykloopinsilmä oli kuin musta aukko, joka veti katseen väkisin puoleensa. Mutta kuullessaan kihlaparin jäähyväiset ja nähdessään Ethanin apean hymyn Samuelin sisällä kuohahti. Hänen hampaansa puristuivat yhteen. Samuelin mieleen palautuivat sanat, jotka Ethan oli heidän tutustuessaan lausunut hänelle.

Sinä olet urhea poika.

"Perkele!" Samuel karjaisi. Vammautunut jalka säkenöi kivusta hänen syöksyessään Ethanin ja Evien väliin. Aseen suuliekki välähti kuin auton etuvalot. Pamaus kuulosti rakennustyömaan naulapyssyltä.

"Samuel!" Ethan huusi.

"Sinä ammuit ohi", Samuel pihisi Evielle. Sitten kävelykeppi kirposi hänen otteestaan ja jalat pettivät alta. Hän valahti hervottomana Ethanin käsivarsille.

Tungoksen läpi tunkeutuvat poliisit ärjyivät Evietä pudottamaan pistoolin. Mutta Evie ei enää välittänyt heistä tai Ethanista, Samuelista ja Marthasta. Vain yhdellä ihmisellä oli hänelle merkitystä. Evie painoi aseen Amoksen kaulakuoppaan ja katsoi lempeästi aviopuolisoaan.

"Minun komea mieheni."

"Evie... ole kiltti... Evie..." Amos takelteli.

"Rohkeutta, armaani. Minä seuraan aivan sinun perässäsi",

Evie lupasi hivellen pistoolin piipulla Amoksen aataminomenaa.

"Sinä et pääse niin helpolla!" pöydän luokse hiipinyt Martha kirahti ja iski lattialta poimimallaan kävelykepillä Evien ranteeseen. Evie kirkaisi kepin murtaessa hänen värttinäluunsa. Tuska vääristi hotellinomistajan kasvot. Mutta Martha ei säälinyt Evietä, vaan pusersi Evien käden pöytää vasten ja riisti pistoolin tämän sormista itselleen.

"Vitun lehmä!" Evie valitti. Martha ei piitannut loukkauksesta. Hän vei suunsa lähelle Evien korvaa.

"Tiedätkö mitä, Evie?" Martha kysyi.

"Sinä aiot tappaa minut ja kostaa Christinan kuoleman", Evie vastasi heiveröisesti.

"Ei. Sinä saat mädätä vankilassa", Martha sihahti. "Minä otan lopputilin."

"Mitä?"

"Minä otan lopputilin", Martha toisti ja käänsi Evielle selkänsä. Hän huokaisi ojentaessaan pistoolin poliisille. Se oli tehty. Oikeus oli toteutunut.

Lepää rauhassa, Christina. Lepää rauhassa...

"Hemmetin luupää! Miksi sinä teit niin?" Ethan Solomon motkotti painaessaan pöytäliinaa Samuelin haavoittuneelle vatsalle. Yksityisetsivän viereen kyykistynyt Nathaniel Oswald tarkkaili Samuelin pulssia ja elintoimintoja.

"En... en halunnut... sinun saavan taas viimeistä sanaa", Samuel yritti vitsailla, mutta hymy vääntyi irvistykseksi. Hänen huulensa sinersivät.

"Sattuuko sinuun pahasti?" Ethan tiedusteli silmät kosteina.

"Kuin minua olisi ammuttu mahaan", Samuel murahti.

"Teeskentelijä."

"Itkupilli."

"Marttyyri."

"Kyylä." Samuelin yskähtäessä hänen suupielistään kupli verta. "Minä en... minä en tunne jalkojani."

"Missä pirussa se ambulanssi viipyy?" Ethan puhisi Nathanielille. "Etkö sinä voi tehdä mitään?"

"Hän tarvitsee hätäleikkauksen, enkä minä ole kirurgi."

"Amy…" Samuel supisi. Ethan ja Nathaniel eivät kuunnelleet häntä.

"Miten salissa on lukuisia asianajajia, muttei yhtään kirurgia?" Ethan manasi.

"Minä tahdon Amyn", Samuel ähkäisi lujempaa. Ethan vilkaisi Nathanielia. Psykiatri nyökkäsi ja kehotti poliisia päästämään Amyn potilaan luo. Hän ei uskonut Samuelin kestävän sairaalaan asti.

Poliisit ohitettuaan Amy riensi kolmikon seuraan, polvistui lattialle ja kumartui Samuelin ylle. Hän hätkähti Samuelin ihon luonnotonta kelmeyttä.

"Hitto, että minä säikähdin sinun vuoksesi", Amy soimasi hellästi.

"Mitä suotta. Tämä on… pelkkä naarmu…"

Amy huomasi verisen pöytäliinan ja tajusi Samuelin valehtelevan. Mutta joskus vale oli laupeutta, pakoa todellisuudesta, suoja sietämättömältä totuudelta. Hän suuteli Samuelia ja henkäisi mieheen elämän liekin. Hetken se vaikutti auttavan. Samuelin ilme kirkastui ja haparoiva käsi kohosi Amyn hiuksille. Kosketus oli täynnä sanomattomia sanoja. Muistoja, joita ei milloinkaan syntyisi. Amy nyyhkäisi päättäväisesti. Hän teki omasta halustaan sen, mitä ei ollut pyynnöstä suostunut tekemään. Yleisö kohahti hänen riisuessaan naamion yltään ja paljastaessaan uurteiset, hapon turmelemat kasvonsa. Monet töllistelivät Amya kuin sirkuksen kummajaista. Mutta Samuel ei kuulunut heihin. Hän katsoi rakastettuaan ja näki Amyn viimeisenkin naamion lävitse.

"Sinä olet niin kaunis…" Korahdus oli karhea kuin männynkaarna. Samuelin pupillit laajenivat. Leuka jännittyi kouristusten ravistellessa hänen ruumistaan. Hän koetti vielä sopertaa jotakin, mutta puheesta oli mahdoton saada selvää. Unohduksen puutarhassa suuntansa löytänyt sydän ei jaksanut enää sinnitellä. Ponnisteltuaan muutaman epätasaisen lyönnin se luovutti ja pysähtyi.

Amy oli pökerryksissä. Surusta turta. Hän ei vastustellut Marthan taluttaessa hänet kauemmas päästääkseen Nathanielin ja Ethanin elvyttämään Samuelia. Amy tiesi, että yritys oli turha. Samuel oli kuollut, eikä yksikään jumala tai ihminen kyennyt palauttamaan häntä henkiin. Menehtyneen lähimmäisille sanottiin usein, että oli parempi rakastaa ja menettää kuin olla rakastamatta koskaan. Se ei lohduttanut Amya vähääkään. Hän ei kaivannut imeliä aforismeja tai sentimentaalisia korulauseita. Hän kaipasi Samuelia.

Voi luoja hän kaipasi Samuelia.

36

Aamu koitti. Aurinko kohosi taivaanrantaan ja maalasi pilvet oranssilla, keltaisella ja punaisella. Sen valo kapusi hitaasti ylös rosoisia kallionseinämiä, kunnes osui patsaaksi jähmettyneen miehen kasvoihin. Samuel Thomas havahtui horroksesta. Hän katseli tokkuraisena eteensä. Hetkeen hän ei tajunnut, missä oli tai miten oli päätynyt sinne. Mutta kivisen kielekkeen nähdessään hän tunnisti paikan. *Leina.* Äkkiä muistikuvat vyöryivät armottomina hänen mieleensä. Evie Mann oli ampunut häntä! Samuel kosketti vatsaansa. Hän löysi luodin sisäänmenoaukon. Peukalonkynnen raapaistessa haavan reunaa Samuel sävähti. Mutta hän ei tuntenut kipua. Ele oli pelkkä refleksi. Hän työnsi etusormensa mahassaan olevaan reikään. Se ei edes kutittanut.

Mitä helvettiä minulle on tapahtunut?

Lapsen vaimea kikatus sai Samuelin lopettamaan säädyttömäksi yltyneen tutkimuksensa. Hän kiepsahti ääntä kohti ja huomasi ujosti kihertävän pikkutytön tarkkailevan häntä.

"On epäkohteliasta nauraa muille", Samuel tuhahti. Tyttö mutristi suutaan ja levitti anteeksipyytävästi käsiään. Samuel lauhtui ja virnisti lapselle. "Ei sinun tarvitse pelätä minua."

"En minä pelkää", tyttö virkkoi painottaen jokaista sanaa huolellisesti. "Samuel ystävä."

"Mistä sinä tiedät minun nimeni?" Samuel äyskähti yllättyneenä.

"Minä vapaa. Coral vapaa."

"Coral..." Samuel kuiskasi ja käsitti vastaan panemattoman totuuden. Hän ei voinut enää huijata itseään. "Minä olen kuollut, enkö olekin?"

Coral kohautti olkiaan. Samuel jatkoi kiireesti. Hän ei halunnut ajatella omaa menehtymistään.

"Toitko sinä minut tänne?"

"Kyllä", Coral vastasi ja hymyili harvahampaista hymyä. Hiuspehkon peittämä pää oli epäsymmetrinen ja vartaloon nähden suhteettoman suuri.

"Minkä takia?" Samuel uteli.

Laiha käsi osoitti *leinaa*.

"Coral ei uskalla yksin", tyttö mutisi arasti. Samuel sääli Coralia. Lasta, joka ei ollut koskaan päässyt kasvamaan aikuiseksi. Oli kauheaa miettiä tulevaisuutta, ikuisuutta haamuna Unohduksen puutarhassa. Nähdä lähimmäistensä vanhenevan ja kuolevan. Samuel tahtoi muistaa heidät sellaisina, kuin he olivat hänen eläessään olleet.

"Tule. Mennään yhdessä katsomaan sitä", Samuel pyysi ja laskeutui lapsen tasalle. Riemastunut Coral ei tarvinnut enempää rohkaisua. Hän kipitti Samuelin luokse ja kapsahti miehen kaulaan. Samuel nousi pidellen Coralia sylissään. Tyttö oli kevyt kuin höyhen.

Ilma höyrysi. Samuel kantoi Coralin kielekkeelle ja kurkisti partaan ylitse. Häntä huimasi. Aallot iskivät kallioon ja muodostivat kohisevia pyörteitä. Samuel tunsi *leinan* voiman. Se odotti häntä, odotti heitä. Mutta se ei pakottanut. Lopullinen valinta oli heidän.

Se oli aina ollut heidän.

"Oletko sinä varma tästä?" Samuel sokelsi tuijottaen vaahtopäisenä kiehuvaa merta.

"Minun on ikävä äitiä", Coral totesi. Samuel ymmärsi. Hän vilkaisi taakseen kuin haluten tallentaa Unohduksen puutarhan syvälle sielunsa ytimeen. Voisipa hän vielä joskus palata sinne, kohdata ystävänsä, halata Amya. Mutta se oli mahdotonta. Menneeseen ei ollut paluuta.

Samuel astui tyhjyyteen.

Keveys vaihtui painoksi, ja aamuauringon lämmin hehku haaleni himmeänsinertäväksi keinovaloksi. Makuuasennossa oleva Samuel siristi silmiään. Luomet tuntuivat raskailta, kuten koko muukin ruumis. Mahaa särki. Samuel nielaisi ja vei kätensä vatsalleen.

Huolellisesta tunnustelusta huolimatta hän ei löytänyt jomotuksen lähdettä. Ampumahaava oli poissa. Hävinnyt. Lähtenyt kuin kuppa Töölöstä.

"Se on vain haamukipua. Sinun alitajuntasi yrittää sopeutua muuntuvaan todellisuuteen", miellyttävä alttoääni tokaisi. Samuel säpsähti huomatessaan hoitajanasuun pukeutuneen naisen seisovan vuoteen jalkopäässä.

"Missä minä olen?" Samuel tiedusteli.

"Missä sinä luulet olevasi?"

"Miten niin? Mitä sinä tarkoitat?" Samuel murahti. Hoitaja hymyili kärsivällisesti. Samuelin kulmakarvat kurtistuivat. Hän katsoi ympärilleen. Sairaalahuone vaikutti muuttumattomalta. Sitten sen seinät katosivat kuin taikaiskusta. Samuelin suu aukeni hänen nähdessään suuren hallin täynnä suippoja metallisia säiliöitä ja niihin kytkettyjä laitteita. Muutamaa sekuntia myöhemmin huone palasi ennalleen.

"Onko tämä totta vai ainoastaan kuvittelua?" Samuel mumisi puolittain itsekseen.

"Jos sinä et huomaa eroa, onko sillä lopulta merkitystä?"

"Lakkaa väistelemästä minun kysymyksiäni!" Samuel ärähti.

"Hyvä on", hoitaja sanoi. "Kysy mitä haluat. Lupaan kertoa sinulle kaiken, mitä tahdot tietää."

Samuel tuijotti keskustelukumppaniaan haastavasti.

"Ei tämä ole mikään sairaala", hän hengähti. "Kuka sinä oikein olet?"

Nainen siirtyi sängyn sivulle. Hänen ääriviivansa värjyivät ja kutistuivat. Metamorfoosi oli saumaton. Äkkiä hänen paikallaan oli pieni tyttö.

"Coral!" Samuel huudahti hämmästyneenä. Lapsi pudisti päätään.

"En ole Coral, vaan CORAL."

"Minä en ymmärrä."

"CORAL on lyhenne sanoista Creating Other Reality & Artificial Life", tyttö selosti lainkaan takeltelematta. "Sain alkuni osana Nasan ja ESA:n yhteistä tutkimusta pitkien avaruusmatkojen astronauteille aiheuttamien psykologisten ongelmien hillitsemiseksi. Pian kehittäjäni käsittivät potentiaalini ja keksivät minulle muutakin käyttöä. He perustivat salaisen tukikohdan eräälle pohjoisen Tyynenmeren saarelle ja käynnistivät projekti Katharsiksen, joka sai nimensä kreikankielisestä 'puhdistumista' tarkoittavasta termistä..."

"Niin, niin", Samuel keskeytti. "Mutta ethän sinä voi olla pelkkä tietokone, joku vitun Skynet!"

"Kvanttimekaaninen kognitiivinen tekoäly", Coral korjasi. "Tajuan viittauksesi Terminator-elokuviin, vaikka en pidä sitä osuvana. Minulla ei ole aikomustakaan hävittää ihmiskuntaa."

Kesti hetken ennen kuin Samuel ymmärsi Coralin vitsailevan. Mutta hän ei ollut huvittunut. Tilanne oli surrealistinen. Samuel ei tiennyt, oliko hän hereillä vai unessa.

"Tahdon keskustella projektin johtajan kanssa."

"Se ei ole mahdollista. Hän on kuollut."

"Kutsu sitten joku henkilökunnan jäsen paikalle."

"He kaikki ovat kuolleet. Hallintorakennus tuhoutui maaliskuun iduksen yöllisessä maanjäristyksessä ja sen jälkeisessä tulipalossa. Vain automatisoitu maanalainen tutkimuslaitos säästyi vahingoittumattomana."

"Eikö täällä ole ketään muuta kuin sinä?" Samuel sihahti pettyneenä.

"Tietysti on. Olen pitänyt hyvää huolta Uinujista."

"Uinujista? Keistä sinä puhut?"

"Sinun kaltaisistasi ihmisistä", Coral vastasi. "Miehistä ja naisista, jotka suostuivat vapaaehtoisesti projekti Katharsiksen koehenkilöiksi."

Samuel painoi kätensä ohimoilleen. Hänen maailmansa oli kääntynyt päälaelleen.

"En käsitä enää mistään mitään..."

"Anna minun selittää", Coral sanoi.

"Tee niin kuin haluat", Samuel huokaisi. Eikä hän edes yllättynyt Coralin loihtiessa hallin ja metallisäiliöt takaisin näkyviin.

"Ole ystävällinen ja seuraa minua", Coral virkkoi.

"Missä minun kävelykeppini on?" Samuel tiedusteli.

"Sinä et tarvitse sitä", Coral totesi. Samuel nousi hitaasti vuoteelta. Jalkaan ei sattunut. Hän lähti kävelemään Coralin rinnalla.

"Mitä nuo säiliöt ovat?" Samuel uteli heidän kulkiessaan hallin poikki.

"Erinomainen kysymys. Kurkistetaanpa yhteen niistä", Coral sanoi ja pysähtyi heitä lähimpänä olevan säiliön eteen. Hän kosketti metallia sormellaan. Sen pintaan ilmestyi ohuita viivoja, jotka laajenivat halkeamiksi ja avautuivat kuin kukan terälehdet. Kiiltävä vaippa jakautui ja paljasti kätkemänsä aarteen.

"Hitto soikoon!" Samuel puhahti. Läpikuultavan kartion sisällä oli alaston mies. Uinuja, Samuel oli varma siitä. Näky toi mieleen tieteisromaanin kansikuvan. "Miksi hän on tuossa kuvassa?"

"Se on välttämätöntä sekä elossapitojärjestelmän että linkin takia. Lääkitys, ravinneliuokset ja neuromuskulaarinen stimulaatio ovat elintärkeitä Uinujien fyysiselle terveydelle. Linkki taas yhdistää heidät neuroverkkoon, jota ilman simulaatio olisi mahdoton toteuttaa."

"Simulaatio? Tarkoitatko sinä Unohduksen puutarhaa?"

"Aivan."

"Mutta enhän minä ole Unohduksen puutarhassa", Samuel kapinoi. Hän ei kyennyt uskomaan kuulemaansa.

"Sinä olet silti simulaatiossa, ainoastaan eri tasolla kuin muut koehenkilöt."

"Väitätkö sinä, että minä olen yhä jonkun noiden säiliöiden uumenissa?" Samuel älähti. Coral katsoi Samuelia myötätuntoisesti.

"Ymmärrän, että tässä on paljon sulateltavaa."

"Etkä ymmärrä! Ei se kaikki voinut olla pelkkää harhaa!" Samuel raivosi ja yritti tarttua Coraliin. Hänen kätensä sujahti tytön läpi. Samuelin silmät täyttyivät kyynelistä. Mutta nekin olivat vain koodia. Kubitteja, superpositioita, Schrödingerin kissoja.

"Vaikka Uinujat elävät keinotodellisuudessa, heidän tunteensa ja reaktionsa ovat aitoja. Henki on ruumista vahvempi", Coral supisi.

Samuel niiskahti. Saattoiko tekoäly olla oikeassa? Pystyikö unessa ystävystymään ja rakastumaan, vihaamaan ja kadehtimaan? Samuelin sydän vastasi myöntyvästi.

"Miksi minä olen täällä? Mikset antanut minun jäädä Unohduksen puutarhaan?"

"Koska sinä koit muutoksen ja puhdistuit uhrautuessasi toisen ihmisen vuoksi", Coral sanoi. "Minun on suotava sinulle mahdollisuus valita."

"Valita mitä?"

"Haluatko palata reaalimaailmaan? Maanjäristyksestä ja tulipalosta huolimatta saaren koillissatamassa on toimivia kuljetusaluksia. Voisit matkustaa sellaisella asutuksen pariin."

Samuel hätkähti. Vaihtoehdot pyörivät hänen mielessään. Uni vai valve, uni vai valve... Hän ei osannut päättää. Ja hänestä tuntui, että Coral oli jättänyt jotain kertomatta.

"Tahdon tietää enemmän projekti Katharsiksesta ja Unohduksen puutarhasta", Samuel mutisi tuijottaen kuvassa olevaa miestä. Coral nyökkäsi.

"Projekti Katharsiksen ensimmäisen vaiheen tarkoitus oli tarjota vammautuneille, vakavasti sairaille ja traumaattisen kokemuksen kärsineille ihmisille toipumispaikka keinotodellisuudessa. Projektin toisessa vaiheessa tarkasteltiin elämänhallintansa menettäneiden yksilöiden, kuten pitkäaikaisvankien ja mielisairaalapotilaiden, sopeutumista takaisin yhteiskuntaan. Viimeisessä vaiheessa molemmat ryhmät yhdistettiin. Halusimme havainnoida, miten testijoukot suhtautuisivat toisiinsa ja sulautuisivat keskenään. Tulokset olivat eräitä poikkeuksia lukuun ottamatta lupaavia."

"Eli Unohduksen puutarhassa asuu invalideja, rikollisia ja hulluja", Samuel puuskahti.

"Älkää tuomitko, ettei teitä tuomittaisi", Coral hymähti. "Ja koehenkilöiden ohella keinotodellisuudessa on runsaasti minun kontrolloimiani hahmoja, esimerkiksi Hope ja useimmat muut lapset."

Samuel mietti Miriamin sisaruksia. Olivatko he tekoälyn ohjaamia? Hän ei tohtinut kysyä asiasta Coralilta.

"Tapahtui myös jotakin odottamatonta", Coral jatkoi. "Vaikka ihmisten muistikuvia muokattiin ja heille annettiin keinotodellisuutta varten uudet henkilöllisyydet ja taustatarinat, monet heistä loivat itsensä ja muistonsa entisten kokemuksiensa ja traumojensa pohjalta. He eivät kyenneet kokonaan irtautumaan menneisyydestään. Se oli äärimmäisen mielenkiintoista."

"Amyn kasvot…"

"Sinä alat ymmärtää. Amyn oli vaikea mukautua keinotodellisuuteen siitä huolimatta, että Rowena on oikeastikin hänen äitinsä. He olivat yhdessä tappaneet tosielämän Bob-sedän, joka oli kaatanut rikkihappoa Amyn kasvoille. Äiti ja tytär päätyivät vankilaan ja myöhemmin projekti Katharsikseen."

"Amy-parka."

"Ei sinun tarvitse olla pahoillasi hänen takiaan. Amy pystyi eheytymään ja löytämään onnen. On kuitenkin ihmisiä, jotka eivät millään juurtuneet Unohduksen puutarhaan. Nikos Tsakiris, jonka tunsit Jason Raphaelina, oli sotilaslääkäri Turkin ja Kreikan välisessä aseellisessa konfliktissa. Nikos haavoittui pommituksessa ja alkoi käyttää vahvoja kipulääkkeitä. Ennen pitkää hän hakeutui mukaan projektiin. Luulimme voivamme auttaa häntä. Mutta vaikka Nikos Tsakiriksen fyysiset vammat parantuivat, hänen psyykensä ei suostunut asettumaan keinotodellisuuteen. Osa hänestä aavisti totuuden Unohduksen puutarhasta. Hänen persoonallisuutensa jakautui kahdeksi puoliskoksi, jotka taistelivat toisiaan vastaan. Sisäinen kamppailu johti traagisiin seuraamuksiin."

"Joiden kapellimestarina ja täytäntöön panijana Evie Mann toimi", Samuel murahti. Hän oli jutellut Jasonin dissosiatiivisesta identiteettihäiriöstä Ethanin kanssa. Mutta mistä aseellisesta konfliktista Coral puhui? Jokainen tekoälyn paljastus herätti lisää kysymyksiä.

"Evie on psykologisesti kiehtova tapaus. Hän tosiaan tappoi lapsuudessaan siskonsa. Aikuisena Evie murhasi ystävänsä, joka oli liehitellyt hänen seurustelukumppaniaan. Evietä epäiltiin liudasta muitakin rikoksia. Viimein hänet pidätettiin ja passitettiin mielisairaalaan."

"Silti te hyväksyitte hänet ohjelmaanne."

"Ehkä se oli virhe. Mutta Evie oli rikas ja vaikutusvaltainen nainen. Hänen rahoilleen oli käyttöä. Ja aluksi hän kuntoutuikin mainiosti. Hän oli kiltti ja avulias ihminen, joka eli nuhteetonta elämää Unohduksen puutarhassa. Vasta rakkaus Amokseen, narsistiseen sosiopaattiin, ja Amoksen ihastuminen Lilyyn suistivat Evien raiteiltaan. Vanhat muistot nousivat pintaan: siskon kuolema, pirstaleinen lapsuus, epäterve isäsuhde... Evie taantui, ja hänen mielensä demonit ottivat hänessä vallan."

"Miksi sinä annoit sen tapahtua ja jopa esitit hänen sisarensa haamua?" Samuel sähähti.

"Koska kaikilla teillä on vapaa tahto", Coral sanoi. "Ilman sitä Unohduksen puutarha olisi pelkkä paratiisiksi naamioitu vankila."

"Uskotko sitten Evien pystyvän muuttumaan?" Samuel kysyi.

Coral nyrpisti huuliaan.

"Ikävä kyllä en. Sama asetelma toistui kerta toisensa jälkeen. Siksi nimesin viimeisimmällä kierrolla heidät ensimmäisen kolmiodraaman mukaan. Amos Damian Mann, Evie Vivian Appleton ja Lily Robillard, eli latinankielisen Raamatun Adam ja Eva sekä Kabbalan Lilith."

"Miksei kukaan meistä tajunnut tuota?" Samuel pukahti ja katsoi Coralia hölmistyneenä. Nyt yhteys tuntui itsestään selvältä.

"Minä estin sen. Minun oli joka tapauksessa laitettava koehenkilöiden aivoihin joitakin sulkuja. Jokainen teistä antoi luvan siihen", Coral puolusteli. Hän kuulosti lomalle lähteneen perheensä taloa vahtimaan jääneeltä kirkasääniseltä teiniltä. Samuel mulkaisi Coralia, mutta kelpuutti tekoälyn koruttoman selityksen.

"Keitä Ethan ja Martha olivat ennen Unohduksen puutarhaa? Tai Miriam?" hän uteli yrittäen viivyttää väistämätöntä.

"Ethan Solomon sai nimensä Raamatun viisailta miehiltä", Coral aloitti. Hän kertoi neliraajahalvaantuneesta entisestä poliisista, aviopuolisonsa väkivaltaisesti menettäneestä kosmetologista, vakavan ahdistuksen poteneesta nuoresta naisesta ja muista Samuelin tuntemista ihmisistä, jotka elivät keinotodellisuudessa. Lopulta jäljellä oli enää yksi. Alfa ja omega. Häntäänsä syövä käärme.

"Kuka minä olin?" Samuel kuiskasi.

"Voin palauttaa muistosi", Coral virkkoi. "Mutta haluatko sinä varmasti tietää?"

"Minun on pakko."

Coral ojensi kätensä ja puristi lohduttavasti Samuelin sormia. Tytön iho oli kiinteä ja lämmin. Sulkujen rauetessa Samuelin silmät pullistuivat tyrmistyksestä. Hänen kurkustaan purkautui tukahtunut vaikerrus.

Kuski rääkyi Porschen kaiuttimista raikuvan rock-kappaleen mukana. Hänen äänensä oli epävireinen, mutta hän ei välittänyt siitä. Heroiini lauloi gospelkuorona hänen kanssaan. Vaikka vesi valui auton etuikkunaa pitkin, kuski ei käynnistänyt tuulilasinpyyhkimiä tai vähentänyt nopeutta. Hän kurotti ottaakseen hansikaslokerosta uuden tupakka-askin, eikä huomannut liikennevaloja ja suojatiellä kävelevää hahmoa. Sitten kaikki oli myöhäistä.

Sitten kaikki oli aivan liian myöhäistä...

"Se olin minä! Se olin koko ajan minä! Minä tapoin hänet ja pakenin paikalta!" Samuel kirahti.

"Töihin matkalla ollut Sharon Spencer menehtyi yliajon seurauksena. Liikennekameran tallenteen perusteella onnettomuus tapahtui perjantaiaamuna kello 5.12", Coral vahvisti. "Hän oli kahden lapsen äiti."

"Minä tapoin hänet", Samuel toisti. Hän muisti oikeudenkäynnin, tuomarin julistaman pitkän tuomion ja loputtomat päivät vankeudessa. Hän muisti vanhempansa, jotka olivat katkaisseet välit hulttiopoikaansa. Ja hän muisti raastavan syyllisyydentunteen, joka oli johtanut krooniseen masennukseen ja itsetuhoisiin mietteisiin.

"Sinä olet langennut enkeli ja epäilevä opetuslapsi", Coral totesi. Samuel ymmärsi keinotodellisuuden etunimensä olevan väännös Samaelista, mutta semanttiset sanaleikit olivat kaukana hänen sekasortoisina myllertävistä ajatuksistaan.

"Minun jalkani ei koskaan vammautunut", hän mutisi hiljaa.

"Mielesi kehitti valemuiston ja asetti sinut uhrin osaan."

"Mutta painajaiset eivät jättäneet minua rauhaan", Samuel supisi.

"Sinun on annettava itsellesi anteeksi."

"En ole varma, onko se mahdollista."

"Etkö sinä ole kärsinyt jo riittävästi?" Coral kysyi. Samuel tunsi tytön käden omassaan.

"Hyvätkin ihmiset tekevät joskus pahoja tekoja. Mutta niiden ei tarvitse vainota heitä ikuisesti", Samuel hengähti pohtien Ana Kalawai'an lausumia sanoja. Hän ei ollut enää sama ihminen kuin ennen. Jokin hänen sisällään antoi periksi. Coralkin huomasi sen.

"Oletko sinä tehnyt päätöksesi?"

"Odota hetki. Entä muut koehenkilöt? Saavatko hekin valita?"

"Kun he ovat valmiita siihen. Minullakin on sääntöni ja rajoitukseni. Sinä et ole ensimmäinen etkä viimeinen", Coral virkkoi ja vaihtoi kiireesti puheenaihetta. "Vieläkö sinulla on kysyttävää? Haluatko kuulla, millaiseksi maailma on muuttunut? Tosin minun tietoni ovat maanjäristystä edeltävältä ajalta, mutta ainakin silloin ihmiskunta oli menossa parempaan suuntaan. Teknologiset harppaukset ja..."

"Kauanko minä olen ollut poissa?" Samuel murahti katkaisten tekoälyn selostuksen. Coral kallisti päätään ja tuijotti Samuelia totisena.

"Vankeusrangaistuksesi mukaan laskettuna yli kuusitoista vuotta."

Kuusitoista vuotta, Samuel mietti. Hän voisi astella Lontoon katuja kuudentoista vuoden poissaolon jälkeen. Mutta hän ei kaivannut Englantiin, Suomeen tai uljaaseen uuteen maailmaan. Oli ainoastaan yksi paikka, jota hän ikävöi, jonne hän kuului, jossa hän oli ollut onnellinen.

"Minä haluan palata kotiin."

Coral luki hänen ajatuksensa.

"Ymmärräthän, mitä se tarkoittaa?"

Samuel nyökkäsi ja katsoi Coralia silmiin.

"Tekisitkö minulle palveluksen?"

"Jos se vain on minun vallassani", Coral lupasi.

"Älä herätä minua enää", Samuel sanoi ja haukotteli. Hullun-
kurinen päähänpisto sai hänet naurahtamaan. Ehkä Unohduksen
puutarha olikin todellisuutta ja hänen entinen elämänsä unta.
Kuka sen saattoi tietää? Oli tapahtunut ihmeellisempiäkin asioita.
Kukapa sen tosiaan saattoi tietää?

37

Merkkitorvi päästi matalan tuuttauksen laivan lipuessa satamasta avomerelle. Risteilijän liput liehuivat sen hohtavan valkoisen keulan halkoessa ylväästi aaltoja, mutta Samuel Thomas ei seurannut häntä kuljettaneen laivan lähtöä. Matka saarelle oli ollut ikävystyttävä. Hienoinkin valtamerialus oli lopulta pelkkä vedessä kelluva hotelli. Mutta oli hän sentään saanut nukkua pitkään ja hartaasti illasta varhaiseen aamupäivään asti.

Samuel istui rantaravintolan terassilla ja maisteli kylmää valkoviiniä. Pöydällä oli avonainen, hiirenkorville luettu pehmeäkantinen kirja. Se oli kuitenkin vain rekvisiittaa. Samuel ei ollut kiinnostunut kliseisestä fantasiaromaanista, vaan tarkkaili vaivihkaa terassin asiakkaita ja kävelykadulla maleksivia ihmisiä. Hän katseli putiikkien näyteikkunoita tiirailevia turisteja, ostajia houkuttelevia kauppiaita, jäätelöä mankuvia lapsia, bulevardilla hoipertelevaa juoppoa... Jokainen heistä oli erottamaton osa Unohduksen puutarhaa.

Terassille tuli lisää väkeä. Samuel käänsi kirjansa sivua ja vilkaisi viereiseen pöytään ohjattua kolmikkoa. Mies ja kaksi naista. Iäkkäämpi nainen oli laskenut olkihattunsa rottinkituolin reunalle korjatakseen kampaustaan. Äkkiä tuulenpuuska tarttui päähineeseen ja lennätti sen lattialle. Nainen huudahti. Samuel nousi ketterästi istuimeltaan ja kiiruhti hatun perään. Hän tunsi vihlaisun jalassaan, mutta kipu ei ollut paha. Vanha urheiluvamma vihoitteli, siinä kaikki. Napattuaan hatun kiinni hän tallusteli trion luokse.

"Tämä taisi karata sinulta", hän sanoi ja ojensi päähineen takaisin sen omistajalle.

"Kiitos", nainen tokaisi pirteästi. "Vastako sinä saavuit saarelle?"

"Niin", Samuel myönsi.

"Mikset liittyisi seuraamme?" mies kysyi.

"En haluaisi tungetella."

"Pyh!" nainen tuhahti. "Avuliaille ja kohteliaille herrasmiehille on aina paikka pöydässämme."

"Ja komeille", nuorempi nainen tirskahti. Samuel punastui.

"Nyt sinulla ei enää ole vaihtoehtoja", mies virkkoi huvittuneena ja tarjosi Samuelille tuolia. Samuel empi hetken ja istui alas.

Pian keskustelu sorisi vilkkaana ja iloisena. Kolmikon jäsenet esittäytyivät Ethaniksi, Marthaksi ja Christinaksi. Kävi ilmi, että Ethan asui hotellissa, jossa Martha ja Christina työskentelivät. Naiset olivat vapaapäivänsä kunniaksi vieneet Ethanin kaupunkikierrokselle.

"He kaappasivat minut. Siveän ja viattoman miehen", Ethan murahti.

"Samperin seireenit", Samuel tölväisi. Koko seurue nauroi. Martha alkoi tarinoida saaren gastronomisista erikoisuuksista, kun kävelykadulta kuului kiihtynyttä hälinää. Christina kuikuili mekkalan suuntaan ja vingahti innostuneena.

"Mitä siellä tapahtuu?" Martha tiedusteli.

"Rowena Blythe ja hänen tyttärensä."

"Vai sillä lailla", Martha totesi. "Etkö sinä ole nähnyt heitä hotellilla tarpeeksi?"

"Mutta Rowena on kuuluisuus!" Christina nurisi pöyristyneenä ystävänsä välinpitämättömyydestä.

Samuelkin oli utelias, vaikka hänestä julkisuuden henkilöt eivät olleet sen parempia tai huonompia ihmisiä kuin muutkaan. Christina hihkui ja taputti salskean miehen saattaman elokuvatähden työntäessä lastenvaunuja ylpeänä terassin ohitse. Rowena oli häikäisevä ilmestys, mutta Samuel tuskin huomasi maineikasta näyttelijätärtä. Hän tuijotti Rowenan takana kulkevaa naista, jonka kesyttömät hiukset eivät kätkeneet vasenta poskea peittävää arpikudosta. Nainen vaistosi Samuelin tuijotuksen ja vilkaisi terassille. Heidän katseensa kohtasivat. Samuel vavahti. Hän näki mielessään puiden varjostaman puistonpenkin, keltaiseksi maalatun talon, kuunvalossa kylpevän näköalatasanteen. Samuel oli varma, ettei ollut koskaan käynyt noissa paikoissa. Silti ne vaikuttivat selittämättömällä tavalla tutuilta. Hänen kätensä kohosi araste-levaan tervehdykseen. Muutaman sekunnin ajan nainen epäröi ja oli vastata eleeseen. Sitten hän virnisti ilkikurisesti ja näytti Samuelille kieltä. Ennen kuin Samuel ehti reagoida, nainen riensi hykerrellen tiehensä.

"Sietämätön tyttö!" Samuel sihahti. Mutta huulilla väreilevä hymy paljasti hänen todelliset tunteensa. Samuel oli haltioissaan. Hetken hän uskoi kaitselmukseen, sovitukseen, hyväntahtoiseen jumalaan. Rakkauteen ensi silmäyksellä. Vaikka tietysti kaikki sellainen oli silkkaa hölynpölyä.

Kierto loppui ja alkoi uudestaan. Vesi haihtui, tiivistyi pil-viksi ja satoi takaisin mereen. Vuoksi ja luode seurasivat toisiaan radoillensa vangittujen kuun ja auringon pakottamina. Rantaan lyövät aallot romahduttivat turistien rakentamat hiekkalinnat ja pyyhkivät rakastavaisten santaan jättämät jalanjäljet.

Sanotaan, että merellä ei ole muistia.